与身体相疏远

YU SHENTI
XIANG
SHUYUAN

庞 培 著

百花洲文艺出版社
BAIHUAZHOU LITERATURE AND ART PRESS

……去年之雪今安在？

——费朗索瓦·维庸

目 mulu 录

低　语

雪

　　雪已经是与我们的身体相疏远的一件事了。在昔日的客厅它是放在桌子左侧的花瓶的釉彩，其中碎裂的图案构成一名孩子惊奇的凝望。下雪天的宁静透彻曾是他的眼神部分。童年时天空慢慢倒进一个人睡眠的怀抱，他只是在梦里敲开沿河的高大宅邸那扇后院的门，江北的亲戚来了，聚坐着，满满一屋子人，昏暗的电灯光在里屋墙上投下新年奇异的影子，有如明净的花萼——而沿着一堵布满消逝年代的影子的老墙走来的，是我童年的雪：严寒的质地，洁白的颈项和粉嫩的手。不管墙上砖头有多厚，台阶有多高，庭院里的砖缝有多杂，雪依然和夜的忧郁相符，每一个字都倾吐同样的音符：爱……这爱有时候是悄然的微笑，是跟长大了的小姑娘秘密的梳妆、身高相连接。这是大地的提琴上的松香，雪的飘然而至的亲吻提高了一名学舞蹈的女孩的兴致，她孤零零地旋转，在房间里独自旋转，对着一墙被岁月损坏的破石灰上的幻想的镜子，踮起脚尖，脚脖子竖立着，细心地模仿一个丹麦的童话，一名公主衣裙褶边的颜色。是的，我坐在桌子边上，在想着这种颜色，这种跟人类的眼睛不相等的雪，它只是在异域的山巅，在旅行者经过多少次风雨颠簸之后的车窗——它流着泪（那是在青山的那边一个牧羊女的孤零零的眼泪）——虽然我们已经看不到这种哭泣。

铁　轨

家园近了。站台上一辆机车冒着烟，仿佛一名昔日同学满脸泪水，突然在大街上纷乱的人群里认出你。他惊诧的眼睛就是在日夜疾驶中消逝的旅程。沉甸甸的行李，过分规整的站台过道（地下）以及像一颗空荡荡的心那么大的出站口。广场上的钟——那巨大的指针正好对准你视觉中的往世——又一次别离。

修伞人之诗

修伞人在雨天过后的某几天里出现在我们的窗口。修伞人独特的吆喝声把我们引向星期天的中午之前的阳台——仿佛黑夜的另一种变体，修伞人着一身朴素、平民式的衣装，他的背后、手上、胳膊下面、胸前，驮着、拿着、夹着、举着各式各样奇形怪状的伞布、伞骨、伞柄……有布的、油纸的、丝绸的、最时新镀克罗米的。他的向外突出的下巴表明他自己所深谙着的职业的悲凉，一年四季，他像只着黑衣的悲凉的蝙蝠，在用他命运的盲眼探路。他的叫声很低，但是拖长，在江南的弄堂，在一个早晨大雾弥漫的里弄里，他的脚路过巷口的豆腐摊、鞋匠摊。他专挑贫穷的、旧的地方（城区）走，有时也偶尔允许自己奢侈一次，钻到一幢幢独门独户的别墅区——它们和老城区的陈旧简陋区别之大，令人瞠目结舌——这时候修伞人的形象在玻璃幕墙和铝合金装修的门框下更显凄凉。他仿佛一个旧时代的阴影，是银幕上某种穷大学生和水乡傍晚的行人往昔的混合。修伞人是一连串哽在喉咙口的痛苦含混不清的表达（近似嘀咕），是晴朗天气里昨日之前剩余的抱怨。他仿佛用自己的职业在默默表明我们视为过去的那些年月并未终止。他的身份里滚动着雨滴、哭泣和雷声，滚动着一名长大的男孩从前的稚气（男孩在雨里兴奋异常走了那么多路！）。修伞人脸上通常的神气仿佛在道歉，请求原谅——他把一段旧日子（有时完全破烂不堪！）带给了主顾。而后者通常漫不经心、语气凶狠，说明他在刚刚到手的新的一天里陷得有多深！"修伞——来！"吆喝声表明窗帘紧闭的户外天气的阴晴（他从不在下雨天出现）。一个新的命运之神的到来。同时，修伞人又是对阴郁的雨天和年复一年不停递转的坏运气的预告。紧接着他的眼神——紧张专注的眼神到达你家门口，仿佛他接下去要做的不是修伞，而是局部缝补，或全面推敲你的生活态度。"你能肯定你的想法吗？""你昨夜的话算不算数？"修伞人俯下身子，把背了一身的伞布、伞骨摊在地上（通常是水门汀），酷似一只飞了很远路、有点喘息、疲惫的黑色蝙蝠——一只在白昼里迷路的命运之神的蝙蝠……他在春季来得频繁。他古怪的背部宛如早春的敏感部位在冬天里完全隐遁、藏匿。茫茫雪原成了他走街穿巷四处吆喝的良好的休眠处。他那时一定在唱那首有关春天或节气（例如惊蛰）的歌谣。他的脸时而是个落魄的男人，时而是个瘦弱的老人，时而又变换成一名动作老练的中年妇女——你从她身上永远看不出她打多远的地方走来，她是城里人还是乡下人？他走路时有一种身份相混杂后的、呈灰色的安静，除了征询修伞，他从不多言一句。他的脸上是那种过于谨慎后造成的伤害的表情。后者残留着，作为对下一个雨季莫名的聆听和足够的自信。

惊　蛰

惊蛰是第一神秘！她是节气的眼睛，是所有天气中最明亮的一道裂缝。惊蛰是落在大地女儿身上最初的吻，轻微、腼腆，然而专注的吻——虽然嘴唇有点冰冷——是消除草尖上的融雪之吻，乡村晨曦中的青石板复苏之吻，解开蛇身上的鳞甲之吻，薄衬衫的乳房"簌簌"颤抖之吻。惊蛰像一个努着嘴唇、踮着脚的小姑娘，因为一年中百花争艳的景象而流露某种苍白、欣喜的神经质。在泥泞的、冷风一阵阵吹过残冰的河床上，惊蛰像一根结实的木桩，被打在水里，竖在夜里……银河中数不清的寒星（流星），落在她身上。对于一棵高大繁茂的槐树，惊蛰是它枝叶间一道炫目的光，是大自然中本质的美丽，是一年中的丝绸，是邈远人世的响亮的马蹄铁（隔夜还挂在墙上），是所有河流的道德律令，是广场上的尖塔顶部，是一座城市上空清脆、嘹远的鸽哨。惊蛰是狂热的西班牙吉他演奏者长久的弹拨之后手指的麻木，是农民眼睛里开裂而微笑的种子，是正月里过门的新娘窗前剪纸上的神经末梢，是庆贺新年的爆竹留在雨地、车辙印上的红纸碎片。惊蛰成为我写作的一个开端，成为一首诗的最初一片嫩叶。

肺

肺用于呼吸。我不知道鸟的肺有多大，但我见过跌在地上（风暴中、烈日中）濒临死亡的鸟嘴里带血的喘息。而就一名歌手的情形，一个人的肺叶几乎是他的声部的充血的乐器。肺叶是人体的乐队中的指挥——如果心脏是他的定音鼓，舌尖是他的第一小提琴的话——我们知道，一个健康人的肺部常常非常湿润、饱满（这几乎等于有力）。他在说出一片叶子的同时必须熟谙一百片树叶。这是高尚的灵魂的标志，是几乎活了九十五岁的既是意大利作曲家，又是伦巴第农民的威尔第身上的标志。在音乐界，我想尤论巴赫的谦逊、肖邦的敏感、贝多芬的咆哮和法雅的庄严都需要一个合格的、恰如其分的肺——一个甚至经由绵长的音符之手仔细挑拣过的肺。我们再谈谈亲爱的诗人兄弟吧，有谁知道李白的肺？有谁知道那个躲在山阴道上、桃花源里的白居易、杜牧或陶渊明的肺？我只知道诗人更多地死于肺——他一定也是从肺开始的——济慈、克里斯蒂娜·罗塞蒂、卡夫卡、艾米莉·勃朗特、曹雪芹、凯瑟琳·曼斯菲尔德、雷蒙德·卡佛、拉弗格、鲁迅、契诃夫……他们的呼吸都不好，都不畅顺。这广大的世界对于他们只有郁闷的人群和一点点近乎窒息的生的乐趣。可见诗歌对于肺部的要求分外严厉，或者说诗人的命运里面有那么一点冷酷的肺的成分。当鸟儿飞翔时，它的肺在哪里？多少世代，人们的歌唱中装点有雨点般的肺部的鼓胀。无论声腔、无论诗的高贵韵律，都在一个强有力的肺的指引下，对应远处草原上马的奔跃、大海的汹涌、山峦的起伏……

忧 郁

忧郁具有某种朴素、无言的外表，某种在洁净的阳光底下黑色、哀悼的外表。他静悄悄地沿街走。即使他走一整天，人们也看不见他——忧郁把日常生活中的伤心事物转换成某种类似幽灵的存在——因为他总是挑僻静的街区走，沿着墙根和骑楼——夏天则是在树荫里走。忧郁是人间的黑色的鸟，用它不祥、坚定的喙咬啮阴暗的往昔。在一本书上，忧郁是它窄窄的、不被人注意的书脊——当这本书被竖起来，插到成排书架上，这本书顷刻即染上某种人间的不幸——而这种不幸的安静的存在就是忧郁。在一本书的带有英国气质的插图上，忧郁是她蓬乱的头发。她总是睡眼惺忪，像个大孩子，容易生气，但不做声——如果痛苦像刻板的基督徒的话——忧郁不一定长得（但也有可能）太漂亮，但她以其清白、整洁，以其无言的凝视——大大的眼睛和眼睛边上的黑圈——对我们的生活造成某种惊人的影响。她不像纯粹的美貌。她几乎不是现世的，而来自那更加遥远的时代和梦境。她像一帧静悄悄的木刻，代表人类普遍容易遭遇、陷入的恒常处境。其中的伤怀成分犹如盐，犹如海上的恶劣天气，犹如冬天最后结在大地上的一层薄冰。是的，她几乎像个孩子似的从未长大，从未成年，因此她格外顽劣、任性。她依赖美而生存，甚至依赖后者的匮乏。但她常感饥饿。她那贪婪的胃口和对食物的挑剔难成正比。她在烦躁中度日，随着年代的消逝而脾气越来越大。她的身体垮下来，但每逢出门（尤其雨天）仍必保持整洁的外表。她那过于严肃的审美力使她离群索居。在一座城市里，真正懂得忧郁并借此度日的人少之又少，甚至只有那么三四个（哦，忧郁那奇特的面容！）。我有一个经验，这样的人往往在市区的大商场，琳琅满目的成衣柜台前更容易遇到。真正懂得忧郁的人会把自己藏匿在热闹的人群里，而不是躲在某个霍桑式的常年闹鬼、空无一人的房间的角落。他在某个色彩俗丽（在远处）的化妆品柜前默默吞咽人群的热闹。一夜之间，仿佛从食肉动物变成了某个食草类动物———一切人世的喧哗嘈杂到了他那里无不呈现出无尽的凄凉。他像磁石那样站着，体味着周围的每一点笑声、疑惑、疲惫和低声抱怨（他就这么一点食粮了……）———表面上他无动于衷，实际上他比任何人都更兴奋。很少有什么（人群中的）东西能够逃过他的眼睛。他专注于自身的这种在一座城市里的独自凝望、闲逛，以至于他不知道自己是个忧郁的存在。一个忧郁的人通过忧郁忘掉他的忧郁———而在那一刻，在热闹的节日，其他人家里亲友团聚、灯火通明的夜晚，他站在漆黑、寒冷的街上，用竖起的衣领作标志，耳畔听到了"欢乐的刺人心的嘈杂声音"（拉弗格语）。

春

太阳一天天地变亮了。晒出去的被子很容易就热起来。早晨出门，院子的地上像是被什么人打扫过似的，满地都是清亮洁净的晨曦。街上的冬青树，像一个美丽的小妇人，用被风吹散的发辫在转弯的自行车铃声里笑。你脖子上的薄围巾被风吹起来了。风还是冷的，几乎是寒冷，但一点也不严厉、吓人了。因为它的脾气里悄悄地增添了一些干净、体面的东西，亮和光滑的东西，就像一个人的眼睛，本来睡眼惺忪，现在睁大了，轮廓（包括房间里的物件和摆设）更清晰了。冬天在它走的时候，在山野、在郊外留下了一点薄雪，在院子的栅栏、窗台上，在山冈上、凹进去的崖石上，在市郊的铁路上、河滩上，在上小学的儿童稚嫩的脸上，仿佛一名不幸的好朋友隔夜留在桌上的残酒。啊，诗篇也已经准备好了，只留待一个悦耳的声音将它念出来。只留待满树繁花怒放，田间蝴蝶翩飞。泥土的阵阵暖意，吹拂人体内的道德和复苏的爱情——那些从前是苦的，现在变成了甜蜜的回忆（新的时间的特性）——那些从前是困厄的心灵，现在获得了自由，像一张平整的唱片或CD那样的自由——曲目是拉罗或圣桑的大提琴——一名深藏于街角的诗人，找到了他的枣树。自行车后轮上的钢丝，像是最新的、柔密的雨丝。老人的膝头上，又摊上了去年那本《爱乐》……

银手镯

我感到宇宙之美深藏在一些凡俗琐事的深处。你能在老祖母留下的一只饱经人世沧桑的银手镯上倾听时光发出的纯美的"嗡嗡"声，在这之前它被藏在一只旧樟木箱子的底层，伴着褪色的枕套、绣花的女鞋，在初夏的阳光里被你举到眼前。仿佛在那上一世纪的爱情、婚姻的信物里，在它的银质里面，流露出一缕温软、闪亮的微弱的思绪，这思绪在影响你，打动你。你用手指轻捻，你每转动一次，那光线就有一次新的折射，它仿佛来源于那古朴、黝黑的乡村生活，来源于你尚未降临人世的夜空——那些星星、手指的余温、死的冰冷和生的欣喜，变成了同一物体——几代人的生活，在地球上的劳作，变成了一个简单的可以用数字说出的字音。多少发丝，多少清晨的梳妆、长夜的温情，多少薄命的吻、相亲的肌肤，遗落在这只小小的银手镯里面，在它的工艺、成色里面沉淀有怎样的人的凄苦和笑语。我感到月亮慢慢移上屋檐，还乡的人中途睡倒在青麦田里，仿佛经由唢呐吹出的一个半高音（在中国古代的哲学里面，美是凄厉、刺耳的），他将永远无法到达家园的门槛。这就是中国的"静"。这是一种不抱希望的静，把往昔忘记得干干净净，绝对安宁的静，那只银手镯就搁在这静里面，泛着它独有、几乎是骇人的洁净的光泽……像苏曼殊的一行诗："无端狂笑无端哭，纵有欢肠已成冰。"（《过若松町有感示仲兄》）

木工间

在平民社会里，木工间在大白天散发出的香味，大概只有面包房可与之媲美。那里的刨花堆，成了大人们变得像孩子一样温和、爱幻想的隐秘契机。一只只木讷的平刨、槽刨，狡黠的墨盒和相对冷落的锯子，形成一个非常本分、和气的空间。不同体积的断料、方木、钢铁的圆凿、榔头和外形奇特的半成品的柜子、椅子，在一缕从午间的屋顶斜折过来的光线里，静静地泛现出它们的赭红色、褐色、米黄色、灰白色，以及斜面的阴影、圆锥体的造型、椅脚的分叉……还有黑色、钢青色的粗大的红记号笔。这一切都形成一个空间奇特的雾，仿佛在工厂的大机器之间，迟迟不肯降落，让人忘掉窗外冷酷的体制、人群中"官僚猪"的嘴脸（他们只会不停地啃吃公文，丝毫不懂得一根好的榫头的用处）。我在工厂期间，常常躲进木工间的这阵雾里面。中午趁那里空无一人，倒在刨花堆里睡一觉，真乃"天下一大乐事"。闻着木花的香味，手上搓着随处可见的木屑，静静遥想那久远的森林，我不禁脑海里浮想联翩。世界上有什么奇异的诗句，能够计数出一根伐倒的参天松上的疤痕和它在生长的全部年代里，用自己嶙峋的身躯领略过的积雪、寒流？有多少鸟儿鸣啭，一度聚集在它的叶簇里？自始至终，即使把一棵树运上锯板机，让它在飞旋的锯条上被分片切开，木头仍散发出它固有的香气。当它生长的年轮被刀斧劈断，它仍旧泛现愉悦的色泽。它将在这里被制作成各种家用、民用器具，而在这之前，它不仅是人类家园的守望之神，也是家园的参与者、建造者。它帮助人们恢复信心，它的木料供人使用，它的树荫供人憩息，它还是火种的秘密的使者。每天，只要有太阳，木工间都格外明亮、宽敞。人走进去，看着那些树料、板材、工具，仿佛觉得一切都可以重新开始。一个新的家园浮现在眼前。

哭　泣

发生在大庭广众之下的哭泣是一桩既摆脱了生，也摆脱了死的事情。它和两者都背离，是人的灵魂在高度激昂的情绪下对生存的飞越、超脱，也是一种人在世俗中、在这个世界上的深深的下坠。必须有某种重物压在那些眼泪上面，压在人脆弱的眼睑上，这样一种放肆、不求劝慰的放声大哭才有可能发生。这样的哭泣，只有在人一生中几个非常罕见的时刻出现。有的人到了那个时候，仍哭不出来，或欲哭无泪，他这个人就没救了，就被事件给毁了。到了人生的某个地步，呼吸几乎已经窒息，哭是唯一的呼吸，那最好就痛痛快快地哭。并不是说哭一下，事情就解决了，恰恰相反，事情永不得解决，而且是永久的失落或遗恨。那么哭就是比较完满的结局，或者说，是它的有机部分。这时候，眼泪是对痛苦的一种稀释。到了苦难的阶段，人只有把他的影子部分都哭完、哭干，他才能——即使遍体鳞伤——走到阳光里去。表面上看，哭自然是脆弱的表现，但又何尝不是看不见的、无形的勇气的外延？尤其是如此放肆、旁若无人，对人世的欢乐在某个时刻里置若罔闻地哭泣，何尝不是真正有胆量、有魄力的人的做法？

黄　酒

在酒类里面，黄酒有着更为奇特的渊源。它散见丁江浙一带和长江流域的乡里民间，像那里的人一样十分普通，随处可见。每家每户的桌上、厨房间，都有一瓶至少是零拷的黄酒。即使不喝上几口，人们也用它做烧菜的料酒，兑一些在刚刚烧开的肉汤里，在鲜蹦活跳的煎鱼上或清炒的味道较重的蔬菜上，那汤、那鱼、那蔬菜（例如：菠菜或豆苗）就会散发出一阵原先没有的酒香。在刚端上桌的菜肴非常可口的热气里，你能清晰地闻出兑下去的黄酒味道。我到北方一些省份，菜的味道里的酒香就没有我在江南一带已经习惯了的那么好闻——如果用白酒烧菜味道同样不错但已完全不同——黄酒的颜色是清澄的暗黄色，像菜油的颜色，但没有菜油那么稠亮。闻上去几乎像一种奇怪的中药，喝在嘴里，或用舌尖咂一口，略微有些酸苦。闻着，酒气也很冲，并且不知不觉，到了你身上。不像地方上一些著名的土烧、白干或北方的高粱酒。因为后者的冲，很长时间只冲在你的喉咙、食道上，并在人的胃里保持辛辣的酒劲。黄酒喝下胃里，除了一阵暖热，没有别的异样反应。所以老百姓认为适量喝点黄酒是"暖胃"的。但喝它的人，往往就不知不觉过量，并醉倒。黄酒带有中国古代社会和文明、底层人生活、穷人的命的性格。它的酒精成分里带有某种中国哲学里特有的顺从、宽厚、无奈和苦难意识，甚至它的幽默感以及旧的、已经有点破烂不堪的时间意识。喝它的这个国家的人民会在不知不觉中变得沉闷、守旧、绝望、温存……它带上了穷人，尤其是江浙一带穷人眼睛里那种颓废、知天命而又老实的眼神，带上了它混浊的泪滴——这种酒的乖僻和人的乖僻在地理上的神秘结合组成中国文化不解之谜的一部分，它的乡村的一部分。人们不知道这种酒准确的酿制年份，但它的配方里的时间意识是停滞的、混淆的，它从一开始就取消了喝它的那些人脑子里有关时间、年代、事物的现实概念。如果加以排列，可以把黄酒跟生姜、杀死的鲜鱼、冬天的薄雪、穷人瘦削的胸脯、河滨里的乌篷船、旧中国倒运的读书人和"现代高炉下的工人"（杨键语）放在一起，并且非常贴切地——这种酒的气味——跟古代中国的建筑，那些天井、侧厢、菜园子、河边的石码头、街上飞跑的人力车、男婚女嫁的风俗、坟地、纸钱、寺庙、春天的油菜田相联系。结论：黄酒里有着一个民族的死亡观念和它的生存观念。

霜

霜是纤巧、知天命的。霜是苦难的闭合，是大地的忘却。它赋予河流、山峦、岩石、植物和人体般的原野以更为深沉的酣睡。它的呼吸几乎已经停止。它没有雪那么华丽、脆弱、热烈。它在大地上的安静是深刻的、不易察觉的。它的美丽远离人世，比一场雪离得更远、更坚定。它毋庸置疑地到达，它更像诗歌——如果说一场雪如同一首诗里的歌吟成分，那么霜便是它的冷冰冰的词：措词和文字——它是抒情诗里的断断续续的叙事成分。我多次乘坐长途公共汽车在江南一带的乡村看见它（观察并记住），从一掠而过的车窗，我感到它和人的存在之间严酷的对照，感到它的几乎无穷无尽苦役般的气味，它的灵魂的安详。我感到它在早晨的一堵院墙上的哭泣，感到它宛如静止的万物般的针尖，在太阳底下熠熠生辉。我感到它的孤独、生气、无言的绝望、不溶化。它是汉民族身上经久但是残余的釉彩——几乎是它的穷人身上露出的肌腱。那些霜冻后的田野、平原，犹如人身上掉落的大量梦幻，只剩下具体的、痉挛的经验，赤裸裸地跋涉，沉默地运行，冬天在四季中最主要、最真实的一根神经！

午　睡

人在各种情况下躲起来，躲进不说话、不活动、拒绝见人的阴影，犹如房屋在太阳底下拖着一道长长的影子。很多年以前，我曾在一篇随笔中写道："了解一个人，只要了解他的睡眠。"这个观点我没有改变，甚至觉得更重要了。中国人有午睡的习惯，这是它的文明中比较稳定、有益的部分，说明这个民族自古以来就懂得适可而止的劳动和生活，凡事不必太过量、太吃力，即使在大白天，人有时也是一种需要安睡、休息的动物。在汉语中"午睡"这个词几乎跟"白日梦"是同义词，只不过它比后者更含蓄一点。我习惯于在一间安静、宽敞的房间里午睡，尤其是炎热的夏天。我离不开午睡犹如离不开一句诗的良好的措辞。正如那些把肉体的慵懒当成精神的唯一勤奋和警惕的同行，我以为一个人夜里要睡觉，白天也要睡。"梅子留酸软齿牙，芭蕉分绿与窗纱。日长睡起无情思，闲看儿童捉柳花。"（杨万里《闲居初夏午睡起》）午睡不仅能让人"梅子留酸"，还能避免你饭后过度的昏思，避免在大白天见到那些没完没了的活人。真朋友和假朋友都在一场午睡中化为乌有。反过来说，人们也不必跟那些床榻中人太过计较。我可以漫游在自己头脑的旅行中，用细微的鼾声为自己事业的庄严饯行。午睡中，我轻柔得像一只蜜蜂，眼门前全是金色耀眼的阳光，院子里的矮墙（只有孩子们看重它）和树丛里的苹果花。我犹如一粒草籽坠落阵阵暖风，远离了人世的贫富与贵贱，爱与恨，孤单与热烈，远离了人的知识，也远离了无知。整个世界只剩下我的入睡前清晰的听觉，每一阵声音：瓦砾的掀动，猫的行走，大人和小孩的叫喊，船的航行，汽车马达，推土机的嘶鸣和街面上一个浑身热汗的警察（我在睡眠中怜悯他），我都能捕捉并通过听觉看得清清楚楚。我的听觉像炎热中薄薄的蝉翼在床笫间的舒适和阴凉中默默掀动，不为人知，我成为这个世界安静或者喧闹的秘密中心，通过午睡啜饮事物深沉的水流，回到休歇的歌唱的喉咙处，不理会任何书面的技艺，忘掉已有的书籍、诗行、精神的积累。在午睡中，我的身体仿佛真正沉寂下来的尘埃，在世界的一个僻静角落里，享受着真正无人，也不可能有人来打搅的（深沉的安静）短暂幸福。"就像剥掉了皮的萝卜一样／请赐予他永久的安息。"（弗朗索瓦·维庸语）

竹　笛

吹笛子的声音要到夏天听才好听，尤其是在那些浴后乘凉的、街上泼了一盆水的夜里。这民间的乐器声音仿佛恰好跟你走到一个天井里仰脸看天上的星星那一刹那的新奇愉悦相对应。它注定跟夏夜的休憩有关，跟平滑的竹榻、蒲扇、不太讨人厌的变凉的暑热、河埠头上洗衣裳（在旧式岁月里）的妇女们的话语有关，也跟远处蔬菜田里暮色深重的篱笆（它们用同一材料制成）、乡村屋顶上的炊烟有关——主要跟夏天有关——六七月里的天气，我还是个跪着做家庭作业的少年。房顶上的月亮像潜在水缸里的红鲤鱼，它的尾巴上泛着时隐时现的好看的花纹。多年以后我在完全不同的两座城市里生活，一听见向晚的、从不知名的地方吹来的竹笛声，我就感到某种由衷的幸福：我就想到少年时代那些善于在没有电风扇、冰箱的环境下安度夏天（极其惬意地）的街坊邻居；我就想到夜空凉爽的伟岸的星斗，催人入眠的风吹竹叶声、蚊虫的"嗡嗡"声；我就闻到新剖开的西瓜的水蒸气、石砌的井台、竹榻上的蚊香、菜刀上的铁锈味——那是完全不同于今天的过去了的年代。我就回忆炒蚕豆的香味，铁铲碰着锅沿的声音，姆妈一边是嗔怪、一边是满意的体态——还有遍散在一座城市各处、大街小巷出没的那些离奇而勇敢的少年伙伴——某个匿名的阳台后面吹竹笛的人仿佛在帮我召唤那些伙伴，那些嬉游、美丽的妄念、恶作剧和操场边沿着树荫的围墙长长的影子——竹笛声仿佛也在召唤那些夏夜，明净、明净的星空，和整个横亘过我们头顶的年代的长河……

灰　尘

甚至灰尘都值得人留恋，因为在逝去的年月中，时间带走了一切。很多过去从未留意过的事物、事情的细节、始末，你又回忆起来。一阵风、一箱子旧书、一次旅行的不同地点，又在你脑海里一一浮现。旧的同学的面容，一个姓，一次会晤，都有了跟你当年的眼睛不同的视角、视点。走廊的长短、楼梯的角度变了。你身边的人（数量、具体的人名）也变了。一切都值得惋惜，值得细细品味：桌上的灰尘为什么没有经过你手指的抚摩？那本书——书的位置和原先读它的人，到哪里去了？诗句——一些读它的喉咙夹杂空气中的灰尘，大街上的明亮有着太多行人的影子。原来，他们的脚步是那样纷沓、沉重，因为落在尘世中的生命，都因最终的消亡而变得珍贵、可爱起来。话语是值得反复记取的，但已完全沉静下来——那些说它的人的面容，已经寂然无声。

打桩机

打桩机是凄凉的雨的造物——在灰蒙蒙的建筑工地，工人们胸中的郁闷劳累和隔夜喝下去的一点烧酒混杂在雨水和灰浆中，一点一点被推土机和高高的脚手架所吞咽。黝黑的、生锈的铁塔直耸入云，仿佛死神的铁腕把持下的城市的噩梦。打桩机的基座紧紧地吸附在地面，在它给予土地无情的夯击里面有着一位被弃男人（监狱被囚禁的罪犯）深深的忏悔。人类制造这种机器用于对土地的征服，这种愿望的世俗性、机械性和短暂臆想赋予它钢铁的奇特外形——地球上一切机器都是人类性格或人性的某种外露——它在城市中的孤立、凄惶。它在一天之初的晨曦中的苍白神态是极其无助、不自觉的。作为事物，很少有其他事物跟它相对应。人人都臣服于它，灰浆、地表、水泥楼板……一切都在它眼前低垂下头，急速地滑过，躲开的速度越快越好，仿佛隆美尔的军队开驻进北非战场……陀思妥耶夫斯基的小说里有打桩机的声音。如果打桩机是个人，他一定也会写一本名著：《地下室手记》。没有人比它更清楚风雨的凄苦——厉害的铁锈、飓风和闪电的滋味（它的嘴里舐着它们）。它的声音如此坚挺、沉闷，以至于你从远处听起来像是一个巨人，一头大象沉重的身体倒地声。它重复它们，并一一历数可怜的地下被击碎的骸骨、棺木、巨石，它是活着的人对最终毁灭的沉闷的索要（死者紧闭上眼帘）；是现代文明下大都市里的时间迟钝的脚步声——恰好也能象征地球上的文明前行的脚步声——它的形象里有某种流亡在外、失去家园的人的模样：倔强、固执、一言不发、隐私式的痉挛、机械的行动。它的向上的尖塔酷似一名苦役犯，一名现代西西弗斯，永远没有自己的家，永远像奴隶一样被放逐，在从来没有竣工的昨天、今天和未来，"远远越过欧椋鸟的家／远远越过黑色的土地"（布罗茨基语）。

园　艺

　　在亨利·摩尔的雕塑中，蕴藏着他对某个大型花园、广场、苗圃所包含的精湛园艺的透悟和稔熟。他那圆圆的胸像轮廓仿佛既经过了手掌抚摸，又运用一把无形的大剪刀进行修正。在古代，这门技艺经过了历代宫廷的严密看管和把持，无论是在遥远的欧洲苏格兰的城堡，还是东方的中国，园艺师都最先接触到帝王的眼睛。他反映着他那个国家的严格的律令。一名成功的园丁几乎站在艺术的最前沿，他是最勤劳、最勇敢大胆的存在，也是最无声、最谦卑的消失。人们不可能在一棵已经经过了成功栽培修剪的树下找到作者的名字。世界上最优美的园林风景也只能是一种匿名的存在。那名最终让所有人折服、苦干了一辈子的园丁只能在皇帝的严厉苛责、安排下从人类社会消失，或携带一生中少得可怜的财物／带着子女背井离乡。人们真应该出一部书，叫《园艺史》——是谁让我们知道比天上的星星还要多得多的各种花草的名字的？——如果说，对于诗人是言辞和一张张空白的纸，那么，对于园丁就是植物的种子、土地和天空莫测的气流。人们在纸上修改一首诗，而园丁必须在肆虐的暴风雨中，在霜冻和连绵春雨中，拯救他的一垄玫瑰。音乐家可以在歌剧院的大厅里找到满意的听众，但一名枉费苦心的园丁，自己怎么可能防止、保证一种新的害虫不在来年开花期的苹果树丛出现呢？那个世界上最好的园丁、园艺家，一定有着和花草同样谦卑的灵魂。无论对普通的悬铃木，还是对金盏花，他都一视同仁。他视花园为星空，把广漠的夜晚当成脚下的大地，日日夜夜谛听那些节气、日月远去的脚步声。每一朵鲜花都首先在他的心里抽芽，蔷薇在他眼睛里含苞，丁香花从他灰颈的背影里凋落。他身上的神经是那些树丛的叶脉。他像一颗移动的琥珀，只为永恒的时光之美服务，而那是不动、不美、不变的。啊！他用了他可能有的一生的时间，只为了在一朵花面前站稳脚跟。普通人是不谈"稳"字的，他们甚至连脚跟都没有，但一名园艺家不同，他必须找到地点，在花丛中站稳，既不催促，也不打断那些有着一张张可爱的小脸的花的睡眠。一名真正的园艺家酷似那些民间的歌手。他们的存在类同于民歌的存在，同样悠久、淳朴、优美，同样是佚名。他们汇入了美的浩大的行列，用歌声，或者用歌声中的绿叶在露水中扶持着一棵折断的鸢尾草，临死前还在用手指摸索甘菊的根须。他们从不多言，因为听惯了树丛中的风，比什么都好听（夹杂着啼啭的鸟鸣）。长夜来临，黑暗和一阵沙沙响的雨点中是一双深情、淡泊、熟悉花色和花容的眼睛。他们通常夜里睡在临时（实际上是大半辈子）硬板床上，因为下雨，因为舍不得马上睡着而亮着灯……入睡时肩膀耷拉着湿漉漉的花叶，身子像一朵含苞的紫蓟。

白粉墙

白粉墙在阳光底下，宛如夜间游荡的幽灵，突然出没在远处的乡村平原上，使我想起一种古怪性情的死者的掌印，一种人世间久已绝迹——它的裁剪样式也已失传——的宽大衣袍。白粉墙一般以早春天气为镜子，在乡村男孩的眼睛里，炫耀它多棱的轮廓，它的代数中的宽度。在古代中国，白粉墙象征某种世俗的喜庆，同时它的深处蕴藏着凶兆和灾祸。在它底下的火焰里仿佛燃烧着一条妖狐的尾巴，一名清兵赤红而圆瞪的眼睛，桃红柳绿中的童养媳，自杀的妻妾，昭雪的沉冤。白粉墙在叶赛宁的诗里曾经出现过（当然更不用提唐诗宋词）。在爱尔兰的被我视之为世上最淳美深情的民歌里也一度掠过它不祥的影子。那些梦见它的诗人必死于自己的家园。作为人类生活的某种居住样式，它在诗歌里常以洁白的梨花为伴，间或有几朵东方的腊梅、桃花点缀其中，作为亮度极佳的乡村里最后一点感人的言辞。

镜　框

多么不可思议！时光停滞在那上面裂开的木缝里。钉子锈了。一个过去年代的微笑，像一段说的时候声音哑了的语音，在黄昏的街边上，这座有无花果树的宅邸慢慢呈现。他的眼睛掠过某种疑惑。他的脸像一本旧版的平装书。他那时还没经历那场夺得他性命的、疯疯癫癫的爱情。一部叫做《青春》的小说，已经动笔了吗？他的墙后面，那些床单和窗帘式样单一的花纹（那上面散发出死亡的气息吗？）仿佛往昔剩留下的不动的雨水。窗前薄冰似的天空，暗示着某个夏季黄昏。你几乎能透过这张照片的衬纸，闻到栀子花的香味（他喜欢花）。哦，一个一轮皓月在其阔大的夜空引诱人出游的夏日傍晚，他会选择哪些街区呢？明故宫？后湖？或者到麒麟门附近的热闹而俗不可耐的小镇上，躲进（他一度热衷于这种消遣人世的方式）那里的一家肮脏油腻——两个非凡的词——的小吃店去，一边默默观望着周围进出的顾客，镇上的夜色（兴许有人家正举办那种婚礼呢！）和人群，一边慢慢吞咽一碗滚烫的猪肉馄饨（仿佛他吞咽的是街边上散落的人群）。如果是在后湖，他就可以看见一只孤零零的小船，船上的捕鱼人连眼皮都懒得抬一抬。捕鱼人的手和桨往同一方向划动，但一点声响也没有。黑黝黝的湖面上，永远沉睡着那座历经沦陷命运的古城墙的影子。这影子使他觉得郁闷（这就是那使他如此姿势待在镜框里的理由吗？），而湖上的小船仿佛化为一阵暮色——暮色像是从湖里面捞起来的一面破渔网——远处的群山，正传来白昼的挖土机的最后一点轰响。汽车在离得很近但看不见的公路上像一枚细小的松针（他和她是在哪种情况下相爱的？），我要像这个生锈的钉子一样，牢牢盯住他——在沉没的往昔中的影像。

旧事记

1

　　小城安静。有时雪落下来，落在这安静上面。屋顶上布满陈年的烟囱，烟囱外墙依稀显露出夏天的孔眼，斑斑节节被寒风吹刮的印迹。烟囱都不怎么冒烟了，即使冒烟，也不大看得出来，因为天空布满寒冬腊月里特有的阴霾。天亮了，等于没亮一样。整个白天小城的马路上光线半明半暗。人就像工厂的大烟囱里掉落下来的碎屑。主要也就是上下班时街上的人多，也就多那么一小会儿，二十分钟左右，县城各处又重新归于岑寂了。空气里飘来冻硬实的煤渣味道，有时稍带一点点工厂后门头的锅炉房蒸汽，机油和垃圾味道。

　　风吹进一条弄堂里，老半天了行人还能听得见风在弄堂深处来回轰响，空通空通四处旋舞的干冷的回声。弄堂两侧的人家，穷得连灰尘也舔吃干净了，灰尘也不大多见。一直到天黑了，风吹出来，仍像下午进来时一样干净，饥肠辘辘。

　　人们言语不多，都低着头，习惯了相笼着手低头。本来早几年日子要好过些，大家笑脸相迎的，现在改成匆忙点一点头，躬身进了自家的天井、门洞。那是一个言语不多、言语无效的年代，大街上，马路两侧围墙刷满了标语。人们半夜三更做梦都梦见标语，长长的游行队列，开万人大会时空地上挥舞的拳头，拳头像大海的万顷碧波。人们把最后一点吃奶的力气都使在了口号和红色的标语上，使在了开会、集会游行上。

家家米缸都很容易空。人走路时仿佛不是揣着一颗活人的心，而是揣着空空的米缸。一天二十四小时，一年三百六十五天，人们恍恍惚惚，天天眼前晃动的就是吃、吃。时间仿佛是用平常舀米的碗盛量走的，那情形，就像若干年后电视电影里时常出现的"快进"时的倒带效果。好不容易家里一坛子米盛满，"哗哗哗"就低落下去，比水池里放水还要快。

米缸令人恐慌地空下去，沉默下去……

饿了，说话也就少了，没劲了。

孩子们自动地分散到各处，到黑洞洞的家门以外去寻食吃，用手指头抠、用牙齿撕、用脚踢，最后一招是用眼睛看。瞪着橱窗里的饼干筒看很久很久。

那饼干筒，那饭店灶台上的锅子，可能也是空的。

寻食吃，不用大人说，不用父母教。

吃，是动物天性。

2

夏天河里全是洗冷浴的人，"扑通、扑通"的沿河码头散发出淘米筲箕的味道，也就是竹篾条跟淘洗的粳米和大米相混杂的味道。这味道人凑在热天的水面上闻，会特别香。关于米，我们江南吴方言中还有一个专门的词，形容煮熟过后一粒粒的饭米，叫"饭米扇"。至于那个发音"扇"的文字，是否写成"扇子"的"扇"，一时大概也弄不大清爽。这种特殊的称谓，也说明过去年代的人们对于每天下肚去的米饭的感情。一层层麻石台阶的码头边沿有时会有残剩的饭米粒，被潮水一捞，往水里沉，随即又浮上来，有些小鱼专门候在河边草丛中，等着来吃这种被河水泡开来涨大了的饭米扇。弄堂口人家说"地上漏了粒饭米扇"或者"你脸孔上有粒饭米扇"，这是说你刚吃完饭嘴边上还沾了一粒米饭。这种饭米扇，在河边看见时，往往因为天气太热已经有点变质，米饭原有的香气已经很微弱了，但在运河清冽的空气里，仍依稀可闻。人闻到时，大多跟河里的水汽、码头上淘米洗菜气道混杂在一起，有辰光有点热热的、酸腐的感觉，一般都是隔夜的馊泡饭，馊的冷饭，人家才肯倒出来，才舍得到码头上洗碗时当垃圾清理掉。江南人很少说"舍得"，这话也讲成"潘得"。"你舍得吗？"叫"你一潘得？"而那些馊的米饭粒，小猫吃过了，家里碗橱里老鼠也偷溜进来扒了几口，才轮得到河里的小鱼吃。

在一条横贯全城的运河（支流）水里，洗冷浴的人一整个夏天都像城里各处的生活垃圾那样泡在同一种潮汐里，也从不觉得多脏。河面再怎么发浑，漂满酸腐的隔夜泡饭、西瓜、冬瓜皮、鱼鳞和鱼内肠，河水总还是清清爽爽，像树上的一张槐树叶子一样宽绰爽朗。河水发出很有磁性的蛮好听的声音，像一张刚抽出封套，刮刮新的唱片，像走街穿巷的手艺人，例如水乡里弄常见的竹篾匠、箍桶匠，有汗湿的长满了老茧的手，热天手臂弯总缠好一块揩汗毛巾。有时候年长的说书人——苏州扬州下来的评话、弹词开篇、说书——小辰光总是公认这两个地方下来的老师傅肚里货色最好，中山公园书场总是替他们放置最好的台位，一把风雅的折扇"啪"一声打开，一碗茶泡好，惊堂木"当"的一声，茶馆外面的树荫头里于是吹来英雄云集、好汉们啸聚的古代事迹。洗冷浴人仍旧在热昼心里，呼吸着纺器厂后门头的空气。水性好的游泳者一路从闸桥河里游到城里，等于用赤裸的肌肤把县城的原始版图，每条弄堂，每家工厂、饭店的位置用水重绘了一遍，当然仍然绘在水里。沿着运河游，纺器厂过去是酒厂，酒厂过去是孵坊，孵坊过去是屠宰场，屠宰场再往东面游，是天主教堂。那年夏天，天主教堂所在的街区，是全城最僻静冷落的地方。教堂被关闭，大门锁上已经数十年，在这十几年里，有一半的辰光甚至连一个看门的人也不许配备。跟教堂相隔开五十米，几条弄堂过去，一排红砖头房子，以前（没人知道那是多少年前的久已淹没的年代）曾经是归属教堂的一家教会学堂，那时已被一所中学的校办工厂所占据，一条巨幅标语自天而降，悬挂着："工人阶级必须领导一切！"天主堂的本堂神甫已经在早些年被迫脱下了神职人员的教袍，据说遣送到苏北的滨海农场耕地养猪去了。整个锡澄运河的河道曲曲弯弯，其间在高低不一的街区里弄分叉开无数的支流，有时贴着围墙窗口，贴着人家后门陡直的石阶走过，有时像吐出的蛇信子一样蜿蜒，延伸向远方。自然，小城四周全是茂密的农田，其中一侧紧邻滚滚东流的长江水，长江在这一带的江面古称"澄江"，后来又叫"扬子江"，但是县城里年纪上了身的老人只说一个字，叫它一种称呼："海"——上万年前，大海还在距城区不远的地方，后来一个个岛屿、一方方沙岸被风、被水、被浪涛堆砌、吞噬、分流；县城脚下的大地，经历了无数次毁灭过后陆地的雏形，以及被轻易扼杀在萌芽状态的人类始祖的足迹迁移，渐渐迎来了最具号召力的风暴，以及风暴过后岸滩上的篝火……

　　那年夏天，码头上还有特殊的麦片香味。国家向城镇居民供给的粮食不足，甚至出现了严重的匮乏现象，于是号召居民购买一定量的麦片作代用品，掺在大米里煮饭烧粥。这香喷喷、一粒粒形状被压扁，像是只只小昆虫的麦片其实很富营养，只是外形丑陋，吃在嘴里吃口也很糙，但有什么办法？麦片、山芋干，这两样食品都经常掺在米饭锅里，使得饭烧好快出锅的一刹那屋子里吃饭时间的香味更浓郁，更加馋人了。人们普遍抱怨，由于有了这些不知名的粮食代用品之后，每个人不论大人小孩，全更加饿肚皮，更吃不饱了，原因是麦片的出现在深一层意义上勾起了城镇居民对于食物的恐慌，另一方面，也勾起了最原始的一种饥饿感。街弄里的人都在想，现在都吃麦片了，将来还能吃什么？只好喝西北风，吃水缸里挑的河水？麦片的风波最多只持续了两年，也许只有一年半，这种其实并不难吃的粮食种类就从国家统销的市场上销声匿迹了，成了我小辰光一段特殊的记忆。大热天，江南人家吃中饭夜饭，都有手捧着饭碗头走街串巷串门的习惯，每个人都捧着自家的饭碗苦笑，那是一种被大自然的丰饶娇惯了的水乡臣民脸上特有的表情。麦片，一粒粒圆圆的、狭长的，像最小的瓜子仁。烧起粥来，粥会很稠，味道也香，很容易勾起人的食欲。那是被机器有序地挤压成片状的夏天，是干燥火热的美丽的夏天，既贪婪，又惬意。

　　河水岑寂着，像是会开口笑的，又像是县城年纪五十岁朝上的居民，它都认得一大半。什么人什么时间大致从什么弄堂口走过，甚至手里会拎上些啥个东西，例如，一盒马蹄酥（点心，自然，在那年夏天很少见），一包带给家里小孩子吃的纸袋装的烂苹果、烂梨，或者拎了一只鱼箱……河水竟然事先都像是揣摸得到似的很知心知肺地流。开闸关闸，有时水流向东，有时潮水又往西城头涌。一波一波，慢条斯理，跟庙里和尚念经一样。大人小孩，全在一条闸桥河里洗冷浴，家里扛一只红漆的浴盆当救生艇，最常见的是卸下来的门板，掮到河里来放下，那松木制的阔门板，一湿水，颜色发暗和发黑，立即就有呛人的灰尘被风吹起的热味道，其实是木头本身的味道，不知为什么，闻起来竟像是街面上热天的灰尘。门板慢慢地倾斜，一头沉到水里，像沉船倾斜的甲板，小孩子不待门板完全沉水，急吼吼赤膊就往门上面爬，整个身子扒上去趴着，两只手死死掰住门板上头，不肯松手。旁边护着他们的大人就呵呵嘿嘿地在水里笑，随门板自身的沉浮而显示出很好的水性来。其实热天头掮门板洗冷浴并不轻松，门板有时在水里侧翻过来，漂浮时洗冷浴的人根本不大好掌握。门板力道大，而且因为体积的缘故很难捉摸到它的平衡，敢于带了门板教小孩洗冷浴的大人，都是水上竞技的高手。门板万一翻了，小孩压在底下，一时出不来，就有窒息的危险。实沉沉的门板，让人又喜又恼，欲罢不能。

除了浴盆、拆下来的门板，那年夏天漂在河里，漂到码头身边辅助洗冷浴的器具之一还有竹头的座车。座车是六角形的，一般底下有个木板的垫子，拎在手里实沉沉的，端着掮着放到水里，要浸好一会儿才往河里沉，然后就漂在水面上。座车一般只让小孩子玩，五六岁以下的小人，让小人到河里泡着，省得一个热天下来，身上痱子一大层。微凉的河水对于痱子有奇效。我们小辰光，小孩子都普遍生痱子，正如大冷天普遍全有冻疮一样，热天冷天，四季是那么分明。洗冷浴辰光，一只座车旁边总有一个大人看着护着，用手把住座车的扶手。座车缓缓地做着同心圆的旋转，沿河漂下来，有点像做气象测试的热气球，像桶状的飞行器，里面一个不足月的婴儿正站立不稳从座车里露出来一个头，奶声奶气地"呵呵"几声，被运河水刺激得很惬意，晕乎乎地瞪眼看他初涉人世之后第一次从水上看到的世界：岸上的树荫、房舍，码头上下的居民，一个油头粉面的男人气冲冲跑下码头，去洗一洗手，途中差点把一名年纪大的船上人撞倒。一名四十岁左右的妇女刚洗好菜、淘好了米，把一只淘米筲箕挽在手臂弯，还用自己的肘臂上下掂一掂筲箕分量，另一只手里拎了放萝卜和一把小青菜的竹篮，无论筲箕还是竹篮子，那天傍晚都让她很定心和满意，她往码头上端的河岸走时一步一回头，仿佛预感到这样的日子已经不会多了，十几年后就不再会有了。她心满意足地对每个人、每样东西微笑，她看到了漂游在座车里的那名宝宝，不禁颔首大笑起来。她朝上走一步，又回头看了看河里漂的一只烂西瓜，她跟自己嘀咕了一句这确实这有点可惜，"西瓜只烂了一半"，另半只八成吃口蛮甜的。又一名船上人扛着一支橹急匆匆经过她身边，往码头下方走，她匆匆看一眼那支橹，赶快再督促自己往上迈一步，掮着橹的船上人有点打乱了她一步一回头洗好菜往家里跑的步骤。她第三次回头，又注意地看了看座车里那名宝宝，这一次，她感觉那个宝宝也朝她注视着，慢慢望过来，绽露出仿佛偷偷享乐一般的笑容，两人一个在码头上，一个在河道中间，相隔很远的一段，但却像是心有灵犀似的。妇女这一次笑得更好看了，她并没有因此而陶醉，并没有停下身子来痴痴地朝河里看，她保持着先前上码头的节律，匀速前进，河岸上的阴凉已经够着了她的腰身，遮住她脸上原先一直晒到的炎炎烈日，她用手擦一把鬓角上的汗。刚才在码头往下的一端，其实河边上的树荫也七七八八大抵能遮住太阳光，那是一些榆树、刺槐、苦楝和垂柳。风一吹，树荫飘来荡去，露出很多天色的空歇。现在，上码头的人快要走上河岸了，迎接他们的却是沿河的一排排密密匝匝的树荫，进入那片树荫，岸上的人就看不大清河里嬉水的人群景象了。岸上人将看到另一番景象，地势远远低于河岸的一大片老城区，鳞次栉比的弄堂房屋、店铺、马路、天井、水塔……一直延伸向遥远的天际。

座车也有味道，跟门板上的木头味道不一样，竹筒味道更冷，闻上去直直的，一股清香，不像浸了河水的木板一样蓬松。那股竹头的清香已经在使用经年的竹头座车各部位贮存了很多年，闻上去有点阴郁和压抑，要不是大热天被人掮到河里沉沉水，很可能也就根本消失了，早就被江南的天井和弄堂人家的光线气息磨损掉了，但此刻一浸到水里，竹筒和竹竿部分就"咕噜噜"开始呼吸，先是吸气，然后慢慢往外呼气，呼出一长口气，冒出来一股股、一摊摊的黑水，全是陈年的污垢、灰尘，有时竟附带了吐出来几只蟑螂、壁虎子的尸骸，也就是在闸桥河水里现身一下，立即被河水卷没。冷浴洗过再掮到码头上，湿淋淋的竹头座车看起来像是重获了一次新生，"嘘嘘"地从座车各处发出惬意的空气流通声音，那些竹竿、竹节的颜色看上去比下河之前清亮体面多了。这一个冷浴洗得比街上的人还要更起劲呢。这会儿那位跟着下河的宝宝也欢快异常着，在座车里一颠一颠像是要从囚禁他的童年世界里跳出来去飞跃舞蹈。远远地在岸上看，河里的宝宝白亮白亮的，像一小面耀眼的折射出光照的镜子。座车端放在石码头上，给到码头上来淘米洗菜的街坊增添了不少麻烦，因为一只座车，几乎占据了码头面积的一半。这时候河水也像婴儿头上几绺稀疏的毛发一样傻乎乎的单纯可爱。

夏天里，全城都有新旧竹木器味道，每条街上都有一片竹木器店，人们睡的床是竹榻，坐的椅子、矮凳，平常使用的盛放东西的器皿，多数为竹制，有的人家还用竹头竹片做窗户或护窗板。每年的春天，县城弥漫在一种新上市的竹器的清香里，老街、新宅全跟竹子相关。那时小城的空气是篾青色的，有一种经由手工编织之后的市井的勤勉、雅致的气质。我记得街上担粪的粪桶上的搭攀是颜色发青的竹杈片做的，更不用说淘米洗菜用的笤箕篮子。

城郊有成片成片的竹林，城里公园里有，乡下的村子有，山脚下面就更多了，这些林子都有很多年历史，全是自然长成的。

热天头太阳一晒，一条北门街上全是竹头和竹器的清冷，木头门板蓬松发苦，照理说一条北门街的气道是按不同店铺所在位置分段分片的，有点泾渭分明的感觉，比如日杂公司是日杂公司味道，药店是药店味道，钣金店是钣金店味道（钣金店又名白铁匠店）。中午十二点钟过后，全城所有的人家、商店全陷入一种子夜一般昏昏欲睡的彻静里，这是夏日难得的午睡时段，家家户户全把门板竹榻铺设到弄堂口房门口有走廊过道风的地方，小孩做作业也全往院子后门口挤靠。这一切全是自动自发地形成，没有人教谁，说你赶紧找风凉点的地方；人人都是赤日炎炎夏日的温良恭顺的臣民，只要深宅大院的房子里有一点点风凉的地方，有一眼眼起穿堂风的可能，这空歇的可能性就全被赤膊淌汗的大人小孩子占据了。人与自然相互间构成了一种古老而聪颖的契约。没有空调，没有电风扇——只有孩子手里老旧的蒲扇"啪嗒啪嗒"敲着背脊骨。而大人和家长手里随时卷着揩汗用的湿毛巾。全城在赤日炎炎的午后显得多么安静呵……这时候仿佛被一场大火炙烤烘焙着的光亮的城区的大街小巷，只有钣金店里的铁砧，小钢锤还在一下一下清脆悦耳地敲响，仿佛在替大马路上的夏天赶制一件古老贵重的白金首饰。电焊枪"嗞嗞嗞"冒着火花，灌满氧气的钢瓶在凹凸不平的黄石卵地上滚动，瓶身有时会重重碾过颗粒大小不一的细石砂，这磨人骨髓的声音好几公里之外都清晰可闻。太阳也发出电焊枪一样"嗞嗞"响声音，待午睡的小孩子耳朵听见，就变成一串串钴蓝色的火苗……太阳的火舌无情地舐舔县城上空高耸的塔楼、烟囱、教堂、山峦，甚至工地脚手架和古老里弄两侧的风火墙。空气在加温，全城都仿佛燃烧起来，火势一直要到傍晚五六点钟才逐渐减弱下来。这一段时间，所有小城里的店家，只有钣金店一家还在工作和营业，这真是苦不堪言的古老夏天，地上静得可以听得见左邻右舍小孩子身上浸了热汗水之后出痱子的声音。每个人身上黏糊糊的，店堂里的敲打声音不仅作为伴奏，午睡的居民们本身也在睡梦中吐出一道道火舌，午睡阶段的身子闪烁着蓝光。盛夏酷暑，眼看只有黑夜和运河码头上的水才能拯救小城里的居民。房屋建筑物最大限度地洞开了，不是真的屋顶被晒暴了，而是屋子里各种各样的家具陈设，全都被夏天的气流裹挟着，到县城老街上的热风里去走了一遭。玻璃旧了，红漆的五斗橱开始漆水脱落了，而老房子的房梁比从前更加坚固耐用了，那种一个人粗的圆木圆柱子，在大暑天气咬咬牙，又把自己体内的纹路悄悄回旋了一圈。那些户外的砖墙，红砖、青砖、石头垒砌的，全不一样。在这样的烈日暴晒下面，全城的建筑物内的水汽，都最大限度地被太阳光吸干了，所谓敲骨吸髓，指的就是这种暴热天气。一切地面上的生命全在悄然期盼着一场应时的暴雨……只有雨水能够拯救这里的阴霾和疯狂。小钢锤敲打着，店里在卖力赶做一个棉纺厂锅炉房用的通风管道，薄铁皮跟薄铁皮之间的嵌缝要对齐嵌牢，于是少不了锤子的殷勤体贴。榔头和锤子仿佛一前一后围绕着那些机器，在劝说机器们要懂得人性，也多少讲究一点世故人情，几乎要跪下来求拜它们了：发发慈悲心吧老天爷！

我觉得夏天有时像一只洋铁皮制的渔船上用的桅灯，是一点点一点点被街上的钣金师傅用榔头敲出来的，慢慢地一只桅灯从底下灯座开始成型，散发出旧的年代的洋煤油味道。做这只船用桅灯时钣金师傅满头满身的热汗，由于一再地细心躬迎而在大热天热昼心里虔诚地跪伏下来，地上全是铁屑、铁渣、破碎的螺帽螺丝，一根根烧尽发黑的电焊条。钣金店里的地面是干硬的耐泥地。桅灯所用的材料全是铁、铅皮、钢条，小孩摸在手里冰凉冰凉，而且有一股新鲜的金属味道，有时掺杂些较为昂贵的牛油、润滑油味道，仿佛灯罩所用的铅材料刚刚被拆封，从一大包油纸包里刚刚被取出来。在热天，这些味道都可以降温。我家对门街边上就有这样一家船具店，店堂后门紧邻着闸桥河，有时我会在店堂的铁锈和焊锡气味里闻到闸桥河上飘来的热乎乎的水汽，我在那其中辨别县城的其他气味，人家屋檐上晾晒的棉絮棉被啦，晒干的莴苣卷啦，芝麻酱饼啦。我看见汗从师傅的额头上滴滴淌下来，落在沾满铁屑的地上，"嗞嗞"作声。做这只桅灯的过程中要动用手工的焊锡，锡块被高温熔化之后亮白亮白的，比婴儿的眼睛还要好看。我惊喜地凝视那个夏天逐渐成型的过程，劲头十足地认为这是罕有的奇迹。师傅单膝跪在地上，我也跪在地上，而且是两只脚全跪着。当师傅把一支小小的焊枪点伸到桅灯内部的某个交合位置，他只是把自己的头最大限度地偏倚过去，可是我呢？为了看清爽邻居老伯伯，也就是钣金店里那名师傅神奇的动作，我的细小的脖子不知在空中绕了多少道弯。我像围墙上的丝瓜藤一样缠绕着他：趴在地上，根本顾不得任何焊枪铁屑榔头敲打的危险。我可以在铁皮杂乱的店堂地上趴着过一个下午，流着口水，有时舐着自己的手指头，那些指头直到天黑睡觉前还全是污黑的。我惊奇地凝视店堂内部发生的一切，就像另一年的夏天整日整日地泡在闸桥河里，等着浮桥头会有西瓜船开过来一样。

令人惊奇的是，堆满碎铁皮铁屑的店堂地面还十分凉快，凉快到比一般人家走廊很长的厅堂里的穿堂风还要凉快上十分。周围有那么多喷着火的焊枪，加了煤的炉膛，铁皮碗里高温熔化的焊锡，可是干泥地上却冰凉如初，摸上去像积了一层霜一样透凉！

只要一丝丝微风，店堂就凉快异常，工作着的人们就惬意地大口呼吸，叹一口气，与此同时热汗大颗大颗落下来。钣金师傅走过来，脱下右手上的手套，用沾满锈粉的宽厚的手掌，摸一摸我的脑袋。

这可能跟那家船具——钣金店堂所在的位置是临街一家年代悠久的大户人家的房子有关。即使在北门街上，到1970年代，那样的房子也不多见了。阴森，大门进去有很深的进深。进深处两侧皆有高大陡直的风火墙。

3

但热天天黑之前那段时间，大街小巷都像沸腾了一样热闹，比早起头（早晨）还热闹，也有点像早起头，只不过没有早起头那一段时间清新和清静。热天天亮之后，街面上渐渐热闹起来，主要是经过菜市场上下班的，再就是各家各户门前倒马桶时的忙乱。早上再热闹，一切还是静悄悄，有节制地进行，如同轮船站的客轮起锚出港了，乘客和水手都各怀心事，场面显得严肃悠然一点，一旦轮船又回到码头上，进港湾了，还是同一批乘客水手，脸上表情、手上动作就不由自主地放肆多了，话都多起来，跑路跑得也更加快捷。热天大街上的景象，跟船上上下客道理相似。有人肩上搭一条毛巾往运河里跑，甚至来不及跟街边上打招呼的人解释他这一刻究竟要去哪里。有人早已在码头上泡过冷浴了，此刻只穿着一条大短裤，在临街的自家屋门口扎马步，膝盖放一张过了期的报纸，长凳上弄了碗煮毛豆。酷热的一天眼看着快过去，大街重重地叹一口气，每个居民，无论男女老幼，全听见了这一声令人惬意，有时也叫人郁烦的叹息声音。汽车基本上是不会有的，那年夏天连小城居民私有的脚踏车也很少见，脚踏车还作为单位里的公车形式，不断被有特权的领导们凑理由借回来骑上一回，炫耀一番呢。那时候的脚踏车样子也难看，全是28寸，后座的书报架很大呈长方形的那种，小人缠着大人想要学，这28寸的车也是又重又不灵活，很难学骑。街坊里弄，一般只看见两种牌子的车子，"永久"的和"凤凰"的，推着它，就好像推了一架缝纫机在街上跑。拖煤球、拖材料的板车倒是有的，城里也有专门的板车队，全是一班膀圆腰壮、大字不识几个的大汉，时常见了他们挤坐在河码头上分食西瓜，不用刀切而用手直接掰开了唦；这班工人还是城里仅有的几家国营饭店里的常客，早中晚三趟，只要手头上有点闲钱，一并供奉给案板上一字形排列开的大海碗盛的黄酒和焖烧得"脱脱烂"的猪头肉。城里东南西北，都有各自的板车队，统属当年所谓的"运输公司"管理安排。傍晚五六点钟这时候，一碗黄汤大抵灌下肚里了，日落西山，各自于是拖着空车子从大街上"嘎噔嘎噔"回家。他们拖得很慢，仿佛拖了一车的战利品，又有点像是随后十年里出现的"归国华侨"，那些海外归来的游子一样疯疯癫癫的，趾高气扬着，赤膊，袒胸露背，板车的一根纤绳和套在背上的粗皮带，在沿路回家时被故意弄得漫不经心，松松垮垮的。他们挨家挨户，大声骂面孔熟的邻居，故意调笑，但又气量很小的样子，唱歌，一样直着嗓子，跟人打招呼，满嘴酒气，满身酡红，像煮熟的盐水虾一样。夕阳西坠，晚霞满天时，板车队的人回家，这大概就是黄昏天黑前最大的噪音了。一条北门街上的人，自东向西，老老少少，听见板车"空通、空通"辗来全见得躲的，尤其是刚下班的女士，少妇、丫头家，拖板车人看她们的眼神，一般就跟瞪视着熟食店案板上的猪头肉相混淆了。"快点！板车队下班了。"人们在门前走廊和厅堂身底大呼小叫着相互提醒。尤其是家里向毛丫头多的人家，正在浴盆洗浴已经拉好帘布了的，还要把帘布重新再拉一遍。膀大腰圆的板车工人有时眼睛吃红了，会奇怪地当街出言不逊，在他们中间，夕阳就像一件落下来的丑闻，令街上预备乘凉的小城人家忐忑不安着。这一阵子其实也无伤大雅的噪音过去之后，大街就真的安静下来了，人们自动地，仿佛梦游一般地跟往常一样开始往外搬着凳子、门板、桌椅。除了大衣橱、五斗橱以外，家里称得上是家具的大件，基本上全搬运出来了，当街乘凉，就像夏天渐入佳境所必备的一个隆重的仪式。想想，一家人家连大床床板都拆下来搬到院子里，大街边上了，还有什么不好搬呢？家里差不多都搬空了，如果需要，乘风凉的人连水缸都会搬出来的，可惜水缸不怎么派得上用场。一条北门大街，朝地上泼水的泼水，晾衣裳的晾衣裳，端凳子的端凳子，还有的专门负责钢精锅里的一大锅粥的降温，粥锅子放到盛满凉水，最好是井水的面盆里，然后用把蒲扇不停地在粥锅上扇。大人说小人，小人喊大人，这类声音在夜幕降临之前，从东到西，此起彼伏。没有行人了，这个辰光大街上已经不大会有不认识的行人了，有的话，也是走亲戚，或者一个地方的城里人，家住东城头，今朝跟厂里的好友回家来喝一杯的。我所说的行人，是指大白天偶尔还出现的外地人，到天快黑这一刻，就基本只剩下了到码头坐夜轮船路过北大街的上海知青，有时也有江西知青，总之凡要乘船从水路走的，在1970年的夏天，很有可能都曾经从我们的小县城城北一带经过。

街上走的知青，一般都是一脸落寞，身上背着露宿的行李，三两个，很好认。

这是最自由欢快的时间，游行结束了，批斗会，学习班，车间里"大赶快上"的劳动竞赛，以及检举揭发啦，提高阶级斗争的觉悟啦……一切全偃旗息鼓了。人们暂时放下各自命运的优胜劣汰，接受夏天的统领。钳工、船民、钣金工、干部、政工人员、军人、小脚老太婆、管区领导、居委会大妈，全部手持一模一样的蒲扇，穿一样的汗背心、白衬衫，坐下来吃起了一样的伙食：麦片粥、西瓜皮炒炒、炒蚕豆、红豆腐、拌黄瓜、大头菜……，望来望去，一条北门街上近千户的人家，热天乘凉时吃夜饭台子上的菜全一样的。所不同的只是菜肴品种的多少，精致与否，以及有的人家老酒吃得起劲与否。

有人家多一只甜面酱炒青豆子，有人家酱里放了点豆腐干、肉丁；有人家光是豆子，闻起来也一样喷喷香，老远就馋得小孩子咽口水。

月亮升起时，街两边的乘凉队列竟兀自焕发出一种清明的气息来，坐短矮凳的人，藤躺椅上的人，全一动不动，路灯柱下参差不齐的人影，一时间全不说话了，仿佛吃过夜饭，歇着一口气了，想睡觉了。这是一天里街市最初的一阵困意，跟早晨朦朦胧胧的初醒相类似，人们身体的动作全变慢，说话语句、声音简略下来。

于是点蚊烟香。河滩头也有人点蚊香。弄堂深处，也有影影绰绰一晃一晃的蚊烟香亮头。

街上，几个知青走过，大家都不说话了，停下来张望，连开讲《水浒传》的憨老头也停下来，把脸转过去张望。

也有人家在大街看不见的地方，在天井里向乘凉。这样的人家天井一般都比较大，四周的围墙和花坛高高矮矮，小孩子抬头看，夜空有一部分藤萝密布，繁星之间居然垂落下来一只结籽的葫芦，或者刚长成小雏形的丝瓜，晃晃悠悠，树杈间还有蜘蛛网，能清晰地看见串串亮闪闪的露珠。露珠的光，有时就跟繁星细密的亮光相交织。天井大，房子小。天井的后院部分，角落上，总会有口用于日常饮用的水井，也不晓得什么年代开凿的。井边上是热天最清凉处。夏天头热得不得过，人家就会掉转屁股四处找寻有井的地方，去用铅桶吊半铅桶水上来，降降温。井水每每跟冬天的冰雪一样冻寒，小孩子洗手，有时会觉得手上一层皮也在井水里抹脱了。乘凉时，人家也避开不知年代的井台，避开那口井，总是在院子最宽绰处，在天井正中央，摆下桌子来吃夜饭，搁下门板露天乘风凉，一家人拖竹矮凳的拖竹矮凳，掮长凳的掮长凳，在天井砖头地上忙乱一阵，拍蚊子，摇扇子，不知为什么，在天井里的日脚，热天头湿漉漉的，周围全是上升的地气，渗透下去的阴沟水，整个街巷间发出一种声音，是古老江南的市井阡陌间特有的汩汩声响。黑暗中，你能听得见地下水潺潺流响，那时候鸽子睡觉了，鸡进了鸡窝，蟋蟀罐里的蟋蟀在木门槛底下抓挠那只圆形的瓦罐。各种昆虫、小飞蛾全趁夜色出来集会，都往树荫密集处和亮灯的地方来回俯冲。对小孩子来说，天井乘凉相比较大街上，要悠闲自在些，少了些冒险的兴奋罢。他可以把注意力相对集中在神秘曼妙的听觉上，古代的天井也成为他稚嫩听觉的一份外延。这时一个躺在自家门板上安静下来的小男孩，发现整个美丽的夜空都侧卧过来，从各种迷惘的星象之间俯看他，他感到夜空的脸颊贴在他脸颊上，他感到从未有过的一丝镇静、庄严，一种油然而生，快要长大成人的难以名状的悲悯，他小小的胸膛跟前仿佛盛了许多平常没有的感情，把一分钟前活蹦乱跳的玩乐的念头"嗞"一声浇灭了。一名不识字的孩子面对一道书写在大黑板上的数学题，那黑板大到几乎覆盖整个学堂里的教室……

4

北门小桥头的弄堂，春天清净白皙的一条街，衬托出仍旧是缠足的老太太手里拎着的一只红漆马桶，摇摇晃晃地走路。在我的童年，世界是她头顶的青天，一轮太阳和她手里拎的马桶。马桶是一团红色，和太阳一样鲜艳，两个太阳，同时从天空和地上照耀儿时牙牙学语的我。我现在还记得我在其中的弄口天井蹒跚学步的离奇的幸福。夏天，家家户户居民的大门全都敞开了，河水漫溢而出，连同苦楝、槐花，河岸人家屋顶的泡桐。黑夜里蚊虫大得就像线装古籍被虫蛀过的书脊。夏日的烈焰使得街前屋后只剩下一片寂静白炽。街上走过的巨人是仍旧活着的大人里的程咬金。孩子们渴望做梦，依稀记得"隋唐"的字样，记得古扬州城铸铁的城门落下来时的沉重惨烈……说不尽的夏天环绕在礼拜天天井洗衣裳的姆妈围裙上。这不是寻常树影婆娑、蝉声如雨的小巷，这是遥远家族的一整册系谱，靛蓝的布封面纸盒的封套，是闪亮发烫的三五牌台钟指针和秒针的金属声音。我们已经步入二十世纪，但中国人仍将步入新的二十一世纪，怀着这一古老民族童年的小小秘密，那些传说中的鬼怪、英雄、杀戮、担水的和尚及山上的桃花……。一只蜘蛛在寂静的梁檐纺织硕大无朋的无声的蛛网，柔软的风，柔软的汗水和午睡中同样柔软的父亲（躺在一张扶手上可以放茶盏的藤躺椅上）。夏天就像1971年8月间某天一份新的《参考消息》。对开的四版，窸窣作响，风吹动报纸的声音里有纸张匮乏的讯息。夏天，一台上海产的新晶体管收音机，散发出一阵贴面胶水的香气。巨人臂膀刺着"尽忠报国"的汉字，扩散、张开，等待着秋风吹来其中的肃杀、忠烈。

突然河水开闸，长江涨潮。一会儿往东、一会儿往西急湍奔涌，像一名古代赶路的刺客来不及呼吸（他从你身旁经过时你听不到半丝他的呼吸），非但没发出声音，反而将原先没涨潮之前的闸桥河两岸的树丛、工厂、居民区声音全部一股脑吸纳进了河水深深疾驰着的旋涡，水流在水泥裸露的闸口处泛现数不清的大小旋涡，炎炎烈日紧随其后。一名孩子在临河的后院门口，在汗涔涔的午睡中猛然惊醒，他不知道是午睡停了还是河水突然涨潮了。他不知道这两件事情的先后次序，是他先睡醒，还是江河的涨潮时间先到？世界，有一种各自被对方唤醒了的惊奇之美。河水睁着惺忪的睡眼流过少年贫瘠的发育，流过一条老街历经沧桑人世沉浮的石码头，泥沙继续松脱、坍塌，继续在岸上一层层被剥落，青草连根带土掉落水中时发出一只跃入水中的青蛙声音，有时这声音更加细微简朴，像一只背部带有透明褐红色的壳的水汪汪的小蟛蜞，本来以为爬出的洞穴门前是平坦的安全地带，殊不料一下子就跌落、慌了神，身子翻落在湍急流淌的河水中，被巨大强悍的夏日裹挟而去，一时间惊雷阵阵，泥沙滚滚，好一派书场里的老先生抖腕开讲《三国志》的豪迈语气："话说天下大势，分久必合，合久必分。……"他不明白是河水弄醒了他，还是他把河水弄醒了？

　　一个秋夜里姆妈下班回来，门在月光里"吱呀"一声，同时推开的仿佛还有那各种令亲人怀念喜悦的无尽岁月，各种幽暗、温暖、肌肤相亲的花蕊绽开。身材高而胖大的姆妈。三十年后我必须试着对儿子讲解什么叫"长日班"。那时候县城居民的幸福之一就是能够一天天不间歇地上长日班。不要三班倒，不要半夜起来走黑黑的青石板弄（听得见长江涨潮的声音和鬼走夜路）。全城半数以上全是年龄不一的纺织、染织、缫丝女工。这是那个年代特殊的飓风。姆妈也像这飓风中的一枚落叶，日日夜夜被吹刮到我脚前、眼前，睁着一双介于植物、动物之间无奈的眼睛。姆妈轻轻地把大白天带到厂里去吃小夜饭的搪瓷杯子（有时是铝制饭盒）放下，放在水缸上。水缸的厚木盖上（那圆圆的，太极阴阳式的水缸盖，如今在何方？）。不，一铝饭盒的月光！

　　秋天，秋天被铝制的饭盒弄醒！

　　各家的院子、里弄、厅堂全被一阵夜半的秋风吹空、吹白了。木制的碗橱已经提前清洗，篾席和草席子卷起来，放在了秘密的阁楼一角。新的樟脑丸（一分钱两粒）投放进了芬芳陈旧的衣柜、抽屉。蚊帐拆下来（每年蚊帐拆下来全家像是在举行一场仪式）。帐顶上的灰尘在一个晴朗的礼拜天拍打干净了。夜晚入睡满屋子全是新糊的板壁、新报纸、新床单枕被、新米、新鬼怪故事、新雨靴、新天气的气息。走廊里风吹过再也听不见金属的帐钩击打床架的"叽嘎"声音……那儿时床沿壁架边上的帐钩，似乎可以像水中捞月似的把整个江南从水底捞上来一遍，重新加以嗅闻、端详一遍。各人都疲惫了、困倦了，孩子们脸上也一样有着相似期待的表情——经过一整个热烈的夏天，身上重新又有了瘦削下去的兴奋的肌肉。秋天就像肃杀寒冬的演兵场莅临之前的一场预练，预备演习。大规模的冷兵器时代的军队出列，所谓"大军未到，粮草先行"，秋天就是那夜间瑟瑟作响的先行粮草。十月金秋的紧急动员令已经下达！

弄堂还是瘪瘪蔫蔫的古旧弄堂，半是断砖半是土墙的院子，顶上堆着圆形的时而倒置的瓮缸。小巷还是清净空寂着。巷口小得只能放只糖担头。一枚草绳捆制的草把上斜刺里插了许多糖做的小人儿，糖做的飞鸟、公鸡、十二生肖以及挥舞金箍棒神采飞扬但却入口即化的孙悟空大闹天宫。我亲眼看见风把街面上的灰尘一点点沾在糖人身上。风有一次把孙悟空的金箍棒还吹断了呢。在这个即使放了学也没几名小孩子有兴致凑上去围观的糖担头上，彩色的公鸡始终雄赳赳地屹立在东方，仿佛正对着未来一样遥远的过去引吭高歌。一到傍晚，巷子口行人多了，担子的主人就得让路，赶紧把糖担头转移到一户人家废弃的房门前。

糖担头里的东西可供零买，担头上用刀敲击下来的糖饼越来越硬了，敲时声音也越来越大。寒冷的冬天到了，年关已经临近。待第一场雪落下，孩子的心变得像是一名哑巴。

远处迷蒙的世界，在紧缩的寒潮中被一点一点改变了。更多的日子里，孩子开始独自一个，孤单地跑出弄堂口，看着大街的东面，再回头看看西侧的浮桥方向，姆妈照旧上起了她的小夜班。在手上烘着红红的炉火，用自家制的辣椒水擦拭冻疮。谁也不明白那名瞪大黑眼睛的半大男孩，成天在想些什么。

他听运河里的冰撞击木头船帮，他听竹篙从水里拎上来不同的声音（在冬天，那声音使人浑身发冷、哆嗦），他听一户户人家预备着年货，蒸糕做馒头、做馄饨馅，他听霜降时分菜刀在砧板上的"得得"声。到了乡下，他欢喜地走到侧厢屋角落，看人家喂养的猪在黯黑的泔水里"呜噜"作声。他开始欢喜闻田野河水的泥腥气。在下雪之前，他贪婪地张开鼻孔朝向遥远的天际，那儿灰蒙蒙的远方仿佛正绽开着一树腊梅。他沿街看着谋求生计的人们和一家家鳞次栉比的店堂，蜡烛店、灯笼店、船具店、日杂店、藤作坊、白铁店、铁匠店、裁缝店、剃头店、摇面店、布店、药店……挨个一一查看，仿佛已经知道了世界只是一道从不启封的秘密符咒，一句不为人知的格言，一个几何图案，一缕幽暗厅堂过道尽头的香火。一个祈祷，一次不被见证的跪磕，一场虔诚的礼拜，一种弯腰、俯首的无言姿势。一次出走，一个微小的表情和眼神，一场孤独的会面。就这样，他听着，他闻着，他看着。这名运河的孩子，迎来了他生命的第一个寒冬。

1970年代，全城没有一台空调，连当时的县委县政府，大冷天也是冷风籁籁落落。那个年代，凡有工厂厂房的地方，就自然成了为县城阴暗的陋巷弄堂加热升温的所在。人走到靠近厂房的地方，心里头总会觉得一阵热，仿佛无端添加了一层衣裳，虽然空气中的温度并无变化。落雪天，冰天雪地，有工厂区的街路，雪也积得薄些，冰也融化得快一些。孩子们全拍了手掌，在冷和热之间兴奋雀跃。

城里甚至能闻见家家户户冻疮的味道，晚上开了电灯洗脚水的味道，马桶的味道，五斗橱的味道，抽屉里空空荡荡、只有一本揉脏了的"粮油证"味道，干煤球和潮煤球味道，副食店里物品寥寥、变了质的味道，尤其是那店里木质的柜台，一闻而知是富足还是贫穷。我至今也没忘记零拷酱油的地方，柜台前有一张木板制的台阶，垫脚用的，人踏上去，"空通"作响。木头铺板上的油渍酱油渍啊，麻袋拖过的粗盐粒啊，蜡烛油啊，什么都有。各色人等，大小顾客，全都很满足于自己踩上脚去的那几步，那意味着你又要把能使人活下去的一些物品，酱油、腌菜、腊肉、鸡蛋、米、黄豆……，从那腌渍一片的柜台跟前拎回家去啦！那是多么充实的感觉啊！

台巷弄口有一家副食店，副食品店的两排柜台，全有由木板做成的踏板。一排放饼干、糖烟一类的食品，对面一排是日用品：草纸、炮仗、火柴、油盐酱醋。店堂的里身，靠柜台是三四只柴油桶竖直排放，上面有设计复杂的计量用的铁皮管道，顾客倒到碗里的豆油、菜油悉数从这些改装过的食物油桶里抽汲出来。长年累月，盛油的桶沿、倒油的管道口全蒙上了一层黑黑的油垢，而黄澄澄的食用油就从这黑口子上被店里工作人员用稔熟的手势压出来。小辰光，我走进去，时而闻见霉变了的香烟味道，时而闻见生豆油香味，我总是手足无措，不敢看店里服务员的脸。空气里，总浮现一层油渍过的麻袋，过了期的核桃味。我很难形容存留在我回忆中的这种国营副食品店堂特有的气息。这其中，还得加上磅秤上铜尺和铁秤砣不同的金属气味。我的童年，仿佛经受过这个国家计量单位严重的恫吓，生怕自己买回去的东西姆妈觉得斤两不对，生怕这个生怕那个，甚至生怕这类店铺第二天一早忽然就没有了，从北门街上那个黑暗的缝隙里掉落下去，消失不见了。

麻袋、虫蛀的核桃、草纸、饼头饼脑等等是这类店堂最主要的气味，紧接着它们又扩散到县城每个角落，每个大街小巷的空气里。于是你一清早起来去学堂，学堂的书包课桌课本上有它，商店排门上有它，台阶天井里有它，生煤球炉子的烟味道里有它——最后落下来的雨中，也有它阴郁打量着你的目光。无论你走到哪里，那就是县城大街的味道，尤其是熄了灯县城弄堂的味道，各式政治运动的口号，仿佛也从中派生出来。你总是梦见自己沿窄窄的石板弄堂去店里拷酱油。拷五分钱酱油，全家几乎可以吃一个礼拜。江阴城里的这类商店，我记得的有"前进商店""浮桥商店""燎原商店""一风顺"……但店里人（服务员）的脸或长相，我已经记不住了。

黄梅季节，木板要还潮，连柜台也在往下滴水，装豆油的桶，仿佛是从雨地里刚搬进来似的，玻璃糖缸里的硬糖，几乎全融化成团了。站柜台的人，也古怪得很（我努力在回忆）。每次路过，我总抑制不住想进去，可又不敢进去，而无论结果进去与否，在剩下来一段回家的路上，我又总是加倍地怅然若失，"心急和难过交替"（柏桦语）。童年的心，仿佛被老街浸呛过了，就这样永久地迷失在了其中黑暗的陌巷。一种再也找不到自己家人，愧见父母，欲哭无泪的感觉。

童年时的商店，就像一小块炭火，总也熄灭不了，一直持续不断，在我胃里燃烧——最后，把一颗小小的心点着了……

小辰光，我觉得我胃口好得足以把副食店拷油桶上倒油出来的管道口的那一层层黑乎乎的油垢给舐吃掉。

闸桥河水缓缓地流，日夜不息。有时潮水流急了，能明显看到整方水面移行得像码头堆场上机器带动的传达带一样快。而这传达带的启动，却来自一个亘古神秘的电源。两岸人家上下河滩，一般都刻意躲避开河水的涨潮落潮。北门街上，人人家里都有一本有关季节潮讯涨落的时刻表。一旦把潮讯时间弄错了，河滩上就会出现难得一见的笑话场面，比方五六月份，有人家上河滩刷洗竹凉席，搁在码头上的一卷凉席转眼间被河水冲走漂远，凉席的主人只好哭笑不得顺着河滩码头一路追赶，一般隔开三两个码头，失主总能把东西重新打捞上岸，但多数时候，也要额外动用水性好的人下河滩，手里捐上家家户户，尤其河滩头人家常年备用的竹竿子。

河水的迅捷，春秋之际上下翻飞。五月里，河水涨得最高，最满，所谓春水，慢慢就衍变成温热的夏天，各种沿河的树木的液汁，也在变化，水的味道，浓淡涩甜，一年四季均有微小的变异。甚至宅邸的屋基，也一直深陷到河床深处。我们有时能够喝到砖瓦的味道，喝到空空的古代天井里梅花正落的味道，通过闸桥河水，我们也喝过房檐上的积雪，河道像一只古代的石砚，慢条斯理地在磨它手上的那段墨。

沿河弄堂边靠墙的石碑，竖直的桩木，正像砚台边那只墨一样，神秘，专注。中午我放学路过时，它们还在，吃过了饭往学堂赶，顺便拐去弄堂口观看，它已被涨潮的河水淹没了。

北门诊所靠河的木头窗门推开来，窗台连同底下那段围墙正淹没在深水中，水还在上涨，给人的感觉仿佛不久这两间住满了病人的房间很快也要被潮水冲没了，打吊针的病人，很可能最后直接被河流的针刺刺中了。打吊针，江阴话喊成"灌盐水"。窗台两侧，落满紫色的泡桐树花，一直浸漫到河对岸人家低矮的屋顶，这是我孩提时代有关闸桥河水的一个落英缤纷的记忆。

回忆，就像一张死者的脸，透过时光，童年的一切都精致玲珑，没有一点多余的灰尘，我看着它，感觉内心的愿望仍像从前一样的遥远一样的任性，我可以在那其中任性地再来一遍，再冲出家门穿过北门大街小桥头弄堂，那里的河滩、码头、工厂里铁锈的垃圾，河上的航船以及船上冲我"汪汪"叫的一只大黄狗……这一切渐渐幻变成一个拥抱着我的怀抱。回忆，深情款款，依依不舍，如梦如幻，有时却又半推半就着，像一场久长的恋情。跟心爱一样不谙世事，也跟爱情一样严重地丧失着现实感，今生和前世全不重要，全变得跟眼前唯一的所见一样了。我们不会离开我们所爱慕的对象，我们的心被对方掏走，眼睁睁看着这一结果却仍旧心醉神迷，目光言辞中满怀着感激。有那么几年光景，我的眼前只有那消逝了的闸桥河水，我天天看着它，天天望向它，它证实着我的本能，仿佛希腊神话中那个美少年阿多尼斯，只愿面对他自己水中的倒影。我的身子忸怩不安，但我自己毫无知觉，在我对这种生活一知半解之际，我就坐下来，把自己奉献给了它，给那无声潺潺的流水，给我童年的光与影，街道、四季。此刻，我仅仅是一个不断流变的我，是随河水漂逝远去的我，我把真实的我毁弃，绞尽脑汁把这一上天的模型用蛮力、用智慧去掏毁，只愿和不真实的我共存和相处。如今，虚无的我仍在昔日的北门大街上飘荡，那里千百户人家久已人去楼空，家家户户，只剩下相毗邻的一堆堆废墟。可我还念得出那弄堂口的门牌，我还寻得见衰朽的木门槛、青砖走廊空地、甬道、天井的存在，甚至砖墙上的露水。我仍醉心于儿时清静的河滩，那儿夏天整匝整匝大块蔽天的树荫。一只知了被淹没在那样辽阔的树荫世界是多么习见的事情！我还听得见街头船具店、钣金店传来的锤子敲打声。那声音对于我，宛如一幢不可见的庄严寺院里长久呢喃着的诵经声，那声音久而久之，使人听成了是对于我那样离奇而又平淡的一个童年的祈祷声。我的句子话语已经失去了前后关联，失去了某种语法所特有的开始或结尾铺陈逆转的修辞。我可能一句话没说，一言不发，可能用书的结尾部分述说了书的开头。句子本身自行向前追溯，本身毫无意义，它不是由一个文字开始到一句话结束时的第21个文字组句才把我内心的意思讲述清楚的，不！它直接中途结果、开花，它在第21上开始第1、第11或者第8。文字被水流冲散了，顺从于完全混沌的时光，没有碎片，没有整体，只有时光本身，对一个年过四十的人讲述童年，正如对一个疯狂的人谈论清醒！啊，我们是从生理上被逐出了我们自己喜爱的乐园，我们的理想国，我们童年的花果山、水帘洞！我已经衰老过不止一次，可我回想起童年的生活，觉得自己仍像儿时一样的任性。这是一部句子倒悬的书，作为可能的文本，它只值得一名午睡时间的孩子赤脚在长凳铺的门板上踩它一脚，也许午睡醒来它已经掉落到床底下青砖地上了，它和醒来的男孩一起静静聆听古老的街巷门洞里房子檐瓦上的"嗡嗡"飞旋的蜜蜂，仿佛在听一名神奇的小提琴手演奏，他们相互用手掌合脸，沐浴着房子午后的穿堂风，定定心神听了一下午。

的确，那个年代的森严门槛，我已经再也跨迈不进去了。

作为孩子我曾生活在里面，作为四十过后的成年男子，我却只能够在门外面徘徊不前。

"外面，话语的真实和风的真实，停止了争斗。"（伊夫·博纳

富瓦语）

　　弄堂里有天井的人家很多，面积不一，形状也稀奇古怪。小的
小到一条狭弄形状，贴围墙脚两条阴沟，门槛处有青石板覆面。有时
做成一层两层的台阶。大的完整的天井，前后有一百平方米，略略呈
长方形，有花坛，种翠竹的；也有的人家，饥馑年代竟掘开有些年代
的青砖地挖出一块菜田，自备些韭菜莴苣蚕豆什么的菜籽，开春撒下
去，几场雨一笃，菜就绿油油长出来了。种菜的人家，吃饭顿头上随
摘随吃，下油锅一炒，比什么市井中的江南时蔬都要新鲜。弄堂给人
的感觉也像可以吃的，碧绿碧翠，围墙上飘垂下来的藤萝，砖头地覆
满陈年的青苔，空气自然有了水乡古镇特殊的清冽雅致，像种田的农
民穿上了的确良。

　　较为完整的大的天井，1970年代的小县城，能够充分悠闲享用的
人家，也已经不多了。天井早已被政府的房管所分配制度分割得七
零八落，很少再有像样的大宅院人家了。所有里弄包括不起眼的柴窝
房，都住满了人。总是从前有资产的大户人家被迫迁住偏房侧厢，并
且一户门牌能住满各式阶层的工人、农民、船上人家，部队干部、供
销社营业员，林林总总，杂处在一堆，共用两三个，有时是一个大天
井，成为那个年代特有的风景之一。

　　因为种了菜，弄堂有时也有农田的感觉，也会走着走着突然冒
出一条开花的田埂。唯一的区别是城里人家不种麦种稻，尤其是双季
稻，那个年代流行种双季稻的，城里没有。棉花也没有。种玉米，向
日葵有的。城里人家自己在后院天井里收葵花子。县城被最大限度地
农业化了，为了发扬"自力更生"精神。"自力更生"这四个字，那

些年里也被作为标语刷写得到处都是，红色、黑色，厕所墙上，学堂围墙，电影院楼房顶上，大会堂门口，常见的其他标语，不定期有：

　　千万不要忘记阶级斗争！

　　无产阶级专政万岁！

　　伟大领袖毛主席万岁！伟大的中国共产党万岁！

　　排除万难，去争取胜利！

　　坦白从宽，抗拒从严！

　　团结紧张，严肃活泼！

　　三大纪律，八项注意！

　　好好学习，天天向上！

　　大海航行靠舵手！

　　广阔天地，大有作为！

　　……

　　有时一条弄堂到了头，一堵断围墙的墙面出现半爿红色的感叹号"！"，字形已经扭曲走样。厕所旁边也会有画成绿色的向日葵叶子、一颗红鸡心、一轮喷薄欲出的红太阳、镰刀、铁锤等等，还有工人阶级，工人老大哥，农民伯伯砸向美蒋特务小丑头上的大铁拳。边上刷写着什么"工业学大庆，农业学大寨"之类不伦不类的标语。

　　弄堂紧挨田野，也紧挨大大小小的工厂区，那是小规模的街办工厂，校办企业的年代。一条弄堂走着走着，说不定走到一家工厂堆满生产垃圾的后门口，然后这一带居民都常年吃着车间里的灰尘铁锈味。大白天里，上午是机床声音，下午则换成了马达、蒸汽的隆隆声。一些旧的家族祠堂，废弃的寺庙，都被改建成了面目狰狞的车间，县城里有制药厂、机电厂、染织厂、水泥厂、面粉加工厂、毛巾厂……每个县城都有几乎一模一样的一套工厂系列，把昔日县城的街巷里弄，分割得七零八落。我们的小城既像一个小村庄，又像偏远地方的加工厂。好在当年这些街办或集体工厂的效益都不怎么好；另一方面，小城的历史足够悠久，经受得起动荡年代的各种折腾埋汰。也好在这一带一直没通铁路，只通了轮船和公路。

5

午睡时课堂里一片寂静，大家都在吮手指头，唉声叹气或者互相朝对方眨眼睛。女同学睡在台位上，男生困在台位底下的长凳上。女生高高在上。整个学堂和教室，被淹没在一大片操场树荫走廊外的知了声音里。县城各处有不少树龄超过百年的大树，浓荫密布。那时候知了也特别多，声音叫起来有节奏地忽高忽低，仿佛晾衣绳上被风吹扬起的一整床被单，遮天蔽日。有时听着听着，觉得知了叫就是人身上出汗的声音。学堂因为稍稍远离县城的街弄马路，坐落在一处偏僻郊外的小河边，因此热天头街办工厂，白铁店、船具店敲打声音听不大见了。人到了六月里，能闻得见空气中各式各样的味道，有的馨香，有的略带苦涩，有的浓郁成化不开的一团，有的清淡如常。这其中有大棵落花的槐树、泡桐、苦楝、香樟、柳树，也有蓖麻籽、竹林、银杏树。城里的树木全都有些年代了，而给予刚上小学的孩子们以诧异感的还有陈旧的街巷、建筑、民房。即使临街一小间普通的土坯房，也有一二十年的时间了，况且四面围墙有一面是用青砖砌的。

小城如此古老，而孩子们的生命如此稚嫩。

六月到来了，空气里还有涨潮的运河水的水腥味，沿码头人家的味道，河中央一艘大木船驶经，船上装运的货物，乃至空空的船舱味道，也在大气中久久地回荡。

河面荡漾着空空的弄堂石壁的影子，月光下仿佛新刷了一遍石灰水。即使那沿河的围墙年久失修了，墙身斑驳，高低错落着，在夜里看去，也有一种庄严肃穆的效果，仿佛自盘古开天辟地起就一直屹立在那里，深深地在混浊的河水中扎了根。神秘的宅邸的根基，有着小孩子们不可思议的建筑蓝图和构思，各种深邃古老的用场，高度，光怪陆离的形体，那白皙的水乡人家沿河的形体，已经由岁月的流逝而跟周围的水道河床浑然一体了，如同上几个朝代戏曲唱本中的婚姻，水和岸彼此相敬如宾，相互贪婪地嗅闻对方身上的气息，通宵达旦，直至永恒。

水中有各类大小弄堂的垃圾、苔藓、小吃、井台、门槛味道；同样，弄堂人家的生活里也时刻弥漫着河上往来的航船味道，鱼虾味道，甚至一盏波浪中起伏不定的红色航标灯那恍惚幽暗的气息。

早上，居民们醒在各家睡床上，同时也醒在清风拂面的水面上，醒在光灿灿、湿漉漉的渔船缆绳的抛掷间，渔船驶过时长长的缆绳沿着河岸游走，有时会像鞭子一样抽打过去——"啪！"长蛇形的一声，于是黑夜无声无息了。

太阳升起了。

这弄堂和石壁，有时是幢旧的教会学堂遗留的建筑；有时干脆就成了我小辰光上过学的那类"仓湾小学"。战争年代，则成了敌方的

"军事要地"，贮存弹药和各类重武器。几十年过后，孩子们坐在课堂教室，在一些奇怪的天气里，竟然还会嗅闻到莫名其妙的生了锈的黄铜弹壳味，包装子弹用的油纸味道，有时是炮筒上的牛油味，或者是霉变了的硫黄气味。学堂阴森的角落，仿佛深埋着一家巨大的地下兵工厂。

有时，学校景物萧条的操场又像过去年代废弃了的，杀过人的刑场。石块堆垒的围墙上，这里那里，有着可疑的血渍，弹洞，弹道。经常是半截半截的砖块相连缀。一片树林突然到了头，令人误以为空出了的那一小块湿地上从前曾经靠墙竖立过恐怖的夺人性命的绞刑架。绞刑架平台那么大的小块空地，有着昔日嗜血成性的刽子手们匆匆到达，动手，又匆匆离去的散乱的脚印。

如今，空地背面围墙上，是一条长长的标语："伟大的无产阶级专政万岁，万万岁！"

弄堂口出来是厕所，厕所再过去才是电影院，然后才是卖熟花生和瓜子的摊点。这些摊点通常在水泥砌的售票窗口靠外面一点点，紧紧围绕着窗口附近东张西望的那些准观众。那些年放映的电影寥寥无几，观众却很多。一个月里大概只有四天电影院里大门敞开。全是礼拜天什么的，而且还是在夜里。除了革命样板戏之外，放映的片名稀奇古怪。有越南和阿尔巴尼亚电影，也有朝鲜电影，唯独没听说过后来满世界的香港电影或好莱坞大片。这座城市发生的变化其实肇始于一部记不大清片目的电影；这座城市的巨变也起始于电影院门口开始有小人书摊，开始铺浇上水泥或者开始有外地人（比方说：安徽人）摆摊卖瓜子。更早些时候电影院门口是没有瓜子卖的，没有什么炒熟的香喷喷的葵花子。只有标语和墙上宣传栏里的告示、枪毙人的布告什么的，只有一大片的烂泥地。城里年纪大点的都叫电影院那块地方叫"荒场"。这是由来已久的习称。人们都在那块荒地上聚集。冬天泥泞遍野，夏日里尘土飞扬。但是县城范围思想和体格活跃一点的人士仍旧习惯了晚上纳凉时自发聚集到这里，一段时间以来把电影院这个地方弄得像是未及命名的广场或是某处学校的操场。不明事理的外地人初来乍到，还以为是轮船站呢。可是又没有轮船，长江航道也远在十几里外的港口。有一天，他们来说革命样板戏《红灯记》已经被拍摄成电影了，快要来县城公映了。又有一天，一个古怪的电影片名开始频繁出现在市民们嘴边上：《巴士奇遇结良缘》。公正一点说，变化是从另一部名叫《橘颂》的香港电影开始的。流行歌曲、邓丽君、两喇叭四喇叭的录音机之类走私或舶来货品还是后来的事情。一部讲述古代诗人屈原的香港片。我甚至闹不清是影片中的插曲还是电影名字就叫《橘颂》，总之，外面大街上的生活开始流动、变幻，如同河流被缓缓解冻，人们脸上有了新的更为复杂的表情。《巴士奇遇结良缘》。什么叫"良缘"？很多人的眼睛为之一愣。"巴士"又是哪个古怪国家的产物？城里人有人读作：巴士奇——遇结良缘。有的读成：巴士——奇遇——结良缘。很多年过后，这座城市的面貌已经发生了天翻地覆的变化。当年挤在人群堆里轧闹猛的小伙子已经变成白发苍苍的老人，这些老人中的一部分后来回想起来，才依稀领悟读懂了当年在县城里显著的位置上张贴海报的这场电影的一部分朦胧含意。是的，"奇遇"！正是这个词。这个词，这场电影的片名的出现是一个信号，一场噩梦——噩梦中的噩梦——开始的漫长片头。六七十年代的中国人，几乎没有"零食"这一说。市场、商店里根本没有现在的炒花生、瓜子可买。只有逢年过节，人家家里才有瓜子好吃，而且全是县城每家每户自己炒熟了捧出来的。政府不是反复提倡"自力更生，丰衣足食""深挖洞，广积粮"吗？甚至一开始还没有炒花生、葵花子，只有炒蚕豆。花生瓜子简直都是奢侈品！可是，有一天，或者不如说，在某一年里，情况突然发生了变化。街头——尤其是电影院门口——开始出现随处可见的炒熟了的带壳花生、瓜子卖，只要你有钱，你可以随时买来兜在手里剥了来吃，一天24小时，每分每秒，你手心里都有可能有吃在嘴里糯香糯甜的花生仁。于是县城大街上开始出现一批新的闲人，他们脸上总是挂着饥饿、渴念着的、梦游般的表情。他们的目光总是朝向街道两旁的小吃店、熟食摊，朝着电影院门口空荡荡的那块书写片名的大黑板或宣传栏。他们总是期待着一部不知名的影片可能的公映。他们的到来，或聚或散，使得电影院一带的空气发出饥肠辘辘的声音。他们茫然瞪视着前方。瞪视着电影院门前那几级年复一年残缺了的台阶。那些台阶仿佛是一种愿望实现了的幸福的标志。影片开映！那是多么神奇的时刻啊！偌大的银白色幕布，藏在楼座墙后神秘的放映机。胶卷的"咯咯""嗞嗞"声。片头音乐交响乐开始。银幕上"八一"电影制片厂几个雄赳赳的大字。或者"长春""上海"等电影厂家光闪闪的雕塑标志。大放异彩的感觉，黑暗的观众席上，观众们个个全像一棵棵闪电击中的树一样笔挺端坐，巍然屹立，一个个活着经历了闪电。

电影院每周放映一部电影。曾几何时，每月只放映一部，甚至同一部影片轮流放映，达半年之久。后来改成一个月四部。终于有一天，县城里的居民等来了如同外星球居民降临的某一个国家的影片——美国影片《摩登时代》。这是一个对于中国古老的市井百姓而言历史性的时刻。因为在这之后，英国、法国、西班牙、意大利电影全都陆续开始放映了，于是，又一个来自银幕世界的新鲜词汇成了新时代到来冉冉升起的信号——"摩登"。这个词，如同前面谈及的那部"奇遇"字样的香港电影一样的令人费解，经久不衰而又耐人寻味。这是一个时代的结束，也是另一新时代的开端。

国家的命运从一个词上面，开始改头换面。

弄堂口出来是厕所。

实际上，那些年里水泥楼板搭建的简易公厕在县城显著的位置，也就是如今说的中心地带并不显得太招眼或难看。厕所看起来很平常，也不臭，不算很臭。因为是一半露天的，敞墙式的，蚊子苍蝇多点而已。冬天头是一点也不臭的，底下粪池老早就结住了。就一天里的时辰计，只是早上八九点钟的弄堂人家倒马桶时段略臭些。你想想，那么多人家的马桶云集，一齐拎出来倒在粪池里，味道难免不堪些。每月的几号，环卫所定期有组织安排的粪车负责前来清理。粪车把粪便挖出来运到附近蔬菜大队，或更远处乡里的人民公社，也算是居民为社会主义略作一点贡献罢。那时候弄堂人家的树多，天井和院子多，旧房子多，自然把分散在县城各处的厕所味道过滤掉了不少。我跑来跑去，从倒塌了的旧城墙一直到城里最古老的（北宋年间）宝塔院，脑筋过一遍：青果巷、庙巷、东平庙巷、火车弄、蒋家宅基、北门、南门、石子街、忠义街、涌塔庵……统共也不过十几家厕所，跟相同位置的粮站、混堂、煤球店数目也差不了多少。只不过我对电影院侧门边上那家厕所印象尤其深刻，因为去的趟数太多。仅次于我家在北门丁家弄位置上那爿厕所了。

就式样和蹲坑的舒适程度，有话说话，电影院弄口那家厕所，还不及丁家弄那爿好呢。后者显得更为大方、宽绰，虽然蹲坑板上的泥浆、积粪、痰迹和各种垃圾呕吐物也一样多。记得那些年里的呕吐物、积粪、痰迹里往往夹杂着一些旧报纸，有些用撕下来的杂志盖住，有的粪便里露出一角生报纸，让人疑心起世界的终极问题，例如先有鸡，还是先有蛋的问题。

有几年光景，我甚至怀疑自己记错了。因为电影院里面本身有一家厕所的，在那个年代，往往也是除县委机关之外的县城最高级的拉屎的地方。对呀，为什么电影院内部有一家，电影院大门口一侧还会有一家呢？这从道理上讲不拢头呀！可是后来我又问了城里许多人，许多四十岁朝上的人，他们全都记得比我还清爽呢。比如厕所外墙有一侧是红砖头。比如敞墙式的公厕，男的能够听见隔壁女厕所的声音。男女相隔的厕所中间一堵墙只有两米多一点高。再比如厕所顶上蛛网纵横的人字形梁柱，便池里漫出来的粪便，地上垫着一块块的砖头才能平安抵达也干净不到哪里去的蹲坑板上……

你不记得啦？很多闹猛的电影观众爆满。很多人一看不到电影，就先抢占位置进来拉屎、边蹲坑边听听电影院里的声音也好，解解馋。电影里飞机大炮的声音，厕所里蹲坑的人也跟着一脸的英雄豪气……

你不会真不记得吧？电影院排队买票，队伍把男厕所的围墙一只角也轧塌掉啦！那是1975年，1976年的大热天？那是场什么电影？《甲午风云》！

"天哪——苍天啊！"有人在电影里喊。

"轰"的一声，外面的厕所坍塌下来。

电影院进去阴森森的，左右两侧向下的过道，中间一大排位置。

有着县城最显赫的建筑风格，又高又大的围墙，深不可测的前台搭着巨幅的白色幕布。没有观众时这些幕布也会在梦幻似的空气里微微飘曳，一个武侠世界，一场不幸的恋爱，一次宫廷政变，格斗、战争、流亡、杀戮……随时会随观众脑后的高墙另一头迸射的一束光柱中粲然浮现。没有性别的灯光幕布，不计年代的黑暗。银幕世界诞生自两种决然不同的因素：黑与白、光明与黑暗、现实和梦境……很多幽灵，观众的幽灵，银幕内心的幽灵和故事的幽灵在此汇聚。有着真实中的真实，虚空的虚空。一排排空旷无人的座位上拂起一股神秘的气流使得前台那一大块幕布微微翕动，仿佛朝向永恒世界微微掀动的嘴唇，电影的巨唇，一遍遍述说着人类的孤寂，男男女女，不舍昼夜。从亚洲到非洲，再从欧洲到南美洲，银幕上白雪皑皑的喜马拉雅山脉，贴近一望无垠的潘帕斯大草原。画面上的东北军，不真实地贴上了义和团式的面具和旗帜，爱尔兰矿工、朝鲜武士、白脸的丹麦王子、修道院、精神病科医师、皮卡迪利大街雨中的间谍。据说他们手里的雨伞的伞尖是特制的，含有某种当场置人于死地的毒液。风中有眼镜王蛇的"嘶嘶"声。丛林雨季，雨像一场场漫天大火席卷着战火中的亚特兰大城。更多的被挖成秘密地道的中国北方的村庄。更多的埋下去炸人的地雷。多瑙河上游漂下来的水雷，以及总是抽着烟的游击队员、南京大屠杀、中世纪欧洲的僧侣……全部人类的记忆仿佛历经了一场洗劫，电影胶卷的洗劫，无情的闪光，无情的黑影。人们看见，仿佛为了再次遗忘，再一次地经过那场哗哗泻落的倾盆大雨……

《甲午风云》放映之前一个月，我就晓得快要公映《甲午风云》了。以我当时十二三岁的年纪，我已经早一个月得知了消息，那么那些满城满大街做父母上班的大人们，该是早上三个月、半年就晓得了吧。如果是那样的话，我不晓得他们是如何闭得牢他们的嘴巴的。那个年代里这一类的消息传播得最快。除了过年国家供应的年货品种数量，例如：几斤鸡蛋，每户多少肉类，多少油，多少烟，豆腐百叶券，粉丝券之外，就数电影放映的消息最得人心了。我记得那年的暑假快到了，我大概是初一的学生吧，学校组织去看的一场电影，片名我已经忘了，科教纪录片一类的。我们出电影院大门时照例乱哄哄。我们挤在大门口不肯出去，老师在跟影院的一名工作人员交谈，我们本能地凑上身去，想偷听得点什么激动人心的小道消息。倒不一定是非要跟电影有关的，随便什么大人的事情都行。我被人群挤在外围，糊里糊涂什么也弄不清爽，突然一个声音，一个名词清晰地传出来，里面有很多嘴巴在说，在喃喃传递，只有一个同学的嘴巴朝准我，并且声音很响地大喊：

"——《甲午风云》！"

好像他是多年以后报纸上着意渲染的那名中奖者。

我至今仍记得他闪亮的、迷惑但近乎于狂热的眼神，一名夏日少年的眼神。就像他刚刚手掀帐篷，从正在表演的场面热腾腾的马戏团现场走出来，刚刚目睹了某个汗涔涔的奇迹。那奇迹的声音、形象、力量还停留在他稍显稚嫩的耳郭、眼瞳、呼吸之间。他晓得我欢喜电影（那个年代出生的人，谁又会拒绝自己成为银幕世界的宠儿呢？）。对于电影，他也跟我一样狂热、无知、兴奋。他说话时把他嘴里那一口呼吸喷吐到我脸上。啊，多么美妙的夏天！"《甲午风云》……"我喃喃自语道，侧过脸去，已经被身旁更多的同学挤到了大厅的侧门边上。

帝国主义的坚船利炮在黄海上，在吴淞口，在广州外海流域奔突驰骋，鸦片战争，我们不仅一天之内知道了历史上有鸦片战争，我们还知道了1840年，1850年这一类古怪费解的数字。这是什么意思，表明了什么？以我们十二三岁时的历史知识，比较有把握说得出口的人类纪元，或某重大年代的数字，第一要数1949年了。这四个数字仿佛是用铁锤洋钉敲打到了我们那一代人的脑袋瓜里，此外我们还知道1958年（伟大的"大跃进"和"三面红旗"）、1966年（"史无前例的无产阶级文化大革命"）和1953年（"抗美援朝"）。我们还知道中共成立的1921年。对1937这个数字也不陌生，因为抗日战争（"地道战"）。此外，学上得好，书念得不笨的初中生还约略知道——最多了——1919年，那是相对业余的候补知识，是"五四"运动爆发的年份。剩下的，人类纪元仿佛就是从"19××"开始的，从不晓得，也无从关心"19××"之外的数字。因而，猛一听说一个什么"18……"宛如挨了一记当头棒喝！怎么啦？难道人类之前还有人类？我的第一个感觉是：我们被蒙骗——我们受骗了！这不，现在来了个《甲午风云》！"甲午"这两字，什么意思？"鸦片战争"的"鸦片"又是什么劳什子？再一看电影：清朝人的装束，"顶戴花翎"，皇宫的华丽……。看电影的同学们，仿佛全在各自的座椅晕头转向地梦游。那场电影，从此成了我少年时代乘坐的一架名副其实成功穿越了复杂隧道的时空机器。我仿佛一下子就脱离了我们那个时代的重心，掉落到了一个全新而怪异的世界里。走出电影院时，我有身上的某些东西一下子长大成人的感觉……既孤独，又懵懵懂懂……走到外面马路上，看着那弄堂口的厕所，水泥砌的售票窗口，闻到平常熟悉的粪坑和老街味道，就像一个大脑严重受损的人一样茫然懵懂，觉得走路时候两只大腿也不听使唤了。马路突然变成了陷阱似的泥沼。放眼望去，县城停滞的空间景观仿佛突然被一道炫目的极光击中了似的。整个城市、年代、记忆、生活慢慢从街道中心开始裂开了，就像汪洋大海之中的一艘沉船。起先，这艘巨大的游轮还在航行，但是突然间灾祸来临，意外发生了……总之，我身上某些东西仿佛被粘在了那场电影整个放映过程中的银幕上。同样的我，散场以后要走出电影院走到外面马路上去变得艰难异常。我吃力地加倍想一些问题，意识到一些问题，仿佛大冬天的被兜头浇了一盆冷水。电影有意无意所暗示给我们的那段历史包含着的现实跟我生长其中的那种现实之间出现了严重的分裂。钟表开始"嘀嗒嘀嗒"在我体内响起。在这之前，我们曾经认为我们是史无前例、崭新的一代，我们是"红小兵"，个个肩负着某种"红色中国"的使命。可是，那天下午，在走出放映《甲午风云》影片的那家影院大门一刹那，我身上有一种超乎寻常，远比我自己更加伟大的心跳降临了，它在我胸腔里，在我身上，听起来那么清晰、深沉——我听到了真实的人类的心脏！

6

咸带鱼上岸和鲜带鱼完全不同。大热天里浮桥码头上也有咸带鱼被江海大队的人运上岸来，不怕死的苍蝇四处飞来绕去地跟踪。蚊虫、白色蛆虫，加上带鱼身上几近腐烂的白皑皑的肉汁水，淌得半条北门街到处腥臭，然而这腥臭，在热昼心，日头一晒，风吹雨淋的，久而久之，竟变成一种说不出道理来的莫名的馨香。说它很香，也未免夸张了点，但至少不像一开始拖上岸那样惹得街上行人嫌恶了。原因是带鱼上市之后，不久就被城里人家买光了。买到最后，只能拣些鱼头，连干瘪瘦小到只有寸把宽的细带鱼也哄抢光了。菜场上实在没有什么可买的荤菜吃呀！烂到一半的咸带鱼买回家，就拿到闸桥河水里漂洗，回家就着酱油生姜糖懒烧烧，总算也吃到点海鱼的肉腥气吧。因此一条北门街上，码头上的鱼腥气，浮桥菜场门口一层干结的盐霜，使得带鱼的味道复杂起来，那种盛夏酷暑的鱼腥气，时而在大太阳底下升腾起一股滚烫火热之气，时而又阴湿异常，像一种久已失传了的家具木质霉变的味道。有时候，午睡时间，浮桥头方向吹来一阵淡淡腥臭的微风，这暖烘烘的腥气是干燥的，甚至是令人愉悦的。有时，气候突变，要下雷阵雨了，眼看过路人急匆匆地找高大点的房檐躲起来，北门的浮桥一带就像黄石块铺设的街面一下子被人挖掘出来许多久已腐烂的鱼的内脏。

新鲜的带鱼，被船家或食品公司雇人起上岸，则是完全不同的一派风光。一般在九月份，秋风乍起，银白的成舱成舱的带鱼被人用大的箩筐抬上岸。由于新鲜，鱼的身上看上去活泼跳跃，富于弹性，鱼肉也结实、紧，人一看就感觉有力，嘴馋。装卸过程中不经意流淌在码头上的汁水也显得亮白轻盈。四周只有海风的气息，而没有大热天那种咸湿货的腥臭了。一条条手掌样宽的鲜带鱼，仿佛一个个舞会上模样新颖的少女，刚刚受了礼仪约束，要到变幻莫测的社会上来一试身手。白白的鱼身，被摊贩堆放在浮桥沿河的码头，仿佛在争嫌吹来的秋风还不够清冽，不够白似的，让人远远地就感觉到嘴里，味蕾深处一种久违了的鲜激味道。

这种鲜带鱼，放在饭锅头，用葱姜料酒一蒸，几乎只要一分钟，稍微一起锅，就熟得流油了。吃在嘴里那种鲜嫩，整块整块的、整段整段的，筷儿稍许一揿，一夹鱼骨鱼刺就自动松脱，刺全下来，只剩放在嘴里入口即化的鲜嫩的肉。

有的人家口味重，蒸好的带鱼端起锅前头，浇上一遍（一小匙）酱油，就更显出这道菜肴的风味来。

春晒头，三四月里，也有一次新鲜的带鱼上市，是跟出海的黄鱼船一起返航。带鱼在春天早晨的空气里，远远看，竟是一片金灿灿，原因是春天的太阳还显得稚气娇嫩呢，连刚起水的带鱼也受着寒，忍耐着河上，长江码头一带一阵阵袭来的料峭的春寒。鱼身上仿佛可以掉落下来冰碴，鲜活的带鱼的身段，看上去肉头更紧，更结实了。像深造不久的芭蕾舞演员，也像一根根银子做的长长的棍子。

一年四季，小城人家，就在热天和大冷天的吃咸货，春秋两季的吃鲜货上，品味咀嚼着他们水乡的生活：这是古已有之的并不成规矩条文的市井饮食。人们的呼吸，也随着城外长江水的潮涨潮落变化更新。

新鲜的河码头上的风，吹出沿河人家的深宅大院深处的硝烟味，战争年代刺刀的捅杀和血腥，也吹出洋槐树，梧桐深井味，线装书味。吹出人家侧厢屋房里腐烂被虫蛀的木头板壁味，做阁楼用的厚实的搁板味，房梁上的鸟窠味，鸡棚的腥气，一早起头择拣出来的小青菜味，竹篾篮头味。阵阵河风，吹来船上人家辛勤的大脚板味，船上新刷的桐油味，吹出一条小街的沧桑和处惊不变。河上丁零当啷的锚链声音，水中深沉的桨橹的搅动声。那桨橹仿佛在岁月深邃的水中探询一个结果，一个上古年代的谜。江南之谜。树荫头一阵落花，仿佛在大白天里哑默无声地呐喊。而一阵波光，仿佛一名千年的侠客在市井中矫健地游走。谁能肯定这弄堂口上一间坍塌的小瓦房没有被鬼魂所占据留守着，日日夜夜？黑黑的电线杆上，贴着手写的"夜啼郎"

的一张字条，谁又能否认，这纸上的蹩脚字迹，不曾被神秘的转世灵魂附了体？以一种人的肉眼看不见的奇异的形式？枯井和汩汩清澈的日常水井是一个道理，正如生和死，前世今生。在一间垂挂有领袖像和红色对联的厅堂上相互并置着，默默无语。

井底深埋有一颗日本人从天上扔下来的从未引爆的炸弹，我小辰光是吃着喑哑的有一点渗牙缝的炸弹味道长大的。

7

酿造厂做萝卜干，做酱菜，做酱油。

这句话也可以倒过来：酿造厂做酱油，做酱菜，做萝卜干。不过主要是出产酱油。

北门街上的酿造厂，可真规模不小。我昨天在浴室，正美滋滋地泡在热水浴池享受这个冬天，忽然在腾腾热雾中看见一名头发花白的老者，像个小伙子似的在池边上搓浴，我意思是说，他动作仍像小伙子一样灵敏。他身上有什么地方让我感到亲切，觉得特别眼熟。我小辰光的家，离北大街41号的酿造厂，不过七八户人家，四五十米的距离，我认出来他好像是酿造厂里的工人，他下池洗澡的模样仿佛是在生产车间里搬弄酱缸。于是"嗡"的一声，时光倒退回去三十年，我周围的空间变成了寒风萧瑟的北门大街。

城北酿造厂横向占据了北门街上很大很阔的一块地方。从挨着的门牌号看，也不过似1号到8号这样的间距，但长度很可观，大约有三四户老宅十来间的进深，连天井和院子一块算进去，这样子全变成了车间。不仅有专门的弄堂、围墙，前后厂门，在那条流贯全城的运河支流——闸桥河沿岸，还有一只厂区专属的码头。也就是说，远近乡里的船队专门为其供货卸货的地方。一瓮瓮的酱油，高一米出头，用一只只事先预备的竹篓子作外层防护套牢，排放在河岸、弄堂到码头的空地，等待各乡的船队来把它们运走。酱油啊，黑黑热热的酱油！中国人的饮食调味品中的宰相官。出口虽然没听说，除了整个江阴县城的日常供应，外销到常州苏北，也是厂方常有的事情。厂里有自己的车间、锅炉房、烟囱、食堂、工会、仓库……平常日脚，没有噪音，整个工作环境，宽宽绰绰，安安静静。老北门住过的人，有哪个会忘记过呀！从空间气息的角度，酿造厂也仿佛挂在北门大街的鼻尖尖上。它是这条老街主要的味觉部分啊！——我们小辰光去偷萝卜干吃！

酿造厂隔壁不远就是城北小学堂。

连接这学堂和厂房的，不光是记忆，还有年复一年的四季，漫长冬天的寒流。还有许许多多往昔和饥饿年代里的小孩子的嘴巴。

看见西北风吹，运河的船队载运来整船整船乡下收获的红尖头辣椒——我们就要流口水了——酿造厂里开始要做每年一度的辣酱了！

我不晓得哪个更馋：大人更馋，还是小孩子嘴更馋了？

因为冬天头吃羊肉、吃面条、吃腊八粥，谁家的饭桌上离得开那一小碗油汪汪亮灿灿的辣酱呢？

辣酱——江阴人简称：辣！

一个字："放点辣！"

比如羊肉上市，有种乡里特制的"压板羊肉"，深秋季节，瑟瑟吹过的寒风里，被街头小店一板板堆放到临近马路边的位置。黄昏时分，一盏悠亮悠亮的电灯泡往店门头梁上一拉，灯一照，羊肉雪白雪白，边上一碗盏青嫩的葱花，一碗盏鲜红的辣酱，一碗盏乌黑的酱油，其中竟有两大件为城北酿造厂产出！

那羊肉上的脂膏，仿佛刚冻出来的，又像一层薄雪，一片霜。

你若此刻闻见了酱油、葱花、肉的香味，你一定也就闻见了我记忆中的北门头味道，闻见了黑夜里一条老街，逝去的老街。

那个年代里的小孩子，有什么可吃？

偷点萝卜干辣酱也好的啊！

用指头子到辣酱缸里往下，深浅一蘸——舌头上一抹！

萝卜干咸啊，辣酱辣呀，大冬天寒风那个吹啊！

人的味觉就是这样锤炼出来的。

1970年的江阴县城，看不见有多少混凝土。老街上的街道建筑，大多还是砖头石块。砖有青砖、红砖，石头是麻石、青石。比如弄堂地面，是由青石条铺砌；而河滩上的码头，到河沿头去的台阶，就是一整条一整条的麻石叠垒。结结实实，方方正正。

天下雨了，酿造厂门前码头，湿漉漉一片。

弄堂仅有三两米宽窄。弄堂两侧的围墙，是石板竖直着砌起来，上面溅满了多少年时间，春夏秋冬厂方的货物在此上下运输时泼出来的酱油盐粒。因此酿造厂门口那条旧弄堂，从样子味道上说，在全部的北门，整个老县城里，都独一无二。有时，天气好，它是红色的、深酱红色。落雨天，围墙呈褐红色，油亮油亮，像端上桌的一大海碗红烧肉的色泽。说得更确切点，是中外闻名的"东坡肉"那一大块方肉上肉皮的颜色。你说这样的水码头，这样的旧弄堂，见识了多少世事沧桑，岁月荣华？

专门有一帮挑夫，厂里繁忙的季节帮着从闸桥河里往酿造厂挑东西、货物——那些大坛大坛的酱菜，那些整瓮整瓮的原料，大米、谷糠、黄豆、盐，整缸整缸的成品。挑夫们赤脚，冬天头，落雨天穿草鞋。或由来往的船队雇用，或由酿造厂厂家自己临时组织提供。秋天，春节，两个繁忙时节，酿造厂里的职工经常会加班加点，挑灯夜作。因此我童年的记忆，还留有那些赤了脚的草鞋走在石子路上的声音、味道。

弄堂——我一看见弄堂，就想起昔日那些码头上忙碌的挑夫们手里粗大的毛竹杠。弄堂古老的石壁和毛竹杠子相碰撞，声音最吻合。

曾经，北门街大大小小的弄堂，都有这种劳动者勤劳淳朴的声音，赤脚穿了草鞋，挑了一筐筐——盐、大米、黄豆——货物在弄堂或大街上走，悠悠忽忽地穿城而过。

就像独生子跪拜年老的母亲——膝盖碰撞到地面。

几十成百名挑夫，连夜把船上的粮食妥善运送进酿造厂专用的仓库、车间——我童年的睡梦中，时常回响着的，就是这样的声音。

漫漫长夜，仿佛有一个巨人，在对着遥远的明天，摸索着行跪拜大礼。

弄堂地面震动，弄口弄尾震动，空气震动，围墙震动，整个北大街跟着"唷哟、唷哟"低声的吆喝声阵阵震动，县城的一半沉睡着，另一半彻夜不眠。

秋天，金灿灿的萝卜条，在酿造厂的空地上晾晒出来，一片片，一块块。用专门定做的大凉席，整齐划一地占据了太阳照射最好的位置。工人们穿特制的胶布衣服，特制的高筒胶鞋，在厂区走动。工人们有时像潜水的蛙人，从头到脚密不透风。晒干晾净的萝卜条，分几种成品配方被送往不同的车间生产线。有的直接倒进酱油缸；有的再度腌制。最普通的一种白萝卜条，第二天就投放在县城各大市场、菜场、生产资料门市部。县城居民平常享用到的，也是这一种酿制程序最简便的白萝卜干。市场价格也最便宜。昂贵的一种叫做五香大头菜，更是有专门的工人先从成品原料中，细心挑拣出小孩子拳头大的红萝卜，取皮、切成均匀的片和丝，切好之后仍旧呈整体的圆球状，再加桂皮、八角、茴香酿制，关键是，加精制成的白糖……

大头菜，吃在嘴里脆甜香咸。现在的菜市场还有的，不过全是外地市场投放进来的。自1990年起，江阴县城的居民，已经再也吃不到本地出产的大头菜了。因为城北酿造厂，早已湮没在了故去了的北门老街深处。

北门大街，临近酿造厂位置的那片街区，几乎是下降的，那里的阴沟、下水道也特别宽，气味浓郁，主要是渗散到地面、空气中的酱油味道。不限于江阴县城，吴语方言老早就有一个说法叫"酱胖气"。"酱胖"的"胖"字，取其发音，写法不一定对。看季节和天气，有时临街的阴沟里掺杂了酱油颜色的水哗哗地流，看起来像是一种环境污染。其实不一定，酱油的残渣流进闸桥河里，鱼也"喳巴、喳巴"地吃呢。酿造厂还有一种垃圾是陈年豆渣，县城周边的乡下人视若珍宝，因为是养猪的农户最要收集的，大概还能称斤两卖钱。总之一年里的春秋两季，厂方清理出来的糟塌塌的豆渣特别多，摊在厂门口，主要做成硬邦邦的豆渣饼，其余的，就有点不可收拾，于是我们在远远的学堂校园，就闻得见渐渐闷热起来的风里阵阵豆渣浆的酸腐气味。

这气味夹杂于树荫、河滩，不远处的糖果厂，还有巷子里的公共厕所，久而久之，就成了老北门街上的标准性气道。人远远地一闻到这个味道，就昏昏欲睡，想些早已想不清爽的陈年事体。也或者，就端直了身子，兴奋起来，因为新的一年，夏天，或秋天，又临近了。

这厂区，也就成了县城不成规矩的寒暑表，一年四季，春夏秋冬，鼻头总会嗅嗅，各人于是心知肚明了。

厂区的地表下陷，我不晓得是不是真的，如果属实，那么是否特定的工作环境造就？那么多的酱酱汁汁，坛坛罐罐，全部实沉实沉，一年到头有多少在车间库房里排列？永远是个谜。如果有一天我运气好，或许在县城大街上年龄65岁朝上老年人里，能遇见一名酿造厂的昔日员工，而且还是仓库保管员，或者，负责生产的干部，那样，我一定会有不少收获的。我在混堂浴池里碰见的，是否真的是以前酿造厂的职工呢？

临近酿造厂附近，空气也仿佛是腌制过的，有一层霜花，有酱菜和冷冷甜甜的茴香味，这弄堂像是一直通到你的舌头根上，这吹来的微风像是好用嘴来舐吃舔尝。房子像一只咸肉罐坛，老弄堂像醉归乡里的一名游子，年轻时候出门离乡还是个放牛的小倌，回到老家已经两鬓斑白，一路走来扶墙倒地，早已经酩酊不堪了。他的脸朝向冬日的夕阳，朝向县城上空不远处长江轮船的汽笛声，啊，他从此再也认不得老家的陋巷，再也回忆不起自己童年的光阴。他走在弄堂深处就像走在一只酱菜坛子的瓮底里。他用手指敲敲滑溜溜的瓮壁——四周阴森森，无人应答。

弄堂叫"引家弄"。我只能取其发音，多少年来我都没有想着要去考证，去亲眼（到弄堂口）看看那个字是怎么写的。也可能引家弄的"引"字要写成"殷"或者"印""阴"……无论其中哪个字，我感觉都"嗡嗡"有声，都很古老，有一股陈年的阴霉气。夏天，江阴话叫"大热天头",说起引家弄,发这个弄堂名字的音,感觉特别凉爽幽深。引家弄两边的房子、围墙都特别高大,陡直,北门街上并不多见。一边自然就成了酿造厂的厂区。你走在弄堂里,可以抬头望。天空仿佛只剩余下一抹洁白的云朵,一抹天蓝。围墙的顶端斜刺着直趋云端。尤其是那些老式风火墙,一堵一堵矗立起来,仿佛围墙这一头和那一头的高墙马上就要相互叠合,并拢在一起,做成一长条走廊的廊顶了。小头里,我们总喜欢一迭声地念叨"引家弄,引家弄",小孩子之间像念好玩的咒语。行人从弄堂里南北向穿行,脚步声回音也特别大,你只有在那些年久日深、年代古朴的弄堂里才有可能听得见这种声音,这样特殊的效果。弄堂围墙仿佛是空的,地面青石板弄底也像是空的,所有人进入弄堂,不管大人小孩,走路声音全都变得"空通、空通",就好像你在光天化日之下,敲打一只鼓,并步入了一个木板搭铺的空旷大舞台。

弄口还有一个石砌的门楼,弄堂名字被刻写在上面,日晒夜露,看不大清楚,这门楼,前些年也早已坍塌了。

酿造厂码头是有一个弄堂。弄堂比别堂深。地面几乎跟着一侧的阴沟一起往下陷。也就是说,长年累月,这码头上货下货,承载着异常沉重的分量,我在别的地方已经讲过,仿佛那些从船上往河岸捅麻袋扛包的工人发力一声吆喝,往地面一跺脚,弄堂就往地面陷下去了许多。那里每一块石板,甚至弄堂口竖直的石敢当上,也全都油光黝黑,浸洒上了一遍一遍的酱油汁、盐渍。热天头,石板上被晒出一层盐霜。秋天里风一吹,又仿佛渗出来一层红彤彤的酱油。块块石头都跟做苦力一辈子的壮汉一样,青筋毕露,在老家的河滩上吃得醉醺醺的,不肯回家。

那弄堂，小而狭，其实也就人家两三个天井那么长，但其特点却是高阔阴森。阔是指两侧相对的高墙，全是整面的宅院围墙。因为攀附上了酿造业这样的穷亲戚，围墙早已失去了原有的颜色，月夜中看，蓝荧荧，紫罗兰色的一抹。

春天，河滩身底有两棵向着河沿弯曲的高大泡桐。泡桐开花时，整日整日，天空都是紫色的，紫得泼辣，仿佛旧时资本家的长女，没学会做女红，却学会了吟诗填词。

涨潮（长江就在一公里外的黄田港外），河水就顺着石驳岸缓缓往东流，水愈涨满，水流愈缓慢。最后趋向和堤岸河滩齐平。河岸只剩下一抹浅浅的绿草，然后，天黑之前一小会，河水又开始退潮，间隔十二小时，把一层烂稻草，日常垃圾什么的留在岸滩草丛。水线很快地往下低伏、浅出。向河当中延伸的一级级码头又开始裸露，浑身湿漉漉，仿佛一匹渡河来的骏马，禁不住往空中打出一个响鼻。我注意观察过，闸桥河边上的涨潮落潮，以码头步檐石（台阶）而论，涨落尺幅有七级半台阶，涨潮时水位最高，码头只剩下两级，落潮时，人走到水平面要往码头石阶下面走九级。

这一观察所使用的位置，即距离我家后院门不远的小港口码头和向西隔开两个码头的酿造厂地脚。

三个不同的码头之间的河岸是相通的，有一条沿岸弯弯曲曲的小路，全沿着人家后院的墙基，走路最惊险处，要用手靠臂力伸展，小心翼翼扶墙，而且偏转过身体，紧贴院墙攀过去，因此为北门街上正经走路的大人摒弃不使用。只有小孩快快乐乐，专挑这类有点挑战意味的小道走。稍不小心，人就可能失足跌落河中。从小到大，不知有多少回父母在耳边警告，指名"小港口那条小路"不许冒险去走，可是没有用，人一走到那里，也就是说，向西到小港口，若是反方向，向南走到酿造厂码头，心里就痒痒地现出一个迷人的诱惑来，要去尝试走走岸上那条小路。若是哪一天胆量不够，没能做成，晚上回家躺在床上，总像缺少什么似的，好端端地损失了一点什么。

儿时，我半蹲在码头步檐石上，可以一动不动，一个人，凝视缓流的河水，一蹲老半天。仿佛日后的青年时代，用于凝视恋人的面庞一样。我极爱这水的一切，爱它每样哪怕再碎屑的细节。河岸的声音，水的味道，天空的倒影……怎么也看不够，像七月七看巧云一样。河流，比天上的云彩变幻奇诡得多，也瑰丽得多。

若要计算酿造厂码头到皮革厂码头相隔多远，那就说来话长了。它们一个在河东，一个在河北。旧辰光的人，说自己身处位置在哪里，使用的是沿河的，跟河流相关的空间概念，说"马上到浮桥身底""快要近皮革厂码头啦"之类。正如现在的人，使用的是车辆飞驶的公路，人们告诉自己的亲朋好友自己在什么地方，很少再运用河啊水啊什么的说法了。人们只会说"高速公路南首""地铁口""火车站北面"或多少多少路公交站。河流，就这样从说汉语的中国人生活中迅逝、退去。

河北面是酿造厂，河东面是皮革厂码头，不过，它们相互之间不碰面，看不见的，要靠水流来维系。因为河东面的皮革厂码头，地处一个四面环水的岛屿，江阴人称"岛上"，就是指那地方。四面环水，因为锡澄运河快到黄田港口的长江，入长江之前，先在江阴城西北侧来了一个双臂环绕式的分叉，这分流的两支水道，就形成一块居中，面积不大也不小的陆地。这实际上可能是古代城区为了方便抑制长江水流而人工开掘的一个水利工程，大大减缓了江水涨潮时的凶猛。当然，这是一名不谙世事的孩子的臆想，具体事实是什么，我不很清楚。在这个四面环水的岛的北面和西北向，分别设两座船闸，至少这船闸的存在，自古皆有。其中一座就是著名的浮桥"定波闸"，另一座就是我家附近的闸桥闸口。也许我的想法完全错了。运河出现两条支流，不是因为让水流速变慢，而是为了加快，好推动古时民船的乘风扬帆，谁知道呢？其实到江阴城里稍一打听就会明白。可是，不知为什么，这么多年里，我从未认真到真要上街去打听。那么，皮革厂码头，实际上是在岛上，地属岛的东南方向；而酿造厂码头则属于古旧的北门大街，码头弄堂是跟大街相连，是街道里弄的一部分。它们中间相隔开一座高高的闸桥，一个在闸桥东首，一个在闸桥西北角。而且中间还呈一个水流形态的"丁"字形的转角和水域，也就是说，水流过酿造厂码头，流出闸桥闸口，再在前方五十米处从容地转一个弯，流出将近一公里，才到达皮革厂位于岛上用于卸货上货的那级码头。

而后，这闸桥河水，再浩浩荡荡向西汇入去往太湖无锡方向的锡澄大运河。

大热天，皮革厂码头血迹斑斑，苍蝇"嗡嗡"响。一大摊遭屠宰的动物血迹仿佛大块大块凝固着的炉火。人走到那里，像走进一团火焰，气温明显比前后左右要高，有种脸被炙烤的感觉，使得你头晕目眩。走出那摊血迹好一阵子，你仍感觉迷迷瞪瞪的。本来浑身上下热汗涔涔了，经过这样一番噩梦般的走路，汗都黏起来仿佛可以贴着人的肺腑颈脖嘶叫了。河上，码头附近，处处都是钢锭成捆地被驶动的吊装机"腾"一声卸掉在地下，灰尘满天。钢锭、原木，要不就是辗轧成巨大正方形的车间边角料。整装成捆的边角料处处显露狰狞的外表，这里一片锯齿状的包装皮，那里蜷曲伸展出一长卷带刃的铁皮。无论铁皮、包装带，表皮皆有一层经过高温烘焙炙烤过后的钢蓝色。可以说五彩缤纷，斑斓夺目。一阵热昼心里的热风将河畔一带的高温暑气兜底席卷起，扑打到你脸上。于是整个河道的气息，桐油柴油味，死鱼吊桶味，围墙树荫味，全一股脑出现在你心门前，弄得你简直想呕吐。最要命仍旧是那码头空场的死牛皮味道。大热天正好是皮革厂生产线最高兴窃喜的季节。因为进了厂的那么多原材料，也就是说，那么多动物的皮毛，需要接连不断高温的好天气去户外进行自然的烘焙、消毒。生牛皮怎么做成成品皮鞋呢？开春就进库房，有的甚至去年冬天头就进了货的山羊皮、猪皮，难道不问不顾就堆放在阴凉的库房角落任其腐烂吗？因此天气一热，皮革厂码头附近就热闹起来，就有约定成俗的很多面围墙、空场被厂方占据，把牛皮绷紧在木头架子上晾晒。在我儿时离奇的印象中，那牛的皮一经日光，竟仿佛仍在活牛身上生长一样的，会越晒越绷越大，以至于大到整面墙，半个天空那么大。牛皮身背上黑的黑、白的白，毛发稀疏枯干，张开了的背脊四肢，像大白天河对岸的一个鬼影子，照着两岸人家的生活，也投射在闸桥河水面上，仿佛一张人死后魂灵受罪的酷刑图。牛皮经过头几道工序鞣革硝皮之后，仍会发胀发臭，于是皮革厂码头一带空气也跟着发臭，散发出来一种那些年里人们懒洋洋应对着的恐怖气氛。别说对待牛羊，对待街头上的活人，也好不到哪里去呀！因此我注意到那些年里，大人们对县城里这样一个场所的反应，也就跟县城每每枪毙人的公判大会差不多，一样的漫不经心、爱理不理，高兴时看上几看，不高兴了则睁一只眼闭一只眼。所谓"事不关己，高高挂起"是也。而随着皮革厂码头附近那一阵阵动物皮毛的恶臭味加剧，天气也就进入了一年中最炎热的那几周。码头上的血迹干枯发黑了。有一年正下一场大暴雨，我经过那片晾晒牛皮的空地，发觉一张张日晒夜露的牛皮仍靠附在朝南的库房围墙上，像一个魔鬼的从天而降的黑影子，随时要张开血盆大口，把一个惊惶失措的孩子从人间吞噬掉。时隔数年，我已不再记得当时害不害怕了，只记得雨水"噼噼啪啪"落到空蒙的河滩码头，整个世界上看不见一个人影。空气里全是热热湿湿的灰尘和腌渍发咸的那几张牛皮的干尸味道。

雨水击打在绷开的牛皮上，如同遥远非洲部落里的黑人，正在亢奋莫名中击鼓。

县城上下，有专属厂名的码头不多，屈指算算，不过就是毛巾厂码头、皮革厂码头、酿造厂码头、棉纺厂码头、生资公司码头等七八处。可见那些年里，县城皮革业的生意，还相当红火。

对了，北门还有糖果厂码头的。

就这个皮革厂码头，事隔数年回想，形象最为恶劣。因此一条大河上下，它所处的位置也最偏僻。一直远到北门岛上那边。再过去，就是我16岁那年去做临时小工的轴承厂了。

去厂里上下班，走大路，每天必要经过几趟皮革厂码头，晾晒的干牛皮臭，总是躲不开的。久而久之，我也在轴承厂附近发现几条小路，小弄堂，可以避开河边码头苍蝇的打旋。第二年的夏天，我就不再过码头沿河走了。

但皮革厂码头的样子，气道，每一忆及，都栩栩如生。

夏天仿佛在一张张靠墙晾晒的干牛皮上燃烧，发黑，透过上面稀疏显露的毛发，恢复着它遥远原始的习性。

微凉的河水对痱子有奇效。说是河水，其中一多半是江水，是从半里开外宽阔的长江航道涨潮涌进来的。闸桥河的城北一段，差不多全是随潮来水涨落的江水，特别解暑。人洗冷浴时那种惬意程度，只有用宣纸写字的中国人晓得。打个比方，就像汉字落在铺开的宣纸上无声无息一样曼妙。

长江潮水涌入小城的内陆河道，就像一个匈奴人的背影慢慢消逝在了江南的水弄堂，江南莺飞草长的温柔乡，慢慢汉化了。像蒙古骑兵贸然下了马，永久告别了他的草原，被苏杭城里的繁华不弃不离地俘虏了，从此潮水的腥气渐渐平缓，变淡，带上了更多耕田和牛粪味，更多驯化了的草木气息，水，就像铺开来晒干的一捆捆、一扎扎稻草，融入了水乡城镇世代相传的秘密。

水，懂得了饥饿和丰收。

8

小辰光热天头乘凉，家门口门板一张张连好，竹榻躺椅骨牌凳端进端出。每当入夜，耳朵边尽是蒲扇矮凳木拖鞋声音。蒲扇有一角钱两把、五分两把的，啪嗒啪嗒敲着妇女老大妈的大腿，敲着小矮凳上呷酒的男人酡红的光背脊梁骨。此种声音，亦属儿时大热天一景。还有搪瓷脸盆绞洗脸毛巾的水声音，隔壁天井里吊井水声音。那时街头巷尾人家一只只深井，全是天然冰箱。家家户户天一黑，先把西瓜装进铅桶，吊入井中，临睡前派小孩吊上来，那瓜圆籽饱的"爆炸瓜"经井水一浸过，仿佛复活一样，呼呼地从瓜皮往外冒水汽，就像洗冷浴的人从闸桥河里往外冒出一个脑袋。"扑哧"一声菜刀切开来，瓜瓢上像凝结了一层冰霜似的，咬一口嘴里，牙齿一阵激灵，竟像咬了一口冰雪。于是一长条北门大街，由东向西，黑夜深处只听得一片啃西瓜声音，井水吊上吊下，大人小孩全"啧啧"赞叹，也不晓得是说繁星满天的夜景好看，还是说今年西瓜汁多好吃。

浮桥两侧或靠或躺，挤满乘凉者，一般就三种人，外省流浪汉，郊区农民，及附近街弄不甘寂寞的小青年。说流浪汉，那种年代里其实并不多见。郊区农民倒是蛮多，崇拜城里人，天热乘凉也想来凑热闹，却又自惭形秽的样子，一走到后街、大弄口一带纵深地段，眼看满街乘风凉者，不说繁华，至少也有点繁荣感吧，吓得那厮再不敢往前跑，左右皆白生生裸露的妇女的大腿胳膊，这时候如果他下意识地开口，一般都只有一句（江阴土白）："……翘连！"于是连连后退，只好到浮桥上更野的人堆里去轧闹猛。

小青年怎么说？原来那一帮子十七八岁的后生家，天再热，身上也有挥发不尽的精力。于是跳河下水的，裸泳的，吊船嬉水的全有。站在十米跳台般陡直的桥栏上，三五成群，一字形排开，领头者喊声一二，空中后滚翻，或全体头朝下入水，只见滚滚运河水面"空通"一声，黯黑中连个水花也看不见。

到了后半夜，人就可以闻得见满天繁星的沁凉。孩子们举着烧剩的蚊烟香头，到临河的里弄里走，寻会讲陈年鬼故事的赤膊老头（一般那类老头都单身、嗜酒、浑身上下精瘦），于是弄堂的青石板"咕咚咕咚"响。长夜无声，河汉迢迢，直走到那名迷糊了眼睛的小倌（小孩子）一边走一边仿佛睡着了，热汗兮兮地往下滴口水。

县城以外，仿佛就是外太空，是茫茫无际涯的宇宙。什么无锡上海，那分明是个外星球，在一般孩子的视听里，如同小学课堂讲解的行星恒星，全没什么两样，人可以沿一条窄弄堂，一直走到地球边沿的，到一定长距离，多走一步，说不定也就一脚跨出了地球，掉落到了璀璨群星中间，也像那些眨眼睛的星星一样彻夜不眠了。星星们到底会有什么心事？街头孩童一般全想些这类问题，直想到马路口路灯柱下飞蛾蚊蚋一只只熬不住了热，昏昏然中"啪啪"掉落，撞到铁壳灯罩、石子路上死掉。每一盏路灯下，每个夏夜里都有一大片飞蛾死尸，多少年过去，人还能清晰地回忆起那种夏夜里的声音。蛾子扑来飞去，线路诡异无常，跟半夜下的露水一样。于是繁星、蒲扇、飞虫间，倏忽闪现一个个《聊斋》故事、江湖传奇，仿佛1970年那一年才七八岁的那名小儿身边上最近的时事并非"文革"，而是秦叔宝尉迟恭们鱼贯而入的公元600年，一个事实上永恒且更加真实的好汉云集的隋唐年代。

我记得乘凉一般端出来的是竹椅子，江阴话叫"竹矮凳"。竹椅子往门前砖头地上一放，夏天就开始了，夏天就发出一种竹椅子跟砖头地相摩擦碰撞的声音。那是大热天快要熬到傍晚天黑，白昼行将结束时街巷人家自古皆然的酬劳。然后露天乘凉的主人家往往再端出来一张木头的长板凳，家里人少，一张长凳就已经够放滚烫的粥锅，腌西瓜皮，咸鱼剩菜了。家里人多，一张长凳显然地盘太小，再拼一张，用两张长凳搁起，自然是很气派的临时饭桌了，我小辰光记得很多次毛手毛脚，被这种两张长凳拼凑处的缝隙夹疼指头、屁股、背心上的肉。身上的肉被长凳夹一下，其滋味特别难忍，孩子们往往疼得号起来。一户临河滩，临街的人家，往往是两张长凳，一只横放的藤躺椅，外加几张小板凳，就做了乘凉的全部家当。晚饭吃的粥，滚沸之余洒上些特地从苏北弄来的荞麦面粉，那吃在嘴巴子里，香滑嫩稠，使人叫绝。有时，像我姆妈那样细心过日子的主妇，不定期会在薄粥里下一些糯米团子，江阴话叫"瘪子团"，特别有咬嚼头。此外，热天头那顿夜饭，无非就是炒盆时鲜的丝瓜吃吃啦、辣螺蛳吮吮啦。半个街上全是吮螺蛳声音，孩子们举着螺蛳从一家跑到另一家，手指头滴着酱汁和黄酒。夏天还有一种吃食，叫"粉盐豆"，是本邑特产，又可下粥饭、下酒，又像小孩的零食。饼干筒筒总是事先塞满泡好的炒米。一直到26岁结婚那年，我还舍不得把那些小辰光家里的饼干筒筒丢弃呢，我还觉得那是多么宝贝珍爱的物件！夏天吃晚饭，我记得弄堂人家长凳上的小菜还有：凉拌黄瓜、煮毛豆，豆腐汤里放豆板，再么是点红豆腐，也就是后来称的"腐乳"。最有特色，就是一开始说的晒干后腌制的西瓜皮块了。家家户户，街头巷尾，全在比赛今年谁家里酱西瓜皮做得地道，吃到嘴巴里嘎嘣脆了。

夜饭吃过，碗筷一撤，小孩趁天光趴到长凳上做起家庭作业，大人洗刷，扇扇子，冲淋浴，收音机里的评弹到时间开播了，房前屋后打扫一遍，洒上几桶水，点蚊香，大人小孩往身上晒出痱子来的地方扑上些祛痱粉（那粉盒上印刷的图案仍旧沿袭昔日上海滩上旧的月份牌美女形象，似乎是唯一躲逃过年代劫难的记忆）。痱粉搽上，白白凉凉，河滩上风难得一吹，也立即变得通体芬芳，柔软滑爽起来。扬州评话，一年夏天是《武十回》，一年夏天是《宋十回》，王少堂、刘兰芳、连阔如……这都是那些年代盛夏酷暑时的主人。广播结束，家家户户搬竹榻、掮门板，从黑黢黢的里屋弄出来，搬运时不小心碰着房梁的电灯绳，灰尘籁落落，可以在晕黄灯光里看得很清楚。

黄幽幽电灯泡晃悠几下，外面空地上门板竹榻已经搁好，就搁在先前吃饭用的那两张长凳上，一前一后，正好搁平。于是光腚的小人就赤膊往门板上爬，大人假装嗔怒在后头追着打屁股，一整条北门大街，洒水、扇扇子、相骂斗嘴、打情骂俏、吃耳光、移长凳、骂小人声音此起彼伏，一连两三个小时不绝于耳。你若有兴致，你可以慢悠悠地把一整条北门街逛完，一家一户的门堂、门板，乘凉的种种名堂全看过来。大人和大人之间是谈天说海，谓之乱侃《山海经》，从古到今，从唐朝李世民一直说到分析林彪坠机事件，然后呷几口黄酒、嚼几颗粉盐豆；然后是吃香烟，半包"飞马"，半包"大前门"，长凳头头上一拍，一顿！从不正常安放。人与人之间仿佛在用几种不同牌子的纸烟比试面子，"掼派头"。再把《水浒》108将每个人的绰号重温一遍，那情形颇有点像二三十年以后电视里弄的"有奖问答"。不过奖品只是夜色深沉之际涨红着的脸，或几声得意肆无忌惮的狂笑。狂笑者自然是说对了"病关索"是石秀的那位。小人呢？小人玩什么呢？那就是天上飞的，地上跑的，五花八门了。有小人挨家挨户看女人的奶子。有小人听说书听傻了眼。有小人趴在地上研究蚊烟香，更多的则无法无天到弄堂里弄一身热汗，躲猫猫。天愈热，街上愈闹猛。天热到后半夜，街上也闹热到后半夜。然后一颗流星"索"地从高远的天庭经过，几百成千小孩中，只有一名小孩此刻正瞪大着眼睛想心事，望星星，一下被流星的光束撩着了头皮，"呀啊"的一声叫喊，众人于是连连"哎呀哎呀"跟着应和，所有的话题像风吹扑灭的蜡烛火一样无影无踪，没了。"一颗流星"，有人说，"一颗流星呀……"更多的人附和，于是满大街悚然，月光下屋顶被放大的黑影子俯伏下来，所有乘凉者，男女老幼全都抬起头，不说话了——整个北门街，全变成一张张皱缩在寂静的弄堂河滩，各家门口望星空的脸……

热天乘凉，门板和头顶的星空形成奇妙的对称。这种对称和奥妙在孩子们心里尤其显得敏锐。家里搬出来的门板用两张长板凳搁起来，人躺坐上面，不仅热烘烘的格外干爽，而且经入夜的凉风吹洗过遍，还有闻上去的一种木头特有的香味，这香味可能跟不同门板的木质相关，松木、樟木，一般的树材都不一样。暗夜里闻起来，格外沁人心脾。无论小孩子一上一下玩得多欢，出多少汗，小手心在门板上一擦，汗就干了，门板也始终干爽如初，具有一种特别镇定人心的效用。家家户户门前一张阔门板，也像是夏夜里天然的计温器，随着夜风渐凉，板上的温度热度也渐次下降，最后完全跟码头上的河水一样温凉。半夜里，躺上去竟然稍许有点冷了，竟跟身子漂浮在半夜的河面上一样，大人小孩也就呵欠连天着预备进屋困觉了。小孩子看天上的流星，看横曳过头顶心的一泓银河，对于各类星系奇妙的形状组合，深深浅浅，闪烁不定的星空，一直看得脖颈都吃力，累了，看到最后，突然面色抑郁，心头烦闷起来，这时身子底下的门板就是种最好的休憩，一份安慰，黑暗中，显得又欢喜，又踏实。孩子们乘凉时故意把他们的小脸蛋在板上蹭蹭，又来回用手抚摩，板面发出"吱吱……叽叽……"，像小老鼠窜过一样的声音，仿佛一时之间，尽情依偎在了父亲的怀抱。这时候困倦了的一双双孩童们的眼睛终于放弃了一夜接一夜对于星空的耐心的探询搜索，开始尽情地享受弄堂口乘凉的乐趣来。有的小孩明明睡着了，突然一个激灵，又醒来，抹掉半张脸上的口水，装着一直很清醒的样子又跟周围大人说话。大人也不是这么好骗的，说："快进屋困觉，你刚才睡着了。"小孩不理他，忽地抬起脸蛋："啊，流星——快看……"于是周围三三两两传来揶揄的笑声。门板上面，传来孩子们的小膝盖相磕碰，挤压，并且身子在上面忸怩不安打滚的声音，还有"吃吃"的笑声，这些声音使午夜的星光显得更加纯洁魅人，夏天终于显露出来一颗儿童般澄澈的心……

掮着大的小的矮凳摇摇晃晃到屋里向困觉，大人们终于有了喜悦的样子，但是苦苦挨熬这热天暑热的身子也多半体力不支了。有的竟然直接躺倒在家里的大床上，连拍打蚊子的力气也没有了。有的一阵穿堂风吹来，蚊帐都来不及放下就鼾声连连了。黄昏头搬出来乘凉时长凳竹椅都有模有样，这会儿往回搬，都是见空地一扔，七歪八斜的再没有劲头去整理。马路边上，只剩下一张张空空的门板，一直要晾到第二天天亮，门板在外头吃足了露水，早晨再喊了家人来搬，分量全实沉实沉的。清早出门用手去摸那空置的门板，竟跟摸到手里的湿湿的青砖头地一样凉。一条街上，总有三两户人家的大人小孩，乘凉乘到半夜，没能战胜得了星空之下的瞌睡虫，早在想到各自应该转移进屋的意识之前，人就困得实在不行，瘫倒在了露天的门板上。有两家竟还把白白细纱布的蚊帐支到了路上，看上去特别体面惬意，有一种梦幻的效果。早晨风大，一般这类景致中的蚊帐，全是顺着风向往一边歪倒着，古老的街巷里弄，因此也就有了些难得的逗人发笑的稚气。

9

　　因为报纸广播宣传的缘故，我们小孩总以为县城某处窝藏有至少一台以上美蒋特务的反动电台，在秘密跟美帝国主义日夜发报呢。出了家门，孩子们的眼睛个个都很警惕，一处式样古旧的深宅大院，一条又长又深从未到过的旧城弄堂，于是就有了其他种种罪恶恐怖的含意。孩子们小小年纪，一个个却全像未经训练的义务民兵似的，见了保养好的老太婆，或者和工人农民穿着表情不太一样的大人出现在眼门前，全会气咻咻的脾气不好，恨不得那老不死的家伙真的就是个美蒋特务。城里也时常拉响什么防空或军训警报。警报一响，大人一个个噤若寒蝉，从马路上逃得干干净净，小孩子却兴奋异常，没心没肺要冲到马路口口的开阔地，去看臆想中天上飞来的敌机。敌机没有见到，但有一本关于英勇的海岛女民兵机智擒敌的小人书上，明明画着那么些飞过台湾海峡的敌机，小人书的作者，一般都有本事把飞机画得鬼鬼祟祟，仿佛随时要掉落下来的样子，那个年代出生的小孩，闭着眼睛眼门跟前就有"一不怕苦，二不怕死"一类的词语出现，个个都准备好了在未来保家卫国的战争中牺牲自己呢。人们在梦里也能见到一条条墙上刷写的大幅标语，除了标语，小孩们就不大知道文字是派什么用场的了。有段时间，大概9到10岁那会，我们脑筋里模模糊糊的人生理想就是花不多的时间能够活捉到一名城里窝藏的特务，特务抓不到，逃亡地主也行。总之实施捉拿行动的过程中自己一定要英勇顽强。我们周围小孩的名字全叫"卫国""解放""爱民"一类，名字前后都见"强""勇""英""武"。要不就是"建设"啦，"立新"啦这些。白天马路上碰到长相可疑的大人，小孩全嗅着鼻子跟上去使劲闻，仿佛要在大人身上闻出些在"万恶的旧社会"里迫害过穷苦人的血腥味，或者加入过国民党军队的火药味道来。那些年大人小孩如果不熟悉，一般大人也是预先做出防范，躲着小孩走路，躲得远远的，他们晓得这帮马路上苦大仇深的工人农民的后代，一个个全不好惹的。

我们有各种各样仿制的枪械，长枪，木头大刀，驳壳枪，甚至包括"地雷"。除了冬天，其余三个季节每名小孩都在为一场臆想中的全民战争忙得满头大汗，个个还不亦乐乎。白天每条弄堂，都有小孩子自发组织了在四处巡逻，在模仿军队的样子列队出操。才几岁的小屁蛋，见了面不好好说话，却冷不丁一句："口令！"接着就做拉动枪栓、步枪上肩、瞄准射击等一系列准军事动作,同时嘴里 "哒哒"响，最后"叭"一声发射，告终。这样，敌我双方两帮子小孩才互相满意，咧开嘴笑了，肚皮饿得瘪瘪的，用电影里模拟来的老练表情，相互欣赏地拍拍肩膀，俨然一副战场上偶然相逢的老兵油子的腔调。

城外有废弃的碉堡，炮楼，古炮台，也有很多可以拣到子弹壳的昔日的战场。壕沟，一个个旷野田埂上的荃棵墩墩，全是我们小孩子的最爱，孩子们围着碉堡和旧的炮楼做一遍又一遍的战争游戏，直到把那些荒原之上突显而出的碉楼拆除、踩平了为止。炮楼上一个曾经架设过机枪的射击孔，吸引了多少孩子们贪婪热情的目光。小孩堆里那些霸道的"孩子王"，甚至依靠这些战争年代的遗迹收受"门票"，一粒纽扣，一只螺帽，一颗"大白兔"奶糖，都能作为上缴的门票而获得走到射击孔跟前把眼睛凑上去参观一次的特权，否则，接下来的游戏里你就只可能做一名敌方的"俘虏"，在一帮孩子淘伙里被罚立壁角，做勤务兵，做苦力之类。城里城外，似乎有挖不完的壕沟，消灭不尽的敌对的目标。

10

家里粮食紧张，烧饭米不够了，父亲就会悄悄乘长江轮船回趟老家。隔一天回来，肩上总捆半麻袋山芋或乡下特制的山芋干。山芋干抓一把在口袋去学堂，那是何等的奢侈激动。一路上心都要"怦怦"猛力跳好几回，心想着男女同学满含羡慕心情的"回头率"。山芋干也是小辰光我们磨牙的零食，冬天头，吃煮山芋和吃山芋干都特别香，前者还可以捏在手上捂暖两只手。山芋有红皮的"山上山芋"，也有平原农田里的"白皮山芋"。前者甜糯起粉，表皮鲜红，简直跟孩子们脚跟头生的冻疮一样娇艳欲滴。白皮山芋水分多，适合生吃和放泡饭锅里切成块煮。时隔数年，我最记得冬天头寒冬腊月里姆妈煮在饭锅头上的山芋的香味，洋锅子上的水蒸气在一大清早的太阳光里冉冉升腾，沿着那一缕木门板上的光线外溢、缭绕，那是儿时最美的冬日清晨，那时家家户户，全用煤球炉烧饭。烧时先放三两只山芋在淘米筲箕，拎到码头上洗干净，洗山芋还要带一把刷蓬尘用的板刷，到水里用板刷把山芋通体刷一遍。冬日清晨，快要结成冰的河滩头，在彻寒的水中哆哆嗦嗦捏了板刷，蘸一蘸河水，刷一刷山芋，那山芋身上现出的鲜艳红光恰好跟东方天际酡红的朝霞相辉映，这也是有关童年大冷天的一个难以磨灭的记忆。洗过之后，山芋扔到筲箕里实沉实沉，跟块黄石头无异。拎回家，姆妈会用菜刀把它们一只只对切成两半，然后放了水跟米饭一起煮，一起烘饭锅，童年学的第一桩事体就是烘饭锅。待到饭熟过半，屋子里也飘满了熟山芋又热又甜的香味，把大人小孩全馋得口水直咽。一般都是红皮的"山上山芋"放饭锅头上煮特别好吃。山芋起粉，乡下人家的大灶头，有人还直接把山芋放灶膛灰里捂熟了吃。我想，那种吃法大概更加馋人。

烧饭锅里的水蒸气，弥漫到整个童年小屋的每个角落。水汽夹杂山芋煮熟、起了粉的味道，就跟诱惑人的萝卜干香味一样，说不清道不明，这样说吧：我小辰光，光嗅闻几遍饭锅头上煮山芋的味道，感觉也能够御寒！心里向一闻见煮山芋的甜热，户外冰天雪地的莫名苦寒就好似一阵风似的吹走了，人就有了许多新鲜的劲道和力气，就生出些跃跃欲试的崭新憧憬来。山芋的热甜，跟大冷天的寒风刺骨，正好是一对古已有之的冤家。尤其是用1970年代县城人家烧饭的洋锅子煮出来的热山芋。

孩子们土里土气，在那种年代的大冬天，充其量也就有一颗煮熟了的山上山芋一样的心吧。我最欢喜闻煮熟后山芋弥散在空气里的那份沁甜。暖心贴肺的甜，剥开薄薄一层皮，山芋还一个劲往外冒热气呢，看上去傻傻地要冒很久。姆妈煮的半片头山芋，从饭锅头用筷子小心戳夹，弄到碗头还直往下滴水呢。我们总是就着那上面的饭米扇（粒）一大口咬下去。这第一口，既有解馋的山芋香，又有米饭颗粒的甜糯。孩子们赶紧舔了舔嘴唇，稍加回味，又大口吃将起来。

不吃煮山芋，就吃泡饭锅里的。山芋切成块，跟隔夜饭一起煮成粥汤。这样，用洋锅子煮熟的效果，大冷天一清早也特别温暖人心。人还钻在被窝里"捂被头窝"，煤球炉子上的山芋香就像闹钟一样催促大家起床了。在这放了山芋块的泡饭汤香气里你拖了双棉拖鞋起床，去拉开大门看：户外白皑皑一片，屋檐马路上全是耀眼的冰凌冰柱，天空比一年中的任何季节都要明亮，光线异常强烈，但又不是太阳光，而是天寒地冻冰雪的寒冽之气。这时候赶紧关上大门，一户人家就在价廉物美的山芋泡饭香中体验到了那种凡俗人间其乐融融的乐趣。这幸福，格外的贫贱昏暗，也格外的珍贵。

至于江北带回家的山芋干，也可以煮出"山芋干饭"来，供一家人享用，使米饭的吃口更甜，可惜吃得顿头多了，就觉得糙了。但也是童年度过饥荒年代的一道特殊的风景，那时下饭的菜，也就是一大盆咸菜，一碗酱油汤而已，偶尔另外烧盆汤，汤里放块豆腐，放一把小青菜，不要说吃肉，连猪肉另外熬出来的油渣也是难得一见的美味。

家里米缸、米桶里，时常能够摸出一把山芋干、三两只大人舍不得吃的鸡蛋来。每次用手一摸，小孩的手就一怔，原地不动了，在陈年稻米的那一阵生涩气道里，苦苦思索，揣摸一番这两只鸡蛋，或一小把山芋干在自己父母心目中的分量用场，并从其中得到是否可以有加以利用的空歇的答案来。这答案，在1970年代，往往异常精准。精准到如果决定偷吃一只鸡蛋，家里的父母会误以为上几次烧菜已经用掉了的很少出纰漏的地步。

大冷天的生活，比每年春晒头或者夏天要艰难得多。好在有个珍贵异常的过年做安慰。但这也全是不谙世事的小孩子心理，对于每家每户做家长的大人，过年恐怕也确是自古皆然的"年关"，是需要去作了牺牲花力气战胜它的一头猛兽。这农历的大年三十和年初一，大概是中华传统民俗最古老顽强的那部分了。有如枝繁叶茂的一棵参天大树的根部，深深扎根在晦暗土壤层中。小辰光过年那种特殊的亲密、恬淡、幸福感，也几乎是每个哪怕再贫贱的中国人一生中的一个谜。孩子们全都在过年的这十来天里，体味到了其他日子里从未有过的尊严、体面、温情，乃至难得一见的狂欢。对于"文革"年代的中国人来说，"春节"是他们仅剩的温习回归悠久古代的节日，是一年中感情最外露的那几天。过年辰光，人人都变得脆弱起来，都一反平常的死板、严峻和政治正确，看人时目光含有少见的人情味。所有平常要罚站、游街、批斗的"五一六"分子或"地、富、反、坏、右"，全稍稍恢复了点平常人的生活，不再在指定的时间里被罚挂牌牌示众了。一时之间，人们似乎暂时淡忘了那场"史无前例"的运动，忘了满大街铺天盖地的标语。广播和高音喇叭也在寒流中不吱声了。大家全争抢着怎样置办年货，买卖更多的市场紧俏商品，托人"写条子，开后门"正是这个年代特殊的一景。甚至小孩子也放下了平时一直紧扣在手里的皮弹弓，有一桩更朦胧、更隆重的事情摆在了他们面前，那就是"过年"。逢年过节，家家户户忙一顿小年夜的馄饨（北方是饺子），年三十除夕日的"年夜饭"；另外还有蒸馒头、蒸年糕、泡炒米、泡老蚕豆，后来几年，还添加了一项炒花生。满大街都是炒熟了的花生和热的沙子味道，焦煳的蚕豆味道，馒头刚出笼时酸汪汪的水蒸气。还有人家专写对联，墨和宣纸并没如想象的那样被人遗忘。弄堂口的寒流中不时有新研出来的墨味道。至于炒米、鞭炮和炮仗的硝烟气道，那就更是随处闻见的了。如同大热天热得透彻时人的赤膊一样，过年时的街巷人家，也因此而平添出来许多少有的童稚。饭菜质量是平常的十几倍，酒吃得多，客人来去也见多了。大人小孩全轧闹猛逛在一起，即使最寡言少语的人，也会出门和邻居寒暄几句，讨个吉利。年初一一整天不许打扫，说是怕把踏进门来的财运扫掉了，因此年初一一整天，家里，大街上全是瓜子花生壳，香蕉皮，水果渣，全是各种废物和垃圾。县城马路上花花绿绿，所到之处，只听见"咔嚓咔嚓"走在垃圾堆里的声响，人听了非但不争嫌，还个个满心欢喜呢。连城里最偏僻的小弄堂，也变成了热闹非凡的临时集市。家家门口都有竹扁篮里的糯米（团圆）粉，都有夹在粉里的红纸，每名小孩都拿到了一角两角的压岁钱，这会儿，正愁着怎样最惬意地——因为愿望太多了——把一年一度这一大笔财富花费掉呢。我记得，像我那样的大部分小孩，都用这笔钱买了"噼啪子"，买了小鞭炮、掼炮之类。然后花两分洋钱买一根截断的甘蔗啃啃，因此，回忆起来，过年过节迄今仍有冻实的甘蔗汁味……我还会独自沿着弄堂走，长长的石板弄，经过小庙巷，到火车巷。一直走到城里高巷口的地方，一家"大众书店"，那里七分钱或五分钱可买到一本簇簇新，散发出新鲜油墨味的小人书，怀揣着再走回北门的家里，在到达家门之前甚至舍不得哪怕翻开书中的一页看上一眼……

每个人，全在过年这几天里获得了一个属于自己的"宝贝"的观念。

每年腊月里开始盼过年，一般叫吃"冬至年夜饭"，那天称"过小年"。这天开始，学堂大多预备放假了，孩子们就纷纷聚在一起遥望自己的"年景"，今年我要泡多少多少炒米，吃多少块红烧肉，放几次炮仗，还有能拿到多少压岁钱，怎么花，心里全有厚厚一本账。往往由于向往得太多，太厉害了，结果适得其反，比如压岁钱少了一毛钱，小脸孔就板起来，在家使性子，结果反遭父亲吃了一巴掌，弄了个大年初头涕泪纵横号啕痛哭的场面。过年穿的新衣裳，也值得我们小孩反复猜摸想象，年前牵姆妈的手，裁缝店里总是要去一趟，闻闻皮尺，滑石粉香味，有时也被领到布店柜台上，量身高，心里觉得特别开心炫耀，自己从未被别人这么侍候着，这么好过。做馄饨皮子的摇面店也是必去的，小孩子排队买年货是分内事，还有豆腐店，蒸年糕的地方，帮家里拷酱油拷酒，老远跑一趟亲戚家，总之事情忙着呢，小小一个脑袋瓜，有时竟想不过来，每天回家都加倍地观察父母亲的脸色，试图从中解读出一鳞半爪关乎过年的讯息。跑路都一溜烟的比平常快一大截。临近过年半个月，家里咸菜早已经腌制好，开始腌鱼、咸肉、咸脚爪。这不可思议的过年的"年味"，就一点一点弥漫开来，直到除夕那一天，像一大堆旷野上的篝火般火光冲天，熊熊燃烧起来。古老的年味，像是用腌猪头上的粗盐粒搓出来的，又像是蒸年糕的蒸笼蒸出来的；也像泡炒米时街头围观的一大堆雀跃的小孩子欢叫出来的。古老的年味，被放了茴香、花椒，也在各人家的祖宗像面前烧着燃续了香火，祭拜出来的。更像是一种传统的民间请神仪式请出来的。例如恭请菩萨，请财神爷、观世音保佑一年里风调雨顺，心想事成，等等。一切都成了古老的象征，都演变成了一个过程漫长复杂的许愿和承诺。大人们的虔诚恭敬和小孩子们的顽皮嬉闹如此融洽自如地交汇在了一起，构成了传统春节光怪陆离，同时又稀松平常的和谐市井的氛围。每名中国人都在这一氛围里其乐融融着，一大清早咧着嘴笑，安享节日的既十分公开，又有着不同寻常内涵的秘密的诗意。

年一过，人就又大一岁了。头发须白的老人表情看上去更庄重了。年过四十的父亲走路时手和脚的摆动也谨慎起来，像是要去茭白田里捉一只微风中的蜻蜓。小孩子被人告知"你又大一岁了！"时全是一脸懵懂，无所谓的样子，而且爱理不理一转身走开了。姆妈说到小儿又大一岁，相拢着手，竟是满眼的喜悦。年初一发完压岁钱，围着转着我们哥俩看，像是在看一份经年流传下来的稀奇。岁月深处，我始终记得姆妈闪烁着欢喜的眼睛，那目光深处对于生命的一种亲密无间的爱恋、审视和迎迓，始终在我儿时的记忆里熠熠生辉。

11

门板不仅夜里掮出来铺，铺了一家人乘凉，热昼心里也铺，整个大热天，暑假期间，各人家对着风的过道全铺门板，显示旧式江南的街坊邻里充分利用大自然温差的匠心。弄堂人家，过道与过道上的穿堂风很阴凉，上午那段时间，大人小孩都围着铺门板的那点空地择菜、剥毛豆、说闲话。小孩就着门板写作业，作业本闻起来也特别香，又宽绰，又松爽。记忆中，小孩之间并无性别概念，全欢喜往人多的地方轧闹猛，相互赤胳膊挤来挤去，于是挤出那个年代最初的性意识来。挤到互相之间兴奋莫名了，却依然懵懵懂懂。有时四五名小孩争着叫嚷：哎你的小鸡鸡怎么翘起？大家围观，然后一同焦急地研究问题，最后互相挠起头皮，问一个中外皆然的疑难：小孩是怎样从大人肚子里生（养）出来的？一时间，竟有五花八门的好几种答案。

我至今仍记得一个礼拜天，我去很认真地问自己的姆妈这个问题，姆妈笑得前仰后合，然后用自己的胳膊做示范：孩子都是从姆妈胳肢窝钻出来的。也有人说不是钻，是蹦出来的。那一天我至少已经有十二岁了。可是我们仍旧没有哪怕丝毫的性知识。男人和女人，我们地方土话分别说成：老小家和丫头家。至于老小家丫头家到底有什么区别和不一样的？实在不大容易弄明白。

平时上学，学堂里男生女生配对坐一张凳子。彼此之间是划

"三八线"的，那时很多课桌和台位上，都在中间有一道用削铅笔刀划出来的道道，示意男女有别，相互不侵犯彼此的"领空"。刚进学堂的新生，其实不必花了力气去刻划这一仿佛天然的"鸿沟"，因为大多数学堂都是旧的，课桌凳子不晓得用了几代人，大家求学的年龄情况都差不多，台位中间那道杠杠，是早已被上几代的学姐学兄们刻写好了的，悉心遵守就行，要是你运气好，你可能会分配到一个体面的同桌，家境好，成绩也不错。多数时候，你总会对你的女同学特别嫌恶、不友好。记忆中长相可爱的女生，一般都不跟你坐在一张凳子上。你会远远地偏过头去斜睨，而与此同时，你可恶的同桌也会因此频频举手，打你的小报告，你俩就赌气似的互不理睬，持续一个学期，同桌之间竟说不上一句话。你要借半块橡皮也要越过两张台位，你还经常会生出用脑筋欺负她的念头。

三年级，我们班上体面的女生开始流行戴手表。新学期刚开学就有了，只见早上一进学堂门，女生三三两两走在一起，就互相伸出胳膊炫耀各自左手腕上名贵漂亮的"腕表"来。原来一只只手表，全是早起头上学途中，用圆珠笔精心描画上去的。画得还真像煞有介事，连表盘秒针都有，分毫不差，还有考究的表带呢。一个吃吃地笑，说："现在8点。"另一个说："不对，是7点45分。"自然，连时间也是画上去的。进了教室，上课没劲了，想早点下课吃午饭，就把腕上的指针画成11点，于是在听不大懂的政治课上暗自窃喜一番，不免自我感觉良好，兴奋起来。这样到了下半个学期，学堂所有女生手腕上都"戴"起了手表，男生中也有人偷偷开始模仿这类稚气可拙的风尚，手表上不仅有了各式各样随心所欲的时间，连各种不同牌子也有了，有上海牌的手表，梅花牌手表，甚至有了外国手表的罗马字母。

最后，出现一种漫画式的手表图案，像后来的文身，画得很夸张，表盘很大，表带也像一条小花蛇似的在手腕处游走。于是老师们出面禁止。大半学期过去，手表风波渐渐平息下去，平时偌大的操场上，又显得冷冷清清。

学堂不准同学再乱涂乱画，说这样子"戴"手表的人有"小资产阶级情调"。广播里训话，"上纲上线"到了"妄图复辟资本主义"。吓得各人全在底下吐舌头。但此风尚并没能彻底被根除。课堂上，手表仍有人偷偷在底下"戴"，不过不再画得那么精致了，失去了刚开始所有的"美学意味"。有人画成一个饼状，有人画得十歪拉牵，总之随画随揩，麻烦在于圆珠笔画出来的线很难一下子揩干净，手腕上的肉擦红了也不见效果。这样的好事者，常常就被当课老师喊到教室门口去罚站。

12

天冷。屋里屋外竟有明显的温差。十二月里，清清老早不敢把小脸蛋伸出被头筒，一旦伸出，室内空气就寒冽异常。光线灰蒙蒙的，只听得见吹了一夜的寒风慢慢停息下来，守候在破旧的窗棂和屋门跟前，使得人想象一下自己出门的情形，就不由得倒吸一口冷气。

我和比我大四岁的哥哥睡一张床。床就搁在靠窗位置，早上起床穿衣裳，伸出一根手指往窗户前一试，立即冻得缩了回去，把窗玻璃上一层水蒸气擦掉，外面早已垂挂下一根根冰凌。

1970年，县城人家的住房面积都很小，一般的四口之家，不超过三十平方米。也就一间正房用于睡觉起居，另外搭配一间小披屋，做烧饭的厨房。到了大冷天，大清早都是父亲最初起床，开炉门，把早饭要吃的泡饭锅子炖上煤球炉子。我至今仍记得父亲披一件破旧的棉袄，脚上拖一双芦花靴筒下床来瑟缩前行的样子和声音。那是十二月里一天生活的开始。我们家睡觉的房子直接连着厨房。隔夜封好的一只煤炉，天蒙蒙亮时，会有炉门被人拉开，"嗤"一下的声音。这声音，存留在我幼年时的记忆里，好像是唯一一种可以抵御自然界严寒的声音，代表了穷愁潦倒，但仍一息尚存的人类社会，这炉门拉开的声音对于每名那个年代活过来的人都有一种奇妙的慰藉，躺在被窝不肯起床的我们，饥肠辘辘的身子一下子全都有了反应，仿佛被寒风吹刮中的一小根火柴点着了一样。

那时城里人家居民的住房，全由房管所统一指派分配。六十年代通了电，几十户人家共用一只电表箱，隔一个季度或半年住户们集中开一次会，电费统一分派每个户头，0.2度或0.3度电，这类上缴电费的会议每次都闹得面红脖子粗，有时还要打架。除了电灯、广播外，偶尔有一户人家偷用电炉，后者也是1970年之后的事情。那时家家户户，没有冰箱，没有空调、电视、电风扇、电话。根本没有任何所谓的"家用电器"。有经验的住户，一眼而知隔壁邻居家一年会用掉几度电。

一户人家跟一户人家，有时只隔开一层薄薄的土坯墙，或芦扉墙，或一层老式的天井。家家户户，住房连着住房，走廊连着走廊。县城的街区，无形中也有点小范围的"人民公社"化了。各人家风俗习惯，饮食起居相互渗透影响，渐渐趋于一体化了。一天三顿吃饭，无非是：早上，萝卜干泡饭；中午，老青菜米饭，外加一碗酱油汤；晚上仍旧是泡饭，把中午头剩下的青菜一扫光。

　　泡饭锅子，又名"洋锅子"。那时家家户户洋锅子、搪瓷盆、搪瓷的杯子总是必备的。除了吃饭用的碗，瓷器一般很少见了。洋锅子便宜，用用不要紧。屋子发黑了，洋锅子一般也是又旧又黑，凹凸不平。记得锅子的盖头常常会盖不拢缝，锅子被烧得变形了，仍旧经年累月在使用。这种便利的器皿，一方面，也像是在救苦救众；一方面，也成了平头百姓和居民们艰难度日的象征。

　　临睡前，家中最后一句话总是父母床跟头传来的"炉门封好啦？"周围死寂一片的夜色，忽而西北风，忽而东北风，在屋前屋后弄堂里打旋。父亲说话带点苏北口音。我听了父亲的声音，心里最定心，立即就呼呼大睡起来，把再冷的夜全远远抛到了脑后。有时这句话变成姆妈的声音："这个月电费交了吗？"姆妈声音小，与其说是轻柔，不如说沙哑无力，就像再过两天——一般不超出三天——她又要生病住院了一样。人在那个年代里，被贫穷压得常常抬不起头，大气不敢喘一声。姆妈脸上的表情，就是这样。我闭上眼就能看见这个表情。直到今天，我仍记得姆妈在被窝里，一边因为要提醒什么的说着话，一边往被窝里缩的声音。家里人每个动静，我都听得清清爽爽。1970年的冬天，天冷到有时一家人洗好了脚，洗脚水却没办法倒。总不能倒在家里吧。而大门外面已经开始下雪，只听得见隆隆的风声。那种严寒，已经到了用耳朵去听一听也会吃不消的地步。小孩生怕再听一听，耳朵就会掉落下来。全家人都在忍耐，因为省煤球，唯一的一只煤炉是必须要封好的，于是房子里全是昏沉沉的煤气，四处弥漫，在屋顶、房梁四周缭绕。如果开了灯检查，炉膛里的煤气还在白乎乎地往上冒一种看不见的烟雾。那时候湿煤球，干煤球一闻就闻得出。好煤和劣质煤也是，夜间封煤炉时气味明显不同。逢到天寒地冻的一夜，碰巧拣了一只劣质煤球封上去，屋子里气味就难闻多了。那时有种说法，叫"发火"，说煤球的好坏优劣，叫"这只煤球发不发火？"劣质煤，自然发火的力道远远不够。冬天，我记得好煤坏煤有时一批批的，可按月计量。父母之间时常嘀咕"这个月这批煤不怎么发火"或者"还蛮发火的"。家里煤球，一般是一个月或二十天去买一次，用挑水的桶一只只装满了挑回来。后来用借的板车去拖，最后是借三轮车踏回来，这期间运输工具每隔五六年变换一次。到踏三轮车时，我已经是名十五六岁的少年。

父亲不仅担水，还用同样的一副水桶挑煤球。水桶是腰圆形，煤球从桶底往上排列，到一定空间就不能放匀称，于是每次总有三两只煤球被挤扁压破了回来，姆妈总是用一副惋惜失望的目光看它们。桶底的碎煤屑倒在一块空地上，用畚箕扫起来，到出太阳的好天气，再用水和了之后，重新捏起来，做成卵形的小煤球。

米、煤是一点也不浪费的。穿的衣裳也同样。一条北门大街，人人全是穿了带补丁的衣裳长大的。1970年，家里还没有茶叶，我小辰光没碰见有一家人家家里泡茶叶茶的。直到1976年左右，市面上出现一种细碎的泡茶吃的东西，叫"茶叶末末"。我们才晓得中国原来是吃茶叶的国家。那种茶叶末末，泡了茶，要吃时，必须使劲吹，才能把杯子、碗上密密的一层碎梗梗吹开，人才喝得到真正的茶汤水。

有时煤球炉子的炉门"嗤"一声开了，还要捡起铁钎小心捅下煤灰。封了一夜炉子，煤灰淤塞满了上下炉膛，如果要让炉子加快"发火"，就捅底下煤灰。煤灰被捅掉多少，跟蜂窝煤炉的火力是成正比的。假定炖上去的泡饭锅只需稍微温热，煤灰一般就不捅了，只要炉门开条缝，让余火焖着就行。但有时起床在被头窝里懒的时间久了，全家需要紧急动员，不仅要让炉子赶紧发火，余下的琐事也要加快节奏：预备早饭，穿衣裳漱口揩脸。这当口，姆妈还要替家里人预备中午饭的饭菜。

中午饭的青菜，咸菜豆腐是一大清早烧好了焖在饭锅头的。姆妈上长日班，中上头不大可能出厂门赶回家替我们做饭。

这时候，父母如果嫌炉子再不"发火"，就需把煤炉从固定的底座拎下来，拎到靠近大门口有风的地方，利用风力大小来加速火力。有时他把煤炉拎到风口偏左一点位置，有时会直接对准风口，这要视全家人那天早晨的需求而定。

煤炉固定的底座，不过是平常做饭用的空地，垫了四块红砖，砖头围成"口"字形，炉子放在上面。逢到隔夜煤炉没封好（有时是劣质煤的缘故），大冬天的早晨起床一看，手一摸，炉膛冰冷冰冷，家里人全都要痛苦地喊出声音来。炉子熄火了，只好预备柴爿生报纸到家门口生炉子去了。姆妈责怪爸爸："跟你说下床去看看的，你不听！"爸爸骂哥哥："封得太晚了，那只煤球烧过的了喂！"哥哥骂我："喊你不要烧水，偏要！"一片哀叹埋怨声，此起彼伏。屋子里也比平常慌乱许多。

每名家庭成员，对煤球炉上炉火的脾性大小揣摸熟习的程度，表明了他对于家庭的认知程度。冬天夜里，每晚父亲临睡前，都像一名鉴宝师一般小心对待那只煤球炉，他不会轻易更改、做出他的判断。今天这只封下去的煤球怎样。他跟那只炉子的关系在我的童年时代，也成了赫赫父权的象征。很小的时候，哥哥对待那只煤炉的熟悉程度，就达到了令人惊叹的深奥地步。小小年纪，他会提出异议。在绕着炉子，脚蹬芦花靴筒转悠几圈后，他会跟姆妈郑重宣传："不行的,这只煤炉到早上会熄火!"姆妈立即把大儿子的判断转达给父亲。父亲不屑地撇了撇嘴角,嘀咕道:"怎么老说不吉利的话,明天天亮还早呢。"说完转过脸睡觉。哥哥无奈,走到自己,也就是我困的床跟前时气鼓鼓的。然后,他用伸进被窝的脚踢我一下,说:"你看吧,明天早饭吃不成了。"我们分睡一张床的两头,他这样踢和生气时我早已假装睡着了,怎么办呢,总要有所表示吧。于是我"嗯"了一声,不置可否,并且又在被窝里假装换姿势似的翻了个身。

我对煤炉脾性的把握,也很在行。差不多一瞅一个准,只不过因为家里年纪最小,发表的意见无人重视罢了。无论是烧饭、捅炉子、封炉门、生炉子,我样样精通。轮到我来,几乎不用费什么脑筋。不过,对于煤炉这样的家庭大事,小孩子实在插不上嘴,我的技能本领只得显示在礼拜日,假期里跟同学小朋友到家里偷东西烧了来吃。那时,我方有机会露一手。偷烧一只煤球,而使家里原先堆煤球的那块地方看上去完好如初。小孩子一起偷吃的食物,无非是冷天头的煎鸡蛋、烧年糕、烘馒头,夏天的烤知了烤土豆一类。冷馒头放在火钳上,放到煤炉边上烤热烤焦,这是小辰光常干的事情。

煤球炉不仅配备铲煤灰的铲子,还配备火钳、炉盖、铁钩。我在户外寒风呼啸的大冬天,在睡梦中听到的最后一点声响往往跟这只宝贝煤炉有关。听见封炉门时家人用铁钩子钩上去的圆铁盖"扑"一声压上去,听见铁钩被扔到干泥地上。在经过了一夜暴风雪肆虐之后,古老的县城仿佛脱胎换骨,突然出落成了一个新人,变得年轻甚至陌生了许多,有一种令人新奇的感觉。好多平常熟悉的声音全没有了,甚至一座城市相关的历史和记忆也没有了。大雪使时空产生出一种断裂,我们眼前仿佛有一种新生活的景象,一种回到了远古年代的温暖。大雪带给每个人一种感人的纯洁，唯独屋子另一头那只煤炉，不死不活竖立着，提醒大家这只是一时的幻觉，周围仍旧是1970年的中国。在这之前，我仍旧睡着，朦胧的意识最初作出反应的是一只炉子被在屋门前拎来拎去。我先听着风在屋顶上打旋，想象了片刻户外白色的严寒。然后，我听见煤炉被在空地上放下时炉子上的铁丝搭攀声音。搭攀掉落下来，"垮啦"一下，童年的八音盒由此打开。

这之后，我又睡着了，时间并不长。天色也由最早的漆黑一片转换成朦胧的曙光。冬天早晨的曙光，那才叫真正的曙光。周围的光线变得如此柔和，光线浸染在一种大面积的纯净里。地面上的一切全显得卑怯、矮小、显得潦草，只待美丽的曙光自遥远的天边喷薄欲出。我始终觉得，冬天的天空是最大最遥远的，人在自己屋子的那一头一直能望出去很远，望得见太阳跟地球之间最远的空间距离，寒冷和大雪已经使得人的视线最大限度地显得纯净，能见度极高。小辰光，我总喜欢在自己破旧的小平房里遥遥望向天际的一轮朝阳。每一层红红的朝霞都能像姆妈手心里的胭脂防裂膏一样依次均匀地搽抹到你脸上。而你作为一个初醒的小男孩仿佛从未有过如此柔软的红红的小脸蛋。从日出破晓的地方一直到你站立的地方，天地一派寂静，如果这之间太阳会有动静，会发出笑声，你一定立即跟着微笑，不自觉地受到太阳的感染。因为除了伟大的冬天，在你和太阳之间就再也没有别的什么了，再也不剩下其他的障碍，只有无限悠远的称之为太空星际的那一方开阔地。这片开阔地，一年四季里，唯有冬天的早晨清澈可见，能够映入一名好奇心极强的孩子的眼睛。

我再次醒来，并非因为曙光初现，而是在朦胧的意识对周围一番搜捕之后，突然接触到了一种新异、芬芳的香气。我全部幼小的身心，都在那阵香气里停留下来，稳妥着，定心一闻：唉，原来是家人捡到天井里生煤炉的柴爿片发出的烟。我顿时感到心头一热，沉睡着的意识一下子苏醒了大半，木柴块的烟味道使冬日的清晨显得更完善了。我闭上眼睛，听到弄堂口和天井空地上的风吹得生炉子的报纸"哗哗"响，听到寒流中炉子上做铅丝的搭攀掉落下来，击打在煤炉身上"垮啦"的声响，那声响比世间最美的音乐还要动听上百倍。我甚至听得见炉门口的煤灰被风沿街吹走、吹远的声音，炉膛冒出熊熊的火焰，直直上窜中发出"呼呼"声响，这火焰，恰好跟满天朝霞相辉映，形成视觉上生机盎然的一幅画面。由于这一阵屋里屋外弥漫开来的烧柴爿片的烟，冬日清晨的一切气息全被唤醒了，旷野上雪地的味道。炉子上红薯稀饭的香味。弄堂口，菜场，大饼油条，包括附近工厂的味道，隔夜路灯和有线广播声音留下的气息，全被烟气熏赶出来，被凛冽的晨风吹醒了……

烧柴的烟雾，跟户外天寒地冻的清冽空气相交织，像是一对孪生兄妹，一对自古皆然的冤家，相互比拼、斗殴、撕咬着。放在十二月天亮不久的天井，弄堂口，你被这两种截然不同的气流刺激得浑身一激灵，大脑像刚冰镇过的一样，骤然间清醒，这过度的清醒简直使你身上的各种知觉比平常扩大了数倍的敏捷度。与此同时，满天朝霞漫出高高的云层，使大街上积雪的部分笼罩上了一层柔和得特别好看的红晕，鲜妍异常；你出门，小心翼翼踏着冻土层的砖头地走到弄堂口，小小的肺部从一股猛烈的生炉子烟雾中刚刚逃脱，却又迎面撞见颜色清白无处不在的冷空气……

13

有年冬天煤球质量不好，隔夜封的煤球，经常一到早起头就熄火，炉子摸上去没有一点生气。姆妈骂的闲话是"比死人多口气"。如果一天早晨，逢到这样一只冷煤球，房门口到困觉的床跟前的空气会格外沉寂，好像房子荒凉得就像一块户外料峭的田野，一切全了无生气，只有家人在被窝里偶尔一下动弹。每动一下，都要小心翼翼计算和分配各自体内的热量。实在挨不过了要起床（生炉子、预备到学堂、上班），就要深呼吸一口，身子扳过来像弹簧一样弹出热被窝，以免人在没穿好冬天头衣裳之前被冻结成一个冰坨坨。

炉子熄火，家里最后一块贮存热量的地点已经不保，于是人蜷缩在霜寒遍野，天蒙蒙亮的早起头的被窝，能明显感觉到自己家房子已被户外横扫一切的寒流裹挟而去。一家人冻得空气里只剩下些板结的鼻涕、破棉絮味道。连冷煤球、煤灰味道也闻不到了。严寒之际，人的嗅觉也不那么灵敏了。

已经听见火钳声音了（爸爸披了老棉袄，拎了炉子摸黑往大门风口处去），太阳也像火钳撇到一边去的漆黑的煤块。

天冷到墙角的蜂窝煤竟然冻结起来，冻成硬实的一块，要用柴火的烟熏上半小时方才有点酥松，恢复过来神智，你见过蒙了一层霜迹，冻硬实的蜂窝煤吗？那就是我们的童年，我们北门街上十二月里的景致。

"煤球硬得好敲煞人！"爸爸在冷风里嘀咕。

"要翘连——比死人多口气。"姆妈说。

城市全是被一家家冷天头的泡饭锅子救活过来。这里那里，弄堂口，屋子里全是烧柴爿片的烟。全是大人忙乱小人哭。全是雾霭朦胧中烧熟沸开的泡饭香味。那香味透过人的饥肠辘辘的胃壁，一直热到活人们的心尖尖上。

弄堂发出刮干净盛光了的泡饭锅子声音，丁零当啷，跟着是挟煤球的火钳炉门扔一边的声音。

泡饭萝卜干。

慢慢地，仿佛那些晨曦中的围墙土坯、河埠头、古桥、青石板弄也喝到了一小碗烫嘴的泡饭汤。那些空气中来回缭绕的炸油条的油烟气，那些沿围墙耷拉下的被霜迹弄皱了的标语、枪毙人的布告……

14

有些弄堂是甜的，给人一种甜丝丝的感觉。像是砌给戏里唱的那些人住的。靠河边的弄堂，树多，人家也多。围墙一段一段，并不整齐。有些地方搭出来的篱笆，夏天开满牵牛花。透过篱笆看得见井台，人家的天井。那里的人家仿佛一个夏天全住在露天，住在一棵高大挺直的梧桐树底。风吹来，这样的弄堂香甜香甜的，到了每年的春天，人家门洞和台阶旁边竟然开出油菜花，沿围墙种了些蚕豆，一路走，一路蜜蜂绕着人飞。

有些弄堂是苦的，式样森严，光线微微发苦。因为弄深墙陡，大白天看起来也有些阴暗，弄堂底像是有电影里放的那种拴铁链的水牢。

味道发咸的弄堂，就是酿造厂旁边的印家弄以及靠河的码头，厂里渗出来大量的酱油汁、盐霜。还有做酱菜的五香粉味道。围墙闻上去芬芳扑鼻，只不过香味道过后，很快感觉到嘴巴里发咸发苦。

有几处弄堂，小学之前根本不敢走的，白天一个人经过附近弄堂口，敢停下来听听里面的声音，已经冒了很大的风险。感觉别的地方天都亮了，这几处旧弄堂，里面还是黑的，像坟墓一样静。想想（试着）往里跑几步，就浑身发僵。

弄堂有又高又陡的石头做的门洞。门洞因年久失修，现出一种一半颓圮、快要坍塌的样子，里面的地下阴沟特别深。门楣上描了几个古代的汉字。连那些字也显得怪异恐怖，像快被活埋的人，土已埋到脖颈的一半。

弄壁上，石头砌的门洞缝隙里，到处长出来藤蔓荒草，可能还有鸟窠。事实上，一直到上四年级，天黑以后一个人敢走出贡家桥头，走过小桥头大弄口的小孩，我们中间也寥寥无几。古老的县城，有些弄堂的围墙，实际上就是十几年前挖掉或坍塌的古城墙的一部分。一个人家的后院天井，可能就是元代土城墙，那古老墙垣的龇牙咧嘴、久已湮没了的墙基。

太阳一晒，街头巷尾有店铺的地方最经常的味道是麻绳味道，腌腊品，人家门前用一只骨牌凳搁好的酱缸味道。雨天是咸带鱼气味。新秋季节，秋风乍起。天气眼看一夜之间寒冽顿起，远远地沿岸码头就会吹来新鲜带鱼的鱼腥味。秋天还有新到货的日杂店里竹器、竹篾篮味道。秋天就像是店里新到货的一批毛竹杠，上面毛茸茸地还长着一层竹翳呢。大雨把菜场口口筐箩里白花花的鱼腥冲漫到街当中的黄石和泥泞地上。竹器的气道闻上去凉凉的，装卸货物不一的码头经大雨浇淋，也散发出不一样的气息。雨雾弥漫，最后雨落得越来越深、密集，闸桥河岸上日常货物的气息就被荡涤一新，只剩下赤裸裸的同样散发出泥腥味的河水和石驳岸的味道了。雨天过去，然后又是太阳出来。

1970年，县城一带的丧葬礼仪基本被取消了。谁家，哪个街巷里弄的住户死人了，也只好悄悄地举行祭奠。一间小柴房，几户人家合用的厅堂、过道、走廊，全程度不一做过死者临时的灵室，而请和尚道士念经做法场，那是绝对不允许的。早已属经"破四旧"破掉了的陋习。主人家点起长明灯，燃几支香都要战战兢兢，不要说什么"过四七、五七"了。要命的是祖先遗存几千年的礼仪、家训，对于主要以"工人阶级"为主的那一代县城居民来说，还毫厘不爽犹在眼前。规矩一落二落不说，主人家自己也于心不忍呀，怎么办呢？简陋也好、隆重操办也罢，这就要看你平时的人情。总之一切都在悄无声息中进行。风声最紧的年代，炮仗也不许燃放的，一家人半夜死了年纪大的长辈，早晨就送火葬场，换回来一只冰冷冰冷的骨灰盒，这样的日常景致，实在太多了，县城居民，左邻右舍全见怪不怪，心照不宣。因而，有时一整条里弄、老街，被这类层出不穷的事件，弄得就像一处阴森森的灵堂，日夜进出的居民脸上神色诡异，仿佛晨夕之间，死也成了一件极不体面、入不敷出的事情。死，在那个倡导"大赶快上社会主义"的年代里，是一件多么不合时宜的事情！

我多次碰见过弄堂里走路，拐过人家厅堂过道忽然遇见一具停放的死尸的事情。没人跟你解释什么，各人的神色全都很为难、庄重、躲闪。怎么办呢？社会主义，原来人全是要死的。人会有寿限、疾病、意外伤亡……广播里天天在喊的那些个道理，跟人的死亡这桩事情统一不起来，无法挪揉到一起。

冬至、七月半，每年冬夏两季这两个中国人的"鬼节"，在1970年代的县城周边，几乎是绝迹了的。居民自发的例如焚香烧纸、先祖遗像前安放供品一类做法，都基本上不允许了。只有少数胆子大的敢"顶风作案"，但也做不到绝对我行我素，一般都是夜里天黑时，偷偷完成，而且朝着毛主席像，至少先要向主席像磕头，然后再祭拜自己的先祖、亲人，五斗橱抽屉里拿出一张遗像来，弯腰鞠躬，再把遗像收回去，抽屉门重新锁上。

一天清晨，浓雾弥漫。我记不清是春天还是秋天了。我像往常一样，背上书包上学去，穿过北沟弄到环城北路县湾街那里。我在过了马路之后看到一名中年男人骑着辆脚踏车。"哐当哐当"，车后座上带了一个人，但奇怪的是，后座那个人的坐姿是反方向的。面孔煞白，我也看不大清他的脸。总之，他像是从未坐过、或者不大敢坐脚踏车似的，腰板挺得笔直，头颈向上，全身高度的紧张，跟骑车的人背贴着背。我看了一眼，觉得有点稀奇，但立即就有一丝寒冷恐怖渗入心间：这人怎么像个死的人呢？随即脑袋"嗡"一声炸开了！天哪，我刚才马路上亲眼所见的，真的是一个活人用脚踏车载运一个死人。他的腰板挺直，原来是已经断气了！我被吓得直往学堂方向一路狂奔，奔去好半天才缓过神来。我不停地跟校门口遇见的同学讲叙这桩奇闻。他们也一个个神色慌张，被我的过度惊吓之后的举止弄得疑神疑鬼。最后我慢慢回想起来骑车人胸前、腰部跟车后座死者捆绑在一起的好几道绳子。这个特殊年代特殊的送葬仪式。骑车的中年人一定是趁着早上浓雾，把死去的家人尸体偷偷送往火葬场，途中不巧被我撞见了。

15

冬天、夏天，街上人全不这样念，全念成热天、冷天。

大热天，皮革厂码头附近有很多西瓜船，停在热昼心。西瓜船多的水面，成了北门街长大的从小忽冷浴赤身光屁股小孩的乐园。

每当卸货，西瓜一船一船上岸，水面温温的，水里就出现许许多多鲜红橙黄的碎瓜瓤，远近上下翻浮着，孩子们就下河争抢，抓到一个就在水里边双脚踩水，边就着浑浑热热的闸桥河水吃将起来。吃了大半只瓜，还剩不少肉，看见水上浮来半个，又扔掉手里的，再去伸手捞那另外一片，送到嘴边大嚼。瓜船卸货，长长的木跳板一沉一荡，上面全是糖烟果品公司雇来运瓜的码头工人，他们在十来米长的窄窄跳板上疾步如飞，两人一组用箩筐挑，难免捅夹挤撞，装筐时堆得过高的大小西瓜经不起颠荡，纷纷滚落，一只两只，有的撞碎在码头台阶，在船舷旁边，有的直接就落进了闸桥河。瓜好的那种，沉到河里，过好半天才能看见它在离船很远的水面"扑"一声跳将起来，一时间河面上仿佛开起了快乐的西瓜大会，西瓜狂欢节。跌碎的水里岸上的整只的红瓤黄瓤，看上去全都锣鼓喧天，喜气洋洋。小孩子肚皮吃不了多少，不多一会，肚皮被瓜汁撑得滚圆，游不动水了。也有饿煞鬼投胎的，胃口贪婪，吃到差点被水呛死淹死的。上岸就被人数落，就趴在堤岸上呕吐，不停地打饱嗝，然后一个猛子再扎下河去吃。水道仿佛成了长熟长肥的瓜田。

于是闸桥河，热辣辣的夕阳下，流着各种跟西瓜相关的漂浮物，瓜皮、瓜子、新鲜的好瓜和烂瓜……。小孩成群结伙，在瓜船附近游弋，伺机出击；装货卖货的船家也不是吃素的，他们有时会手拎捞东西的铁钩，或者干脆用长长的船篙，赤脚在船头船尾追赶水里那些捞吃西瓜的小孩，每年都有孩子被金属的铁钩击中，被竹篙打晕在河里的事件，每年小孩仍旧前簇后拥着。船家担心的是游近船舷来偷的事情。孩子们呢？也天性觉得光吃卸货时掉落水中的现成货，味道不过瘾，要吃，就吃船舱里自己亲自用手偷摸到的。那滋味仿佛数倍于那些形形色色的"落水货"，把个人吃得眼睛好黏起来。

吃着吃着，就看岸上的一条标语、吊塔、烟囱、码头上的门机。

吃着吃着，就吃进了闸桥河里一口柴油。

船家就笑起来，捧着碗坐在船头铁锚旁笑。船家也有憨厚的，凶悍的，急吼吼跟着跳板前后跑的，慢悠悠吸筒水烟的，各式性情。他们只是不愿你来黄鼠狼吞鸡似的偷。卸货时，他们忙不过来，不卸货时，他们也乐得把船舱里成色不佳的生瓜、烂瓜、半生不熟瓜清理出队伍。一天太阳暴晒下来，船家和公司价钱谈不拢，夕阳西下时舱面就传来"扑哧""噼啪"的声音，那是熟过头了的西瓜经高温之后自然爆胀，炸裂开来。那都是最最甜的西瓜。舱面上下，一时间仿佛遇着了全体西瓜的一场暴动。瓜汁横流，瓜肉狼藉，很有点像后来几年电视报道过的海边上海豚的集体自杀。这类胀熟的瓜，船家自己消受不过来，就趁夜在岸边码头贱卖，大声吆喝着吸引岸上乘凉的人家，价格等于是半卖半送。每个人手里都黏糊糊、"得嗞嗞"（吴方言），那怎么办呢？谁让远近河面上一丝微风也没有的呢？

胀裂开来的西瓜，叫"自然熟"，又叫"爆炸瓜"。

只要是吃的，粮食、水果，那些年里进城来的货船，到哪个地脚，靠附近哪些个码头，全城的人全都闻风而动，全都跟着梗起脖子，眼睛骨碌碌跟着转了。一艘装山芋干的船，才刚刚驶经青阳过去月城不到，县城里的人就已经鼻子吸吸响闻见了山芋干的不凡的香味。

傍晚长江涨潮，瓜船附近的"落水货"开始从河面上四处漂散，回旋，然后同方向往城西或者城东（视潮水的涨落而定）的水域漂流。漂出皮革厂码头附近，尚有整只整只的好瓜，漂到船闸附近，能捞上好吃的，就寥落无几了。漂过船闸，到澄江桥头，只剩下一片狼藉的大小西瓜皮，西瓜皮人家也要的啊。这时还有人奋不顾身，下河去打捞，跟着红红绿绿的碎西瓜在湍流中出没。到大弄口过去，到浮桥身底下，水面就只剩下瓜子，以及上游人家不要的明显肿胀的烂西瓜了……整个过程，河道本身仿佛正是那名夜色中放开喉咙大卸八块的幕后真正的饕餮者。

大热天，也就随着黑一阵白一阵的昼夜光线漂走远去。

16

剥毛豆，剥豆板。豆板就是新鲜或者晒干后贮存起来预备天冷再吃的蚕豆。新鲜豆板一年里也就一季，二十天左右辰光。过了蚕豆就老了，吃时要吐蚕豆的皮。那时弄堂口的公用垃圾箱也全是堆散的蚕豆壳壳，颜色慢慢发黑。这种节气头上的蚕头，若要吃手剥豆板，皮剥起来还是软的，嫩生生一层皮，很好剥。过了每年的五月，想再吃汤里的豆板，或者咸菜炒豆板，就要我们小孩帮着剥晾晒干了的硬蚕豆了。那种蚕豆一粒粒捏在手里，像小石块一样，要把上面一层蚕豆的皮剥下来，每次手上的指甲都要剥疼。

热天暑假，一大清早起来姆妈指定给我们的任务是就桌上一堆干蚕豆剥出半碗的豆板来。豆板剥好，放碗里用水浸起来。豆板一扔进水里，立即漂浮在水面。

那时候，家里一只罐头放米，一只罐头放蚕豆。大家称这种晒干的蚕豆叫"老蚕头"，一家人再怎么穷，"老蚕头总还有几粒"。真是又当饭，又当菜。

用一张小矮凳，坐在院子里剥蚕豆，周围是隔壁人家一堵矮墙，墙头长南瓜、丝瓜、牵牛花藤，墙身长爬山虎，墙脚长满了蔷薇月季。脚下是湿塌塌的青苔。附近总有一条阴沟，通煤球炉子烧饭的地方，通水井。孩子们串门，丫头家老小家，有人义务加入到剥蚕豆的队列中来。两岁的五岁的，大多穿开裆裤，翘起的屁股朝天，男女生理一望而知。有人一头剥一头用手抹鼻涕，有的脸上全沾的煤灰，大家笑而不答，心照不宣，蹲在身跟前头碰着头，吭吭哧哧。虽说过了抓到手的一切都要送到嘴里咬一咬、尝尝的阶段，野蛮的习性基本没变。但有一点不变，全惊人的相似：只要有人讲故事，每个人全瞪大了眼睛，聚拢过来，仿佛在集体围观一只恐龙蛋，一桩世间罕有的奇迹。程咬金、孙悟空、薛仁贵、花和尚鲁智深、狐狸精等等这些名字。

17

大礼堂，那名画师爬在一架高高的人字梯上画我们敬爱的伟大领袖像。除了偷偷溜到走廊和后台的几个小孩，礼堂里空无一人，散发出一种演出灯光常年烘焙过的长椅油漆的味道。那味道不禁使人肃然起敬。像教堂但没有教堂那样深奥、文雅。棉纺厂大礼堂里的空气，是一半教堂、一半工人食堂的杂烩，很高级的样子，但又有点神气活现。我们躲在后排几张椅子后面，小声地窃窃私语。我们远远地先是看见毛主席他老人家一张苍白的脸，在电影幕布一样大的一块白棉布中央显露出来。这是第一个月的创作。"创作！"我们小孩兴奋地相互在重复这个新近听来的名词，是那名画师途中休息比较兴奋时告诉我们的。"画画是一种创作，"他说，晃了晃手里的油彩笔，"这是我创作的第四幅毛主席像。"大礼堂只有靠近前台的几排灯亮着，否则大白天简直漆黑一片。画到第二个月，画出了伟大领袖的像一朵云那么大的鼻子，云上面飞过一只鸟来，是领袖下巴上著名的一粒痣。画师先是在偌大的白布上战战兢兢打上一大张稿样，然后动用皮尺、三角仪甚至水平仪来计算五官的位置大小，这样做的时候，整整一个下午，他的直冒虚汗的额头在礼堂的白炽灯下竟像一只蒸馒头的蒸箩或蒸笼不断有热气冉冉上升，我们在后排被这一幕吓得莫名其妙地一动不动，好半天也没弄明白过来这名画师在干什么。他在梯顶上爬上爬下，挥舞着一把材料仓库里事先领来的工分尺，整个人从远处看，显得浮滑、虚假、或大或小，好像画布上不能确定，随时可能要被涂抹掉的那一笔。时而下跪，时而兴奋地跳几步舞，嘴里还一个劲喃喃自语，对着画布以及舞台上大片的灯光哄骗一只不肯吃食的看不见的猫。

　　"噔！"他从梯子上跳下来，像按动按钮发射了一枚火箭，声音呼啸着掠过整座礼堂，使得那里面的空气发出使人浑身释然的震动。大幕上方，一排排灰尘无声地落下，几只老鼠被这突如其来的一跳吓得乱窜到舞台正中心，其中一只竟被缠绕一地的电线绊倒了。我们瞪大了眼睛一看，礼堂上方，毛主席他老人家终于有了一只大家期盼已久的耳朵，并且还是一只左耳朵。

我们上午从仓库上货的码头旁边一段断墙翻围墙进厂，溜到大礼堂的后台角落，就在那年夏天，我对舞台上那种灯光烘热的地板着了迷。地板很脏，上面的土足有两寸厚。但走上去感觉却格外温暖。这样的木地板在诱使你一步步走近它，并终生沉溺其中。我们去时，画师身穿蓝色工装裤，早已攀举着画笔在那里辛勤描摹。他可能没有自己的家，舞台最不起眼的角落搭了一张行军床，他晚上就睡在那里，有一次他举起鲜血淋漓的左手给我们看，说是半夜里，先一天晚上太劳累，睡着了被礼堂里老鼠咬的。他为此而得意非凡呢。这也难怪，在整个漫长的"创作"阶段，除了我们一帮说不出什么来的小屁孩，画师的观众实际上就是窝藏在大礼堂地下的一群老鼠。

"毛主席也不来管管这些老鼠。"他小声嘀咕着，抱怨着，悄悄踱到后台去，用美工刀从画像的幕布一角割下来一小块棉布，自己缠在伤口上止血。过了一会，他突然又很紧张地抬起脸："小孩子不能出去乱说，不许讲出去的，否则——"他在众目睽睽之下做了一个被吊颈的恐怖表情。

"我有右派帽子，等这幅像画好以后，他们说不定替我摘帽的。"他说。

于是，在短短的大热天才过去不到一半，我们就成了无所不谈的密友。我是说，那名监狱里的劳改释放分子和我们这帮家住北门闸桥头的小屁孩。我们总共四个人，最多时，可达七名。我们四个是核心，阿奇、憨大（我的绰号）、胖胖和军海。家就住在离这儿不远的马路对过。有时胖胖的两个姐姐也会加入到这个秘密的行列里来。然后是丁家弄弄堂口口上的阿奇，他家来了一个乡下奶奶，暑假把他牢牢看管在家里，连上厕所大小便也只允许在自己家的马桶上。他偶尔会变魔术般把自己变到热昼心里的北门街上来，他也欢喜从头到尾观摩这幅毛主席像。那名画师姓唐，他的身上、手上、额头上仿佛永远有创口，全身像一整张破得不能再破的蚊帐一样连连牵牵贴满各种橡皮膏条条。他已经瘦得没剩下多少人形。耳朵却十分尖，挨近了看，你能看见他左胸下方肋骨缝里一颗"突突"跳的心。当他正襟危坐——他花费一天中的大部分时间坐在画像底下也就是舞台前排的位置——怔怔地凝视每一根自己新画上去的线条、笔触时，他看上去像极了一只觅食多日，可怜兮兮的猴子。他一坐端正，就本能地把头颈下缩。一头蓬乱的头发，像丢弃不用的油漆刷子。阿奇、军海、胖胖和我是他忠实的拥趸。画师像一只被猴群逐出来的大猴子，我们就是尾随他的几只小猴子。我们看着他鼻孔里茂密的鼻毛，看着他用一罐汽油清洗画笔。他在那罐汽油面前动作十分敏捷，并再三警告我们，不允许走近他堆放颜料、调色板、画笔这类工具的舞台一角。我们四人在那年夏天，正在密谋商议，成立一个"组织"，有最新的文件、口号、口令，还有神秘的入会仪式。光这一仪式，大家就讨论了大半个夏天，其他时间里，我们把礼堂里每一张长椅每一处可能坐人的空歇，都挨个用屁股去坐一遍，过过逢年过节此地演戏唱革命现代京剧时小孩不得入内的瘾头。我们发现这名猴子长相的画师偷偷背着我们往画布上吐口水，把脸上的什么眼屎、鼻涕全弄到调匀得稠稠的颜料里面，然后一本正经画到画像上。他这样做时，自以为距离我们有一百来米远呢。他轻轻咳嗽了一声，脸色已吓得十分苍白。有一次，阿奇、胖胖他们不在，我一个人在礼堂里，画师立即敏捷地跳下人字梯，把不知什么地方割伤、缠着橡皮膏的左手食指又重新割了一遍，然后滴了几滴鲜血在调色板上。做完这些，他抬脸若无其事地看了看我，目光空洞而遥远，仿佛我只是坐在底下的一团空气。不知他把那些鲜红的血画到伟大领袖像的哪个部位去了？我知道我不能说，更不敢问。那天夜里我像被烧着了的一团火一样噩梦连连。我有几天都吞吞吐吐，推托着不肯再钻围墙去大礼堂，甚至对胖胖他们要求再把党的方针重新温习一遍的建议也毫无理由地置之不理。最后，他们偷溜过去的人说画师已经开始在问起我的名字，说毛主席像已经开始画眼睛了。眼睛、眼眉毛全开工了，我才暗自下决心独自保守那个秘密。我脸上一定有一种吞吃了一口石灰的惊骇表情，那个大热天里空气浑浊，但温度阴凉的大礼堂对我们的吸引力实在太大了。

我们坐下来，画师正在吃一只蒸饭团。那时已经是午后一点多，我们很少看见他吃东西。他脸上、袖套、身上全是零星的油漆、颜料。拿着蒸饭团的一只右手有一根手指是钴蓝色的，另一根是红色，然后依次是黑、白、黄。我们看见咽下去的米饭在他喉咙口艰难地上下推移，原地打转。此人喉结古怪地外突，像是有一只调皮捣蛋的小老鼠，被拿捏在掌心。他好像瞪大着眼睛，一边吃东西，一边同时睡着了，进入了甜甜的梦乡。与此同时，礼堂的前台上方，伟大领袖毛主席的一只微微含笑、带点深邃的睿智的眼睛正冲着我们笑呢。洋溢着赫赫威权并且庄严的笑容在那个午后的棉纺厂工人大礼堂内的空气里无声地弥漫开来。我们全都在一瞬间感到了幸福、神圣、庄严。我们情不自禁地在各自的座位上坐成了一种雷锋手捧红宝书的样子，一种那时候中国人的标准姿势。在那处情不自禁昂首挺胸的姿势里，你不仅健康、富有革命的朝气，你简直就是革命的化身。也就是说，伟大领袖的自上而下的微笑使我们瞬间全成了雷锋。我们比雷锋还雷锋呢，因为我们还是小孩，是革命的下一代，我们的内心涌动着新时代的激情。我们是不屈不挠的中国人民行列中茁壮成长出的一个个新的雷锋，我们是那冲锋陷阵的无数个，正在这时，画师突然"叭哧"一声放了一个响屁。这个屁，同时使他从长椅上跳起来，他本来盘腿好好坐的，现在却鬼鬼祟祟一脸的低三下四，因为他确信自己面对的是四双纯洁少年的义愤填膺的眼睛。四双眼睛齐刷刷地盯视他，仿佛凝聚了八亿人民的所有阶级仇恨。

"画毛主席，什么最难画？"

"眼睛？"

"脸？"

姓唐的画师摇摇头。又有人怯生生地说："嘴巴？"他这么一说，我们这才发觉原来伟大领袖也有一张跟常人一样用来吃饭的嘴巴。是啊，只有嘴巴子画得像了，有生气了，画像上的人才能显得像活人一样有鼻子有眼睛。

"你们晓得天上有什么？"

"天上有星星。"

"天空……"

"月亮……"

"不对，是太阳，天上有太阳。"

"敬爱的毛主席，各族人民的红太阳。"

"太阳是什么？"

"……"

"太阳是一颗比地球大很多倍的星球……"

"那么太阳上有什么？"

"有什么？……太阳有太阳光？"

"太阳有光线！"

"对啦——光线！我们人类全靠有了太阳，才从猴子进化成现在的人。有了太阳，地球上万物生长。所以我现在受了县长委托，到这里画我们敬爱的伟大领袖毛主席，不光是画他个人，实际上是要画出一个万物生长，画出太阳的温暖美丽。所以最难画的其实不是眼睛，最难画的其实是……"

"是什么——？"

"是纽扣，衣领上的一粒纽扣。"

"纽扣？"

"你们不要小看穿在衣裳上的一粒粒纽扣，对于我们画家，那可是呼吸和生命嗬……"

"而且，每粒纽扣，本质上都是太阳。纽扣不仅是人做出来的，纽扣上还有光线呀！否则你怎么知道那是一只只纽扣呢？纽扣要画得像纽扣了，那么你就要掌握好光线的明暗处理。懂了吗？"

没人说话，几个小孩全趴在画师吞吃了一半的米饭团和他那双沾满了眼屎的眼睛面前面面相觑，那些"光线"啦，"本质"啦的名词全把大家的头脑弄得晕乎乎的。我们只觉得画师说的闲话很古怪，但也很打动人，像真理，我们全被上述这一席话震晕了。

"嗯。"画师不生气，轻叹一声，把米饭团放在一块脚下脏兮兮的三夹木板上，走开。他的蓝色工装裤像太阳底下扬帆远去的一只船。过了很久，其实并不知道有多久，他又回来，拿了一本《毛选》，郑重其事地说：

"这是一本书，对吧。但这不光是书，它同时也是我们呼吸的空气、太阳。明白吧？我们平常用手，拿到的每一样东西，都是太阳。哪怕小便，哪怕你吃饭，全有太阳的成分在里面——

"画画，就是把这些奥秘的成分，这成分有多少，它们的大小，画出来，呈现在人们眼前——"

这一次，我们更加警惕了，生怕姓唐的画师一不小心灌输给大家什么反动思想，大家三三两两地起身，站起来，起先还有点不好意思，有点尴尬。最后，阿奇干脆挺直了身子，从他那排椅子上站起来，往淘伙堆外走。我们灰溜溜地一个个全溜走了，弄得画师傻愣在那里，莫名其妙。这回，轮到他傻了眼了。如果说前面一席话令人费解，那么，关于太阳的奥秘的成分的说话，简直是令人痛苦的了。军海是一脸无所谓，脑筋有点笨的胖胖简直快当众哭出声来了。我们往剧场后面走，待画师明白过来，他立即像是有点发急似的伸出一只胳膊跟在后面追赶，像是马路上抓小偷一样要抓住孩子们中间的一个。他一边加快步伐，一边对我们大声喊：

"如果能把一粒纽扣，衣裳上的一道皱褶画好画得像了，我何愁画不好毛主席的眼睛？！"

他苦苦央求我们，相信他的理论。可这番理论，对于1970年的几个八九岁小孩而言，委实太过艰深，太费解了。

他追上了要慢好几步的胖胖，边大声嚷嚷，边用手上那本《毛选》拍打胖胖的头，于是胖胖再也忍不住了，往地上一蹲，一躺，"哗"一声大哭起来。

胖胖被弄哭那天，场面僵持了很久。每个人都板着个脸，一脸的霉气。最后画师到舞台角落摸弄半天，从一件皱巴巴的旧衣服口袋里摸出一张两毛钱的纸币，喊我过去，威胁说："小孩不许哭，也不许闹，懂吗？出去，到马路上买点糖吃。不许跟陌生人讲，好吗？否则下次再来，我赶你们走！"

我们明白他舍不得我们走。后来，画师又跑近过来，摸摸脸盘子湿乎乎的胖胖的头。

我们买了两毛钱的老鼠屎（咸金枣）、水果糖。后来，又因为分赃不均在厂大门口打了起来。

到了第三个月，画师仿佛成天被黏在了舞台上方那幅巨大的画像上。从礼堂的后排望过去，画师的身影越来越小，仿佛一管被挤瘪弄干了的颜料，只剩下两只硕大的手臂和往后翘起的屁股。我们已经有一个多礼拜没能看见他的眼睛和脸了。空气里有一种凝神屏息的紧张的安静。我们小孩子鱼贯而入偷溜进去，但很快被那种神秘的氛围慑服住了。我们相信他一定开始画最难画的那种"纽扣"了。我们也跟着画师失魂落魄。画像上已经开始出现一种又庄严又神圣的鸽灰色，那是伟大领袖身穿的制服的颜色，特别凉爽。大礼堂的外面，一年一度的秋天也到了。我们在画师画画时听得见外面"哗啦、哗啦"的风声。毛主席开始笑。广播又在报道人民公社丰收的喜讯。画师待在他那架竖直到不能再直的人字梯顶端，仿佛一只一动不动捕食途中的壁虎。只听见风吹进过道，吹进走廊，舞台两侧的帷幕跟着飒飒作声。毛主席的脸也开始动弹，从左至右，那么神采彤彤，和蔼可亲。一粒纽扣四只眼，是那种旧式，老法头的黑纽扣，纽扣中间有一个凸起的亮面，这个凸面效果在主席的标准像上，必须是圆形的，因此纽扣的一半在暗影里，另一半是明亮的。我们眼睁睁看着画师把那个纽扣的亮面部分勾勒出来，我们个个张大了嘴巴，看得口水直流。

第一粒纽扣，画了七天——一个礼拜。

接着画第二粒。太阳的奥秘。

到第八天下午，我们终于等到了多少天里沉默寡言的画师从梯子顶上转过胡子拉碴的脸来。厂里工宣队的人来了。

有时工宣队的人会来监视和检查大礼堂这份画像的工作。有几次是他们陪同县里派来的领导来参观。我们总是在他们步入礼堂的前一秒钟及时躲起来。躲进旁边厕所，躲到后台帷幕背后。我们听见画师说话唯唯诺诺，听见厂工宣队的人走上走下地评头品足，发出满意的笑声。整座大礼堂都被领袖制服那一层含蓄而又华美的鸽灰色照亮了。最初一段时间，每名初来乍到的参观者的脸也在那一层美丽的鸽灰色颜色里激动无比，浑身上下，全被领袖画像的光亮照得亮堂堂的。

一名老工人模样的干部突然站停，从口袋里请出红宝书，放在自己心脏的位置。顷刻间，礼堂里响起一阵慌乱的脚步，所有的人都跟着站停，然后好像发觉自己站的位置和姿势不对，于是有的往前，有的向后靠拢。大家围聚着那名老工人站成一排，个个同样的姿势，右手举着红宝书贴举在左胸。这一阵忙乱把我们吓得魂飞魄散，简直够呛，大人们突然严肃无比的脸像是遭遇了意外降临的一场战争。在他们站成一排，开始念诵主席语录之间有一段空隙，很短的半分钟，整个礼堂像骤然间沉落海底的船舱一般彻静。所有的灰尘、呼吸、老鼠们全在途中停驻了，而后，塑像般站成一排的领导们像通了电那样全身开始慢慢发亮，口中喃喃作声。我们很害怕那种声音。晚上回去八成会做噩梦。可我们更害怕被这类工宣队的人发现。结果大家都抬起头，盯着大梁上的灰尘和电线看。一只老鼠蛰伏在那根房梁的中间，既不往前，也不往后窜逃，它就像表演走钢丝的马戏团演员，在表演进行到一半时遭遇了停电，全场顿时漆黑一片。它只好悬空停顿在那里，和底下一群同样惊恐的孩子们交换着可怜兮兮的目光。

这段时间，画师早已站到舞台下方的角落，一个人在那儿自觉低头认罪呢。马路上经常有人靠路边墙脚站着。我们对这种姿势简直太熟悉了。我们一看就晓得他是个四类分子，说不定是个"外国间谍"呢。可是，四类分子里面，有没有可能，包含了太阳的奥秘的成分？

四类分子身上？

人字梯的顶端，刚巧够得着主席的下巴。画师站上去，整个人身子站直了，正好伸手够着我们敬爱的伟大领袖的额骨头。他是悬空站着，因为他的另一只手要举好端平了一只调色板。在我们眼里，他是那些年里爬得最高的人，如果在房子外面，那种高度一定够得着云层了。我们羡慕他能爬得这么高。那时候，县城里几乎没有楼房。我们看见房管所工人修理屋顶，在瓦片上"喀啦喀啦"走，那种声音已经不同凡响，足够地面上我们这些小孩眼热半天了。可是现在，有人竟然攀爬得更高，并且仿佛爬在了一团晃人眼睛的空气上，底下并没有人家的屋脊呀，只有孤零零一架梯子，梯子有时随着力量的不均而摇晃，于是我从小就明白，人们所说的画师、画家们原来是些接近于升天的人。他们的身子摇摇晃晃，像一把脱了手的冲击钻被摔在地上一样疯狂地原地打着旋，上下颠动。绘画是另一种更加奥秘的癫狂的原型。画家的手上，臂膀肘上不仅滴下来油漆，还滴下鲜血。我站在底下，对着那一滴落到半空，五颜六色的鲜血仰视了半天。我最后一次看见姓唐（我们小孩给他起的绰号叫"唐纽子"）的画师，他已经不在大礼堂，不在那架令人肃然的人字梯上，而是在棉纺厂大门口，在马路边上，大概半年，也许三两个月之后。一天的白班上完，下午三点半，厂里锅炉房放气，拉响防空警报一样地拉响下班的汽笛声。一连串四类分子率先被厂里民兵押解出去，到厂门对面的马路边沿墙一个个站好。胸前挂着木牌牌，低头示众，待这帮四类分子一个个低头认罪站好了，厂大门才慢悠悠打开，工人们依次下白班，离厂回家。我发觉画主席像的画师竟也在被押解的人群中，"反革命右派"五个字写在他胸前。我发觉我无法真正挨近他，民兵们站成了一排，画师本人始终低着头，他并不关心有一个认识他的小孩想来多看他几眼。正是寒流侵袭十二月的气候，天空阴霾四起。画师的脸上，手上贴满了橡皮膏条。这一帮沿墙示众的坏分子身上弥散出来一股特别的叫人心惊胆战的气息，闻起来微微有些热烘烘、酸乎乎，有些淡淡的泪水和尿臊味道，主要是一群人心里都很害怕着的战栗不止的味道。头发乱了，脸被殴打他们的民兵扇红了，互相推搡着的身子，等等。这样一股气味，委实叫人害怕。

我同时发觉，出了厂大门的工人根本不朝街对面这一侧看。只有不多的几个幸灾乐祸者，有兴致晃着步子过马路来，大多数工人沉默寡言，在深冬的天气里阴沉着脸，像一股铁流般朝厂门左首的北门街方向涌行。"天冷啦！"有人大喊一声。一时间脚步声震得马路微微颤抖。脚踏车，人声，此起彼伏。女工们边走边整理网兜里的饭盒搪瓷杯。有的人出了厂大门才来得及摘下身上脏兮兮的袖套。

梦里，我仍看见那个人在摘两只手上的袖套，摘啊摘啊，怎么也摘不下来，用力扯也不行。那是一个我根本不认识的陌生男人。

18

米坛子里的米，上面用一块类似砧板一样的厚木板压着，掀开后，会有一股隔年陈米的味道，凉凉的，涩涩的，我实在空闲，会到父母睡的大床后面搬开来闻，伸手进去摸，耳朵边顿时响起一捧捧白米和手掌相摩擦的"沙沙"声音。一般而言，每次我都能够在坛子里摸到姆妈藏在里面的一两只鸡蛋，不会多，也不会少。如果偶尔一次，我伸手到米堆里摸不着鸡蛋，心里难免就"咯噔"一下，晓得家里这两天已经一分零花钱也没有了，连鸡蛋也买不起了。鸡蛋在米坛子里的声音，很神秘，也很温暖。鸡蛋没有了，意味着粮站量回家来的米，也会很快没有了。

那时候，家里米坛子，总是藏在马桶后面，那是全家最私密的角落，我们家还没搬来到澄江桥头之前，我记得父母睡的那张大床放在地板房内，紧靠房间尽头的墙壁，只空出放一只马桶的空间，马桶后面，另有一只骨牌凳大小的位置，放草纸，樟木箱，米坛子。

我从街上玩了回来，兴冲冲直奔床的后头，转头一看，姆妈正端坐马桶，冲着我体谅地一笑。她一眼就看穿了我的诡计。

就像其他小孩想念新买的玩具，我只不过有点想要去摸摸米坛子，摸摸、听听那里面的米和鸡蛋的声音。

马桶有时发臭，但坛子里生米的味道清芬可口。此外，马桶臭味和地板陈年的木头味道正好相抵消。然后是非自然的草纸味道，最后是衣柜里的樟脑丸味道。

落一场雨下来，室内房间里的味道会稍稍浓郁一点，雨快要落完，街上的风就会刮进来，把房子清洗一遍。雨完全停时，房子里连樟脑丸的香味也快要闻不见了，只闻得见天井的味道了。花坛、菜地、河滩上的清冽空气。

我的心，充其量也就是置放在童年米坛子里的一只鸡蛋。

19

我到摇面店里去拿馄饨皮子。那时候的县城，各种日用品的供应店铺，依古老的东南西北地理方位，似乎都无形中分布均匀。旧城墙虽然没有了（1962年，我降生的那一年似乎还有对北门城门洞的模糊记忆），但对城里人家而言，性命攸关的摇面店却依南北东西的格局，各存留了一家。北门头的摇面店最大，最值得那年头的小孩光耀（也许是稚气的错觉，把离家门近的东西自然当成了家中物品），店堂是旧式的木门槛，木头房梁、厢房、过道、厅堂，粗略一看，店堂里外白乎乎的，全积了一层常年打扫不净的面粉灰。不仅房子角落落面粉多，连店里摇面的师傅伙计，长相也似乎跟常人不一样，他们全都面孔煞白，身上扎着白围裙，连站在店堂内打量顾客的眼神也像是被一层厚厚的精白面粉蒙罩住了，他们的目光呆滞、古朴、不流动，即使依那个奇怪而呆板的年代眼光看，也显得异常的呆滞，了无生气，他们像是常年待在大麦磨出的面粉的坟穴里。那种年代里稀罕精美的粮食使他们远远避开由各式顾客组成的人群，或许，在一名时常吃不饱的七岁小男孩眼里，他们属于不愁吃饱肚子人的另一个世界。我看他们时总有一种异样的敬畏，他们是真正的大师傅，操纵着宇宙天地的一半之多的运行。他们笔直挺立，手握机器上的摇手、木棍子，对眼前发生的一切全都见怪不怪，不动声气。我在儿时街头

的摇面店师傅、伙计脸上读出了"沉静"。从7岁到15岁，我从未有
过去一趟北门摇面店第一时间立即购买到面或馄饨皮子的惊喜。我每
次去都担忧，都在路上想这趟排队又会是第几名？有哪几个熟人——
熟悉的街坊邻里？事实上，这简直像一次已经毫无希望的赴约。我对
可能的结果既忧心忡忡，又满不在乎，我在乎的是赴约本身，我喜欢
挤在摇面机前头的顾客人群，也有点得意我这样的小孩出现在比我大
的人堆里。孩子气的心思里，那时候人的大和小似乎是永恒静止的，
孩子察觉不出生命或时光的运行，所以一名儿童的标志之一是在天地
万物面前完全的俯首帖耳。不过，大和小尚不能够比拼，顽皮捣蛋的
心思却一刻也忍不住的。小孩会有小孩的不买账！于是格外飞速的一
溜烟和人堆里钻进钻出，成了他们寻开心的乐趣。他们喜欢小脸蛋往
欢喜的大人部位贴，扮害羞状。喜欢手不停脚不停地跟其他小孩盲目
交流，对一切陌生新鲜的事情反应敏捷，期望另一世界的神秘来客或
使者多多！他们的渴望是向后的，朝向他们无奈的童心或年龄来的方
向。如果上苍开眼，每名小孩在童年成长的过程中都恨不得把头和脸
时时扭过去看看各自的后背后脑勺呢！所以老旧的江阴土话说一个人
长得机灵是"后脑勺上长眼睛"。我那时提着一只竹头篮篮上摇面店
就是处于这么一种浑身的浑然不觉的癫狂里。我不沿着街道里弄平行
规矩地走路，一蹦一跳，沿路头要踢街上的石卵子，踢地上积雪，挑
路边人家突出的木门槛、电线杆，不时露两手给自己看，甚至还要装
得像是显露功夫给别人家看。那些冬日暮晚的街头匆匆下班回家的大
人们当然不屑一顾，可这些孩子们身上奇怪的动作，倒还不至于完全
浪费，完全被夜色淹没掉！其他小孩的眼睛尖溜着呢，他们会有一种
奇特的彼此间的回应向往，或莫名吸引力，他们小小年纪，却已有了

人类身上最原始野蛮的妒忌心！有时我运气不好，一路踢去没有人（小人的淘伙）回应；更多时候，我会遇见弄堂口、家门前冒出来的对手！这样，两名以上的孩子，两人之间，会形成一种奇怪的一言不发的对峙。另一名小孩瞪大着眼睛，虎着耳朵生冻疮的脸跑出来，仿佛趁我不留意，又仿佛故意地，朝我几秒钟前踢过的电线杆子也踢一脚，然后一个转身又漂亮地飞起一脚，如同童话世界里的小飞侠，踢完，吸两口冻鼻涕，看看我（不知认不认得我？），再朝向快黑下来的冬夜的星空，无限忧虑地叹一口气。这时候（时辰也许不对了），我肩负的使命仿佛被他的忧伤唤醒了，我想起我是要赶到浮桥头那家摇面店里去帮快过年时的家里拿馄饨皮子，姆妈等我拿回家去好包馄饨的啊！我立即拿着空竹篮一溜烟跑起来，跑得街路上的寒冷火星直冒，像20年后电视上看见的滑雪运动员一样快呢！

　　儿时，北门街到头是浮桥，浮桥西首是宽阔到平时几乎看不大见的长江。白茫茫的江面，就是宇宙象征，就是理所当然的世界的尽头。是啊，我后来长大读书，读到两千年之前上帝的独生子耶稣感人的事迹。在我儿时的心智里，上帝如若存在，他一定是漂泊在江面上的一只渔船上的船工。他该是那名面相黑瘦的船工的儿子啊。上帝，我似乎在哪里见过他？小时候老家的旱码头附近，不是时常有靠了岸的民船船舱里的船工，到岸上来做点买卖，吆五喝六，冒着十二月的风寒坐在露天的店堂中央吃酒的吗？或者，进剃头店修个面，理理发。到澡堂混堂里去洗浴，洗去一身长江里风浪的腥气味，上帝本人的船舱，八成也是只猫猫船（小舟）吧，无论如何，他是穷人的上帝，穷人家的孩子，其金色瘦削的受苦形象，出自世间一切穷苦者的心！依我7岁那年的眼睛看，从长江里开过来进内河停岸的船上人，那些辛劳一辈子的船民，全都像是从无限遥远的天际降临到故乡街市上的人。他们全都是理所当然的星际旅行者。哗，他们的脊背骨有着深邃夜空本身的料峭光芒！不知为什么，我对他们的身世命运深深地着迷，不由自主地产生了一种本能的吸引力，就像依孩童稚气的眼光所可能热烈解读研看的浩淼星空，在星星和那些降自天际的船工之间有一种天生的关联，仿佛后者可以替代前者每晚升起在故乡街镇的上空，而星星们也能够降落到凡间的江河浪潮中去航行、捕鱼。

无论我多么胆大妄为，多么撒野，儿时的我，却从未敢奢望过自己有一天能够走出过北门街的尽头。不，我降生其中的那条小街，是我童年世界的全部。我把自己的每一次朝向陌生街镇里弄的远征和探险都定位在港口江滩轮船码头以内的区域。那是我儿时的目光所及，我在那里面待得安适自在，很舒畅也很惬意，我不需要再有更广大的世界。7岁那年，在我眼里世上最雄伟最壮观的建筑不过就是北门浮桥头的那座拱形大木桥。它自东向西横跨县城北首的街市和街市外的港口两大地域，凡城里人过江往苏北，或出远门乘长江轮船去上海、武汉、四川、安徽的，全要跨过这座北门的浮桥，它是建筑、通道、未知世界的象征，同时也是日常生活秩序的赫赫威权。仿佛外部世界派居到我们身边来的一名智慧力量的抒情使者！我每次过浮桥都要不由自主深呼吸一口气。六十年代的中国城乡，已经不再有庙堂祭祀、祠堂香火，家庭间的礼拜似乎也早已荡然无存，而唤起我这种与生俱来的敬畏心情的，平常就是这座桥上木板已经一半朽烂了的北门浮桥。每次过桥时我都表情隆重，不用任何边上人或者大人提示督促，我远远地看一眼这座横跨一条大河约两百米长的旧木桥，崇拜和敬畏之心便油然而生，不知为什么，它那稳实敦厚的桥身使我体味到我的旅程的分量。在我间或战战兢兢的脚下，我看见锡澄运河里的水流湍急流过，每一点人世的声音都已提前被它粉碎——在那些嘈杂声音和影像尚未抵达水流的脚踵旁边时——水的开阔的力量就依赖了一种大自然的神秘本能布散、飞散开来。水流的泡沫、水面的苍白，平静僵滞着的疾速，都令我这样似乎胆子算是野的小男孩瞠目结舌，生平第一次，我凝视着一种我所不能够了解和领悟的力量。而我们的街市依赖它生活，依赖这样一条灰浑的水流！河水在冬日的暮霭之下仿佛是一条活生生的生命。许许多多石驳岸的滩滩，临河人家的屋基（用木柱支撑）和北门浮桥自身的桥桩墩子就那样齐刷刷直通通插进那滔滔白浪里，在那平稳却又十分危险的水流里小心翼翼、分分秒秒为各自挣得一口呼吸……南北往返的船只顺流而下，浮桥桥中央行人如织。空气中是刚出海不久的鲜带鱼、腌海蜇味。寒风吹刮桥东首临河的一家老茶馆的门帘，我看见门帘布写着的字。几十年之后，我又看见撩开门帘的茶客路人脚边上的煤灰堆，撩开的门帘一角露出茶馆店内热气腾腾的大灶头。通红的木屑木柴在炉膛内影影绰绰，毕剥作响。大街上扬起煤灰。那些人在那样一种煤灰色的景致里，在年代深处镇定自若，比任何你能够猜度的人类想象还要存活得悠然自得，有滋有味，手上托着水烟筒，浑身裹着肮脏的棉袍，沉稳、精彩，在冬日滚滚的寒流面前，如同一场古老的围城攻坚战之后毅然爬出战壕的士兵……

20

弄堂静到你走过一家人家房门口，那户人家五斗橱上一台三五牌台钟的指针"嚓嚓"响的声音你也听得见。困难阶段，有时一条弄堂走到头，只有一户人家家里有台名贵的台钟，只要到时间钟声敲响，弄堂这一头和那一头全能够听得见，台钟声音像个和蔼、好脾气的家长，钟声音里充满了质量上乘的金属的质感，听来分外笃实、悦耳："当、当、当……"

除了台钟，1970年过后，又有"蝴蝶"牌缝纫机出现在市井里弄，到了天热，踩缝纫机人家都喊人把机器搬到临街紧靠大门的地方，因为大门口风凉。于是，我的耳边上又添加出一种缝纫机"嗒嗒嗒"转动的声音。走到哪儿都有勤勉的妇女，她们的身后是高挂中堂的一幅毛主席像，像的两旁有红色的对联。像下面一台三五牌台钟，台钟上面还端端正正供放着一只瓷盘，盘中有三只塑料制的外观很体面的苹果。苹果的色泽鲜艳泛红，鲜艳过了头，竟然像极了七月里上市的桃子。

我进弄堂，无论在县城哪一个方位，我都能心知肚明，晓得弄堂进身有什么声音、气道、食物，什么人家的景象在等着我。先是踏缝纫机声音，再是有人推了脚踏车走上一座古代石拱桥，链条壳子"垮啦"响。最终那人不得不把那辆车子掮在肩坎上过桥。然后是弄堂底下的石板虚实不平，"空通"有声。地面遗留了一大堆煤炉生完之后的煤灰。可能还有早上刚削下来的莴苣皮、蚕豆壳壳一类。沿着弄堂过去，是一长溜临街店铺高低、长短不一的木门槛，简直就像人们用于房子装修的木头贴脚线。弄堂里有挑水、挑煤球人。有走街穿巷的各式手艺人。冬天，还有用木桶挑了一大担酒酿来沿街叫卖者。一名船工肩扛一根刚刚修好的船橹，或一支木桨，这已经是难得一见的庞然大物了。我闻到裁缝店里洋气的木尺味道，闻到白铁匠店里的焊锡和铁锈气。我也闻到修理脚踏车摊位上新开出一罐来的胶水味，橡胶胎布味。然后是弄堂里身饭店正在炉子上爆炒的一盘青椒鳝片刚刚沥了一匙黄酒的白雾雾的香味。弄堂空气整个浸泡在黄酒的色泽里，上好的黄酒，倒在粗瓷碗里，颜色看上去清澄碧碧，酒味道跟店外的河道啊，煤灰啊，三五牌台钟的胶木板啊，跟厨房里向正在杀的鸡、滚沸的大锅开水，跟大木盆里正在一遍遍捋洗的一堆猪大肠，跟沿河航行的船的桐油气道相掺杂，闻起来是多么馋人地美好！多么惊人地相融洽啊！我只看到马路边的焊枪喷出耀眼的火舌，大饼油条店门口拖了一地的电线和那只白颜色拖线板（工人们正在安装新买的鼓风机）。我还看到风从古桥头吹来，一名上桥的老农民头上的草帽，被吹得掉向肩后，从此我再也没在世上任何别的地方见识过真正的繁华。

弄堂静到院子里海棠花开花了，你也听得见，你也隐约可闻，弄堂的安静深处有一种古老江南华丽的转身。河水像一袭穿旧泛黄的旗袍，一袭压在箱底遭虫蛀的旗袍。我的童年，跟落寞江南的美，一起消失在了籍籍无名的雨中，消失在了县城不知名的市井陌巷。

21

雪落下来，庙门口青砖铺的地上竟然积不起雪来。只看见雪花在光滑而空旷的砖地上打旋，只要一点点风来，就被刮走了。我们学堂就在庙门口，不过是废弃了的，大门紧闭的孔庙。中间一幢大成殿，据说是城里年代最为久远的建筑了。没人知道这一建筑的意义何在，孩子们当它是秘密的贮藏室。而且，由于它外观过分陈旧，过分的宽绰，自然就成了封建社会黑暗罪恶现成的陈列品，人人都本能地加以蔑视和批判，即使位于校园的一侧，那也是一年四季里面最为冷清的一角。同学里面，胆子大、成绩差的学生，才去那里面玩，绕着大殿长长的砖墙走廊奔走嬉耍，斗鸡，爬树，掏鸟窠。

雪未落之前，地面已经连续数周被冻得很硬实很阴碜了。

雪，是从庙门口的台阶背风处开始积起来的。渐渐地，整片大院的空地，开始形成一层湿湿，朦胧的冰霜，小孩走上去，容易滑倒。

雪是从我们下午三点的体育课，开始下的。

老师只来了一分钟，宣布自由活动。

大雪纷飞，树是没人爬的。

女生在雪地里跳绳，男生斗鸡。

我突然觉得庙里的空气清新异常，天很好看，雪也很好看。这久已废弃的古庙竟然在那一个阴霾的午后，显露出来异乎寻常的美丽。大块大块的墙砖不动声色，承载着落雪和呼呼作声的寒流，寂然无声中自有一股千年巍峨的生气，一种处惊不变、令人惊悚的威武庄严。我绕着孔庙围墙往更加没人的僻静处走，只觉得这大庙仿佛在跟从天而降的茫茫大风雪说话。它们之间有一份令人嫉妒的友情，有一种人所不解的说话，"嗡嗡"作响。陡直的高墙在我头顶上弯曲，向着没有尽头的远处延伸。我四处瞎逛，追逐着雪花落下来的天井和落不下雪来的过道门廊，这已经是染上了古庙光线的，砖灰色的雪，我第一次知道雪好闻，就在那个下午和傍晚，在古庙天井的一棵枯梅树底。

我轻轻推开森严的殿门，在大门的"吱呀"声中，努力抬头看昏暗的房顶，看雕梁画栋的大殿上空，一根根圆弧形、方形的殿梁上精心绘制的古代图案，暗绿色，有时是绛红色的线条。这到底是什么地方？派什么用场？一阵寒风，夹杂着雪花，跟在了我身背后吹进门缝。

22

窜了几条弄堂，又跑到我家里。碗橱空空如也。季节是刚过完年二十天的样子，城镇各处格外冷清。有人看看挂在门前花爪钩（竹竿）上的笤箕。我明白军海他们肚皮饿了。我家那时里外两个房间，进门靠右首，里面一间是卧室，地板房。顶上有一间木板悬空的阁楼。我有一段时间，晚上临时支起一架竹梯，睡在阁楼上。阁楼也有属于自己的一根电灯拉绳。进门一间，是干的泥土地。凹凸不平的地面放吃饭的四仙台。放碗橱、长凳、煤炉，也就是烧饭的厨房皆客厅。木匠做出来，红漆漆过的碗橱分上下两层，我到底下一层翻东西吃。罐头里也就一把被虫蛀过的老蚕豆。水缸边上还有几条过年蒸的年糕，我喊阿寿他们过来，自己动手用菜刀切糕，打算在煤炉上烤熟了吃。

父母亲出门，煤球炉子是事先封好的。要让他们回家来发现不了小孩偷吃食物，只有两个办法，一是开足炉门来把一只整煤球烧掉，重新再封一只上去，而且封炉门时还得小心翼翼在煤球生熟、深浅、炉子里煤灰的多少上做文章，尽量要保持原状，要完成这一切需要特别的谨慎老练。总之，不能让大人晓得我们在家里偷烧食物，尽管依照我家的情况，父亲在周围街坊邻里向来有脾气好的口碑，从不对家里小孩发火，对街上小孩，也一直笑眯眯。可是，我在偷切那方年糕时内心仍充满了恐惧。

我刚才说了一个办法——把一整只煤球烧掉，还有一个办法就是只烧肉眼几乎看不出的一眼眼。我们选择了后者，炉门只开出针一样细小的一道缝。在早春天气的大风里，这一小道缝，对于煤炉的发火，已经足够了。

把炉子上烧水的壶——我们那里叫"吊子"或者"调子"——拎掉，炉子上搁一把火钳。切成片状的冻年糕一块块并排放在火钳上，烤吃热的年糕，就这样开始了。

炉门开得小，烧时，几乎看不出火苗，即使天冷了风大，火苗蹿上来，也是浮空的一串串，蓝荧荧那种，状若鬼火，可以说是真的火苗的幽灵，气泡一样，一个个直往上蹿，白生生的年糕块很快烧出了香气扑鼻的焦黄色。而且搁在火钳头头上的年糕片慢慢变软，这时喊："阿奇军海快吃！"到第二回年糕放上去，炉门就"嘁"一声重新封死了。底下的蜂窝煤仅仅来得及吐出一口气，炉膛又重新恢复了原状。

我们就着一屋子很重的煤气味道、烟雾，指头上沾的煤灰煤渣吃将起来，有时会满屋子找盛白糖的碗来蘸了吃。可是像白糖这样贵的东西，姆妈总是预先藏到了大家不易想见的地方。我们常常扑了个空，最后，在碗橱顶上，房梁顶上找到小半碗白糖，里面竟爬满了一大碗的黑蚂蚁，蚂蚁的数量，比白糖多出足足一倍。吓得大家赶紧把盛糖的碗又重新扔进篮头。

借着炉火的余热，把剩下的几块糕烧得有点热，吃时外面焦，里面还是冷的，又冷又硬。

阿奇偷吃过家里的咸肉、鸡蛋。他弄这些事情，比较有办法，他从小父亲就生病死了，家里只有一个老奶奶，一个棉纺厂上长日班的姆妈。有一次，趁奶奶下乡跑亲戚，他把我们在中午之前喊了去，竟然足足烧掉一只整煤球，烧了一锅香肠粉丝汤，味精、葱花，切香肠的刀功，每一样弄得有板有眼，汤里还放了几只油坯，害得大家香肠没煮好之前，咽掉了不知多少口水。在他家里偷吃，我们差不多处于半公开状态，不怕过路或隔壁邻居听见，盆子铲刀弄得乒乓响，因为阿奇没有了父亲。

军海偷偷地烧过一顿水铺蛋，邀请了一条街上的七八个小兄弟。他烧水铺蛋特别在行，为了这十只鸡蛋，他足足等待和筹划了半年，一直等到他姆妈生病住院，爸爸在那一天中午去医院送饭。"每年这个季节，我姆妈都要犯老毛病。"他说。

"毛病？"

"哮喘。"

水铺蛋放盐、放葱花，最为奢侈的是，用一种很隆重正式的表情，放一点点味精。"味精，"军海说，一边自我首肯地点点头，"味道鲜……"

再拿豆油瓶过来，滴两滴油，油滴下去，泡沫撇掉，大家都围着桌子雀跃起来。

油坯塞肉，不说一年（过年时）吃一次，至少冬天才能吃到，肉做成了斩碎肉是用筷儿塞到一只只油坯里，肉里有拌好的酱油，谁又能够忘记，寒冷冬夜里的饿肚皮时，那冷冷瑟瑟，冷飕飕的酱油味道？至于那个"塞"字，我们这里的发音是"撑"字。

23

天天是萝卜干、咸菜，咸菜、萝卜干。憨大想吃到一根油条的念头由来已久，他和哥哥两人趴在早起头的吃饭台上，一边吸溜溜地喝滚烫的泡饭汤，一边盼望出门到菜场去的父亲回家来带几根刚出油锅的油条，指望姆妈去买菜带回家油条的概率更小。大多数日子，家里是姆妈买菜，除非她身子不适，又开始有生病住院的迹象，就像今天早上，户外天寒地冻。父亲把泡饭锅子炖好，炉门一拉开，就吩咐弟兄俩赶紧起床，自己匆匆跑菜场买菜去了。

盛好泡饭之后，碗橱只端出来小半碗黑乎乎的咸菜，吃在嘴里，像是吃的又咸又苦的冰碴碴，憨大只好把一筷儿咸菜浸到泡饭汤里，搅成咸粥一样，边搅边把大冷天的脸尽量近地凑到碗头上，不让泡饭的热气浪费。

他吸了吸鼻子。

哥哥问："怎么了？"

"我闻见炸油条的味道……"天冷，北门街上很多人家都买了油条。自然，更多的人家不舍得花那个五分或一角洋钱，只眼巴巴路过时使劲嗅闻大饼油条店门口馋人的油烟气。

那时憨大还不会计算，他已经多久、多少天没吃过半根油条啦。他只有粗略的概念，好像大冷天开始了，家里就没买过油条。通常，去了学堂念书，不到上午十点，孩子们肚子就饿得"咕咕"叫了。

贡家桥头，到仓湾，沿路有两只大饼油条摊头。有时有三只，但位于北沟弄口五一厂不到路边的那一家，是临时流动的摊点，有时摊出来，生意闹猛，买油条吃的人排队，有时又不做生意。憨大趴在台子边上，一家家地想象，摊头上油条的味道，大小，朦胧中仿佛看见炸油条炉子上的火苗把煤块烧得泛白了，火焰窜出来舔到了炸油条师傅的袖口上，比煤球夹子（火钳）的长度还要长的两根大筷儿，筷儿早已被火头、滚沸的油弄得上下焦黑，油条在油锅里炸时两只筷儿不停地来回拨弄翻滚，起先，是面粉炸熟的香气，而后成形的油条味道四散弥漫出来，在十二月寒流滚滚的早起头，诱人食欲，孩子们路过，大多呆呆站定了看，口水在喉咙口上打转。

油条香，跟刚出炉的大饼味道又不一样，撇开芝麻不说，大饼出炉时，往往腾起一股酸乎乎、直贴人胃壁的粮食香味，这香味钻到人肚子里，显得干燥、急切，有冲劲，一个隔夜没吃饱饭的过路人，往往被这股饼香味熏得口干舌燥，连肚肠里仅有的一点抵抗力也荡然无存。这时候他会觉得头晕，他会为了咬上哪怕一小口热乎乎的大饼而甘愿出卖一切，总之，大饼出炉时的诱人更接近粮食的原初。油条炸熟炸透，弥漫出的香味，近似于一种幻觉，轻飘飘的，闻上去只到喉咙口，然后就直钻人的脑子，只在人的嘴巴、大脑部分逗留，通过脑子到达肠胃，没有大饼那么粗暴，要委婉、含蓄些。父母买回家的吃食，很少是大饼油条一起买，通常只买油条，计算好了每人一根，有时是一根分成两爿，每人半根。孩子们都欢喜油条，本能地感到油条更贵一些、高级一些。因而家里改善伙食，往往从吃早饭时的油条开始。

有年冬天，街坊流行上海人的吃法，油条买回来，用切菜刀切成小块的丁丁，放在碟子里，倒点酱油，蘸了下泡饭。

父亲擒了竹篮头买菜回来了。"油条！"憨大丢开泡饭碗，第一个奔过去接，果然，满满一篮小青菜，菜叶子上堆了一层油纸，裹着湿漉漉、热乎乎的四根大油条，啊！"每人一根，快点吃！"父亲说。

油条香里透露出竹篾条的凉凉的清芬，这新篮子，颜色还略微发青的竹篾气息，跟香喷喷的油条气味搅拢在一起，闻上去，简直太馋人了，期间还有乡下田里的小青菜味，菜叶上的露水，和淡淡的、早已经过严寒、晨雾浸染过的粪便味道，这一切，使烫手的泡饭碗边的那个早晨，显得馥郁清新，庄严无比，一种古老的食物的香味，凉凉的竹篮头味道，热油条，加上露湿的天井、小青菜……便得憨大咬到一口油条，就仿佛咬到了乡下的竹林、小河、茅屋，咬到了那个早晨最美味的凛冽空气一样。

这顿有油条搭的早饭，一个字：值！比捂热被窝还值！兄弟两个，"哗哗"吃将起来，暂时忘了还在床上躺着，生了病的姆妈。

24

店里再穷，桃酥、油枣、核桃这几样东西，也还是有的。如果家里有客人来，"称两斤油枣！"这句话是那些年里姆妈常说的，事实上，这也是表明她是城里人身份的不多的话语之一。姆妈的一生别无其他爱好，有时能有几个闲钱，买点她欢喜吃的精致一点的零食而已，当然屋里两个小孩也跟着她享口福。其中首推就是糯米做的身上裹层糖霜的油枣。这样的食品，今天的超市里还能够看见，但几乎只有口味特别的人才会想到要再尝尝。因为是传统的糕点，放在超市的开放式柜台上，实在已经很不起眼。

小头里，我只见过不多的几次，姆妈手里捧着纸袋装的一包油枣，没有喊我们这些小儿，自己在那里用手捻着吃。有两次，还是在人民医院的病床上。我说过，姆妈身体不好，多年来医院的病历卡一大摞，通常跟户口簿购粮证等重要的证件放在一起。有时我很好奇地踮了脚尖，到五斗橱最上面一层的抽屉架上，把那些票证一类小心翼翼翻开来看看。翻时，我会非常紧张地意识到这些象征了全家人的性命一样宝贵证件的意义。而在姆妈泛黄变旧的病历卡上（有时留下霉变的药渍，很多过期药片的气味），经常出现的医生潦草的字迹是：神经衰弱，血压高，血小板……。而在父亲的病历上，则写着不知何年何月的诊断：动脉血管硬化……。这些医学名词构成一个我完全看不懂的黑暗恐怖世界。它书写在我孩提时代的心智难以企及的长夜深处，仿佛传说中的太阳黑子。时至今日，我小头里偷看父母亲病历的惊恐心情还清晰地留存下来，那是任何别的惊恐所不能取代的。

姆妈生病住院，我晓得她唯一想吃的就是油枣桃酥，我很关注爸爸或者别的亲戚有没有买这些零碎食送给她，但却失望地发现，这样的机会从未有过。我每天都去医院送饭。姆妈爱吃我送的饭菜，一进医院的病房，她就眼睛发亮精神愉快了很多，听着隔壁床位上的病友唠叨："这小倌，虎头虎脑倒蛮懂孝顺。"

我哪里懂孝顺，有时，姆妈从糖果店的纸袋里拿出枚馋人、油汪汪的桃酥吃时，无论家里还是人多的病房，周围都会出现一种空气仿佛凝固了的氛围。我听见哥哥的肚皮咕咕叫，边上人转过脸去，而我自己忍不住咽了口口水。出现在众目睽睽之下稍贵的食物，在那个年代经常会引发或平息一场骚乱。这是一种明显的特权。我很清楚地记得，有一次，姆妈吃完一只，第二只实在不忍心吃，掰成几块给我们哥俩分食，眨眼之间，我们就把原本应该细细品尝的美点吞咽下肚子，速度之快，以至于当时的情景所包含的种种清贫，种种亲情，要过很多年之后才会真正想起来。

姆妈不大舍得买桃酥，在她们那一代人眼里，这种传统美食体形大得简直有点浪费了。虽然事实上比硬结结的油枣口味更好，入口即化。我记得糖果店里称桃酥油枣的那种白瓷的圆盘和底下小磅秤，记得桃酥一片片放到纸袋，和油枣用食勺舀进纸袋不一样的"窸窣"声，无数次我站在那柜台边，把别人买零碎食辰光的"窸窣"（他正在把那些吃食装着带走！）声音一遍遍吞咽下肚，我站在旁边，假装是在参观别的商品，实际只是不愿漏过买卖双方的每一点动静。我会把那声音带走，带回家去，就像多年以后，在南京或外省，把一盘肖邦的《夜曲》，或不插电乐队的CD塞进背包带回家一样。

我也忘不了小辰光糖果店里的纸袋，专门手工折叠，用糨糊粘贴好的，用时夹杂着糨糊味道和各种店堂食品的气味。街头小孩子们只要一闻见那空空如也的纸袋气息，肚皮就会咕咕叫，就油然而生一种渴望：家的渴望。1960年代中国人的好胃口，大抵跟这类包熟食、包饼干饼点的纸口袋有关。

25

我上小学那会，台位都有破缺，空空落落，置放不了什么像样的课本书包，一册《语文》、一册《算术》、小半块发黑的橡皮，外加一两支铅笔，因为质次，笔头头，也就是铅笔的笔芯，常常是断的，家里穷得连普通削铅笔的刀也买不起。坐在课堂上听课，心里总想着下学期要买一把新的铅笔和刀，一些新的文具来，于是冬日的阳光暖融融的，觉得屋里屋外光线就像已经快要到手的新铅笔刀的刀刃，亮晃晃。满教室的同学一个个学期穿的全是补丁连叠的旧衣裳，望来望去，全看不见一件新衣裳或一只新书包，书包全像旧衣裳上裁下来的布的一块，只有黑板是新的，簇簇黑一块，狭长狭长，事实上黑板也旧了，挂在旧的教室墙上，早已陈旧不堪，失去了原有的式子和光泽，男生女生的脸，全暗淡无光。怎么说呢？其实黑板上刚写上去的字倒还是新的，粉白粉白的，簇簇新。只有刚写上去的粉笔字，是新的，而且老师攥在手里写粉笔字时那粉笔头磨戳在黑板上发出"吱喀吱喀"的响声音——只有写字的声音是新的，这也包括同学们的抄作业声音——台位，也就是课桌，都是三四十年以前，民国时代的式样。好像被日本——我们这里叫"东洋"——人的炸弹炸过。

自然，"文具"这个词还是后来才学会的。

连老师拿粉笔写字的时候，边写边掉落下来的粉笔灰，也全是旧的。

教室地面是老的砖头地，年深日久，铺不严实了，一条走路的空地，总有砖块断缺的地方，有时铺了新砖头，尺寸大小不符，我那时候晓得，什么叫穷人的穷相和尴尬。

天冷，每个人都跺脚，一节课刚一开始，全教室四五十双脚，跺得山响，趁老师刚进来，一时间没回过神，同学们仿佛相约好的，一齐跺得起劲。空气中于是腾起一股寒冷的干土，老师被呛得发火，车转身瞪眼，跺脚声骤降，每一双脚里全都有了——与其说是畏惧师长，不如说是畏惧整个严寒的大自然的——战战兢兢的思想。

孩子们的皮肤全在这暧昧不明的思想里皲裂，慢慢演化，生出冻疮。

"提高警惕，保卫祖国"八个大字，在学校风雨操场尽头，远远望去，也全冻疮累累。

落雪天，冬天落雪，整个县城，只远远看得见这热血沸腾的八个大字。

我们有时会相约用标语取暖，热天头，下昼心里也用树荫下头的标语替各人揩汗、降温。天黑了，墙上的标语甚至也能乘凉，起扇子扇风凉的作用。例如"全世界无产者，联合起来！"小孩大人，宜大冷天背读默诵，感觉像一只热的煤球炉子；而"农业学大寨、工业学大庆"一前一后两句，可冬天夏天分开来享用，很实惠。夏天读到"大寨"字行，心里自然一凉，像免费舔吃到一块雪糕（棒冰）。"工业学大庆"——顿时眼门前出现石油工人、钢铁工人敢与天斗与地斗的光辉形象，伴以熊熊炉火——至于真实的大庆地方，有无现实生活中的炉火，已经与我们县城里的老少妇孺无关。我们长大成人，已经习惯了每一幢楼、每一条街道马路的拐角，出现一幅标语。没了这些标语，我们连谈情说爱——连到了谈情说爱的超大年龄了——也觉得人生寡淡无味，劲道不大了。

我们土话叫"劲头"——劲头不大了。

后来见到的标语，多数全只写计划生育了。

阶级斗争，终于斗到点子上，斗到位了。

大班升小学一年级，老师一个个把大家喊起来，喊上讲台，拿一截粉笔头。老师说："写——'毛主席万岁'！"于是会写的同学就写起来，流着鼻涕小面孔吓得煞白，写几笔，偷转过身看老师一眼，老师肃立，凶巴巴的没有声音；同学再写，写对写像了，五个字，连标点符号全了，放下粉笔下去，下学期升一年级。写错了，有的字不会写，或干脆傻乎乎地作立正状，根本写不出来，继续就留级"深造"。

记忆中的那一幕，多数留级"深造"的同学不是不会写，而是被那一幕的架势场面吓傻吓木呆的，本来会写的，哆哆嗦嗦一走到冷飕飕大黑板跟前，立即意识全无了。教室里只听见一片吮吸鼻涕的声音。老师总是把先一个学生写出来的字赶紧擦掉。我们注意到，比擦他平时自己写的字，手脚勤快麻利多了。

26

我有一个阁楼、天井，一把上好的皮弹弓，几枚藏起来的镍币和两只死麻雀，还有一枚"地雷"很惊险地藏在了敌方的前沿阵地。我们小辰光的"地雷"，其实就是黄沙堆上去拉的一泡屎，不过是拉之前掘好个坑，把屎拉在里面，技艺高明的是让屎条盘旋而上，呈金字塔形，塔尖向天，朝准胆敢入侵的美帝国主义。那时县城四面八方的围墙到处刷写着"全世界无产者，联合起来！"或者"打倒美帝国主义！"要想认得、认清爽这几个字，也就是说，如果上小学五年就意味着只是会念念这样几条牛首马面大的字，那根本不用教的，我们早就会念，早就毕业了。他们已经把课堂弄到你家门头，你的床头、枕边、睡梦中。我连说的梦话里头也在喊口号！我不晓得我要学黑板上现在在写的那几个字干什么。我正一心一意，惦记着我那威力巨大的"地雷"呢。虽然土造的，用大人的话说"土法上马"的，但也绝对够惊心动魄。我前面忘了讲，要想使得"地雷"威力无比，完整成型，拉完一泡屎的土坑上方还得架起事先预备好的几根树柴杆杆，比筷儿细一点的杆子，呈"井"字形，有时搭建成两个相叠的"井"字形状，然后上面蒙一层纸，报纸，草纸。撒一层细土，再撒黄沙堆最表面的干沙子，使得暗埋好的"地雷"跟别的堆场看上去没什么两样。毛主席说："不打无准备之仗！"这项工程如此富有冒险性，以至于那些年里头我们总是沿街拣拾旧的生报纸，受损残缺的大字报。有时还偷偷趁没有人注意时到墙头上去撕。我们街上就有一名比我小两岁的小孩，撕报纸时被一名值勤的老工宣队员看见，揪住胸脯扇了一个耳光，把牙齿打落了，耳膜打裂了。

还有更具挑战意味的，黄沙堆场已经被一条北门街上几百名小孩，男男女女占据了，你很难找到一个干净的地方从容下手了，或者不使自己的双脚踩到无处不在的"地雷"。一旦你踩到了，你就"中计了"。我们都会说："你中计了！"

你要避免这种"阴险"，必定终日苦思，跋山涉水，而且还要具有威信，在数目庞大的小孩堆里。

所有这些词，"阴险"啦，"牙齿"啦，"数目"什么的，自然全是后来在学堂语文课上学来的。

我一直记得围墙上那些大字报的味道，即使一堵土垒的泥墙，糨糊，标语纸，墨汁，特别是一种厚厚的，手摸上去一面光滑，一面粗糙的宣传纸，其香味和别的味道相混杂，足以使围墙土腥味和草的味道改变。我如今坐在课堂上，正在玩味追思这种大字报味道。

寒风瑟瑟，我们这些新生仿佛在自己的童年犯了什么过错，被罚坐呢。不许动，不许反抗，不许交头接耳。

有人用脚踩了踩课堂上的砖头地——有五分之一的缺失，他八成在转跟我一样的脑筋：可不可以，我们把"地雷"偷埋到这地方来？

这说明我已经不再害怕学堂，我们这么快就适应了？

"好好学习，天天向上。"

一怒之下（大概很多小朋友跟我一样恍惚，心怀鬼胎），老师开始拿起粉笔"吭噔吭噔"写字，作为一种报复，以示威胁。"注意啦，底下的同学们专心听讲，脑筋不许开小差！"她用黑漆抹乌的女鬼似的背对准我们嚷嚷，声音过分殷勤，有些颤抖，又十分强硬，说明她还是怕我们的——但这可能吗？大人怕小孩？

我坐不住了，老师回过头来看，看着我，直勾勾地看着我，她那脸色像是肚子疼，我有点想吐，极端厌恶教室那种冰冷，陌生的空气。我好像一长条扁钢被晃晃悠悠的机械流水线运送进了车间，我听到钢梁，出炉的铁水和炉膛的声音。与此同时，我脖子上那条蛇又开始蠕动。

我永远也忘不了那一瞥。

1970年的目光。

这是我有生以来第一次被一种职业叫做"老师"的人正面盯视。我双耳"嗡嗡"作响，满脸滚烫。我听见空气被刺穿，在那一秒钟里，我感到所有童年的快乐、自由自在又回来了，但却忽然消失，没有了，我不明白是谁拉响了隐埋在附近的一枚手雷。

在老师的目光里，我感到我已不再有勇气长大成人，去和美国人打仗，去抗美援朝，"消灭反动派，横扫一切牛鬼蛇神！"我的呼吸停止了。我脑子里那枚"地雷"消失得无影无踪。天花板上掉落下来一只壁虎，可全教室同学视而不见。窗户是破的，走廊上站满了鬼，各种女鬼，冤鬼，无常鬼。一阵风把老师手上那一团鼻涕吹成了粉。

那一刹那，本能地，我正逐渐学会装扮谦虚、腼腆。怎么办呢？

当你是一名8岁的孩子，而你被那样的一双怨毒狂热的大人眼睛所盯视，那一定会唤起你某种自我保护的本能。我先是惶惶然，不知所措，紧接着一下子有点清醒。我端端正正坐好，尽管心在抽泣，脸上的神气却努力自然多了，只有心里面晓得，那是装出来的。老师气坏了，她一定抓不到我什么把柄，她拿了一杆木尺，示意全班每个人把一只右手摊开，放到台位桌面上，她挨个抽打一下。于是，班级里哭声一片。大家就像电影里被装到难民船上的犹太人一样。可见，被吊死鬼用眼睛盯视的，还不止我一个。

我又开始拖鼻涕。

教室此起彼伏，全是一片抽泣吸鼻子声音。

我穿了一双我哥的棉鞋。我身上的棉袄也是超大号的，一直往下拖到膝盖。我是否穿过内衣或者什么T恤，我不记得了。棉袄才是最主要的。上课时我有一段时间，不再受女鬼的魔力吸引。我开始注意看同学们的鞋跟，多数同学的鞋跟是破烂不堪、湿塌塌、鞋肚裂开的，与此相对应的是半数男生的脚后跟都样子吓人地肿大，殷红殷红，像是脚跟那个地方长出来半只西红柿，水汪汪的，煞是诱人，自然，这是冻疮。说实话，西红柿这个比方我还是学堂毕业以后踏上社会，十七八岁做工挣钱了，吃到菜场上卖的西红柿，才学到手这个形容说法的。我们小时候根本看不见西红柿，也从来看不见香蕉、荔枝、葡萄，还有什么哈密瓜、柿子。我们吃到嘴边上的水果基本全是烂的，烂梨，烂苹果，烂的西瓜，全是从一个叫生产资料门市部的仓库的地方经由处理价配给的，整船整船从运河上运过来。运过来时候全城都能闻得见它们渐趋腐烂的香气。整个船队、船舱也跟着那些烂苹果一起腐烂，每分每秒，连运河上的空气也跟着腐烂。我的意思是说，我上学那会儿还从未见识过烂的西红柿，否则我一定不会盯着它们看这么长时间。儿时的冬天，我们小孩满街满地的快乐仿佛是在跟满脸满手满脚的冻疮赛跑，我们最后总是气竭，跑不过它，用现在的话说叫比拼。我们的比拼总是失败，有时一年里的第十一个月份，我们脸上——主要是耳朵——就开始生冻疮。我是整个北门街上平常穿着算干净，最少生冻疮的小孩，即使是这样，到了过年，到了一月底，冻疮还是从雪地那一头追赶上我。我的耳朵，手指关节开始发炎、溃烂、红肿。我们很少人有棉帽子，多数人从未见识过护耳套，那时候的冬天，寒风凛冽，大地一望无际，天寒地冻。县城最高的房子不过三层楼屋，整个寒流越过白茫茫的长江，越过四面八方的苏南苏北，平原田畴，像集会一样赶到我们这座临江小小的县城。它根本不用大声宣讲，根本不用开口说话，只轻轻咳嗽一声，所有河道、田畴、家里的水缸就全部牢牢地冻住了；紧接着，一夜西北风，水缸冻裂了，田畴冻得就像街上铁匠铺里那只生铁的铁墩头。河道呢，冻得就像一名仰天躺倒的干枯的婴孩。我不晓得那时候乡下的农民是怎么种田的。我想起年关临近平原上的景象。想起麦田里的农民们用自家编的稻草席子像帮吃奶的婴儿盖好被子一样一垄垄田畴地挨个盖上那些稻草席子。于是严寒的冬季最后似乎就只剩下——在漫长的白昼只剩下两个时辰：清晨和黄昏。中午和下午全没有了，被寒流冻穿了。天亮，紧接着就是天黑，所有事物全都噤若寒蝉，以至于到头来天色灰暗的黄昏看上去也像灰蒙蒙的晨曦。这没有多少区别，因为这是在1970年的中国，一个严寒统领下的白茫茫的中国。田野永远肃穆，永远萧瑟，大地表层升起一层又一层冉冉的雾霭，远远看，仿佛像是被点燃的煤层，据说，土地还是热的呢，像一个上年纪的老农眯着眼睛在笑呢。妈呀，仿佛地下有很多鬼全在聚会，在嘲笑上面冻得瑟瑟发抖的人类。

我在说什么呢？肮脏，无人看顾的小孩，因为大人们也四处搜寻足以御寒的地方，大人全躲起来了，因为家里的水缸被冻爆裂了，掉落下来一只透明的冰坨坨。他们还不及我们这些野小人，小人全天不怕地不怕，要是最后没有大人站出来疼他，他怎么去晓得身上的冻疮有多么恐怖，多少痒、疼、酸、烫？

治冻疮的民间偏方很多，一是用捣碎的红尖椒，一是用热水很长时间浸泡。可是说实在的，那是热水不多的年代。

那个年代什么全讲究一个量，一个政府配给，热水也不例外。因为烧开的热水涉及家里的煤球，涉及燃料。

煤球——蜂窝煤——你去看看吧——整个县城就仿佛一个煤球箱子已经被搬空了的空场！

或者说，县城的外貌，看起来像极了煤厂的一角，一个角落。所不同的只是：那家煤厂已经停工，已经多日不再供电、供水……

开学了。老师抖抖瑟瑟走进来，仿佛刚刚在室外趟过一条冰河。

她的手上戴着一双无指手套，奢侈、精致。

同学们全都看呆了。

第二年，所有的女同学纷纷效仿。

自然，我说的是音乐课。

记忆中，我们在四年级才上到音乐课，才有老师用稔熟的指法弹琴给我们听，一台被蛀虫蛀、老鼠咬过的脚踏风琴。

这是后话，因为到四年级。我身边的女鬼已经不多了。

事实上，我去上的第一个学堂是一大堆露天废墟，也就是说，一大片倒塌了的学堂建筑，人可以在上面爬来爬去的那种乱砖瓦堆。

这是一个谜，这学堂是什么时候坍塌的，怎么会坍塌的，没有人告诉我，但有一点可以肯定，它是刚刚坍塌不久，否则消息灵通的爸爸姆妈怎么会不晓得？还兴冲冲拉着我的手，说是要送我上学堂，去报名呢。

在这之前半个月，"学堂"这个词一直令我莫名恐怖。我一听见这个词就会丢下饭碗，躲到里屋去，我总觉得那是一个不祥的开端，而白天工作的双职工父母还老要说，老在我面前念叨它。

终于有一天，我的爸爸姆妈和已经上了几年学的哥哥，拉着我的手穿过漫长的北大街，带我到浮桥边上，去他们说的那个学堂报名了。

我虽然紧张，但也无计可施。

哪知道——那是一个夕阳西风的下午——走到他们说的学堂跟前，各人全都愣住了。

邻居们纷纷聚拢过来，解释事由。

一种解释是学堂是被造反派轰掉的。另一种解释是，那里面的教职员工，因为长期停课停学，早各自作鸟兽散，另谋生路去了。于是附近的老百姓开始拆墙拆砖头，拆一座空无一人的校舍，不久就拆光了。

我看见还有半堵白粉墙斜卧在那里，上面有耷拉下来的半条标语。

童年有很多年，我会在梦里回到那大堆的废墟里，我总觉得我是那其中一名已注册的在校生，成绩不甚理想，可是校园也有很多树爬，也有读书念字的台位、黑板，以及隐隐绰绰从未看得清其面目长相的老师。

我自己呢？模模糊糊，端坐在一大片掉落下来的石灰皮里，或者跟一只秋天的蟋蟀一块在念一本写满汉字的书呢。

我应该算已经是毕了业的，在如此意味深长的废墟堆里，结了业，拿到了另一本小学证书。

那一年时序都颠倒的，本来应该在九月里，在秋天开始新学期的，不知为什么，挪到了年初的一月底。城里人家还没有过元宵节。

很多年以后我才明白，"文革"十年，学校停课停得太厉害。有好几届的学生闲散在家里，没有家长，没有老师管教。到了那年的冬天。1969年，县教委终于有人站出来，提倡学校继续闹革命了。

这样，我才以一名适龄儿童的身份，结束了我在街头的流浪，相应的也打乱了我在"中美间的战略步骤"……

在城北小学一年级（2）班，我穿过阴森森的走廊，坐到了满脚满手冻疮的同学们中间。

姆妈把我睡觉的小床拾掇得多么温馨啊。棉布的床单有着花的原野的印花图案。我只要看上一眼就满心陶醉。有时我光光为了那些好看的床单就想睡上一觉，美美地，拽着同样柔软温馨的被褥、被窝。我的床摆放在靠板壁的位置。睡觉时可以往一边滚，尽往里滚，而不必担心掉落下来。不过，摔落下去也不要紧，因为房间是地板房，是旧时有钱人家的宅院，我想，包括院子里那些花卉。房子，这是家境殷实的江南小镇人家的祖上产业。我们家得到它，自然是通过地方上的房管所。

儿时的我，对自己的家，有着十分健康饱满的印象。我就像是从那儿的根茎上长出来的蔷薇或者月季花。花的周围全是老式的庭院，还有更加肥沃,枝繁叶茂的其他花卉相伴随着。春天,我们一起议论空气里的蜜蜂"嗡嗡"声。到了夏天的晚上,也一齐睁开眼睛看清凉的砖头苔藓气息里忽明忽暗的萤火虫。我们和街上其他小孩一起共同抵御一年四季中的寒暑风雨,一直要长到姆妈们幻想我们长成的那个模样。每个孩子都飞翔在那个年代的血腥和标语之上,贫穷简直成了童年诗意的最好的课堂;黑暗、贫穷是最美的音乐。我感到我是那其中飞得最高的孩子中的一个。

27

天井人家的说闲话,三三两两的,声音高低不一,隔开三四家天井的矮墙头,大抵能听见。不说闲话的人屋里屋外做事体,凭声音也能体会到七七八八。譬如有人家刚烧饭,淘米筲箕里的米下了洋锅子,照例要把筲箕在院子养鸡的角落往墙头叩一叩,拍两下,会有些剩下的米屑从筲箕缝里落下地。鸡也熟悉这类声音,远远地就一路追赶过来,啄食忙碌一番,"咯咯"叫得比平时响亮。有人家生煤球炉,炉子上铅丝做的搭攀一拎,"啪"一声煤炉底座往砖头地上一顿,有人家"红灯"牌的收音机唱着曲调模糊不清的革命现代京戏。一名内战时期的解放军士兵冒着大风雪潜入山中。甚至小半条街后面河滩上一上一下的两个人,停在石码头上说的闲话,声音也被风一吹送,出奇的清爽:"西山监狱里出来……"另一个说:"莴苣皮积肥,乡下把猪吃……"有人正从修房补漏的高高的木梯子上爬下来,明显地因为恐高而心有余悸,一只脚往下踩时用力很重。弄堂口磨刀师傅正吃力地歇一口气,用围裙擦擦脸上的汗:"磨一把剪刀一角洋钱。"另一个女人说："我家那把薄刀（菜刀）刀口磨掉了，今年磨了两次了。"磨到后来，师傅往手上那把锈斑很重的剪刀口口上吐一口唾沫，这好像是他祖传秘方的一部分。有人家蹲在井台边剖鱼，估计是条蛮大的活鲫鱼，"噼啪"一声挨了刀的鱼竟然从他手劲里挣脱了跳到地上。有人家炖的排骨汤汤水沸了出来，砂锅周围"滋滋"地溢满汤汁。也不晓得是谁家炉子上遭了殃。"门前厕所……也不见人打扫。"有人嘀咕。一群躲猫猫（捉迷藏）玩耍的小孩子声音急促地追跑过附近小弄堂，那声音就像弄堂口突然起了大风，"啪"一声止住，脚步声又不知去向。大人跑，跟小孩子快跑，在弄堂发出的声音完全相异。一旦弄堂里有大人快跑的声音，八成就有什么灾祸降临了：闸桥河又淹死人了，家里人急病倒下了，厂里着火了，体育场枪毙犯人了，等等。有时弄堂地面会传来短距离的大人脚步的小跑，那不要紧，大概炉子上一锅子粥，忘了掀开锅盖，或者他家一只鸡，蹿到了别人家房顶。

一旦整条整条的弄堂，有人不停歇地飞奔而去，城里一定什么地方出了事情。游行啦，批斗大会啦，晚上放映露天电影啦……总之，全激动人心。一时间鸡飞狗叫，家家户户门口，匆忙探出一张张脸来，熟悉和不熟悉的，都奔走相告。

政府的宣传车在拐过一条马路之后，声音陡然间嘹亮起来，那时还没有后来才有的警车，一般是前后组成的一个车队，几辆卡车相尾随，前面一辆部队的吉普车开道，缓慢地均速行驶。

第一辆卡车是满满半卡车持枪的解放军战士。后车厢前排的位置，是三名面孔煞白，被五花大绑着的杀人犯。杀人犯的脸已经不像是活人的脸了，仿佛有人另外在这些死鬼脸上贴上去，糊上去了一张白纸。呼吸早已从这层纸糊的脸上停止了。杀人犯的头自始至终被战士用手摁牢。在马路边上看，能看得出犯人和士兵双方手臂、颈脖之间的抗争。有的杀人犯的颈项恭顺、柔软，已经没有多少活人的样子了。有的则不，强硬着不服的头颈，去闯闹他的阎罗殿。只是，到那一刻，只剩下自己的脖子，似乎还能在沿街围观的人群上空，一路断断续续说出些什么，表白着什么，除此之外他身体的其他部分，全被剥夺了一个活生生的生命的权利。每名杀人犯胸前都挂一块木牌牌，牌子上标示犯人姓名的位置都用红墨水画了"××"，这是那个年代里最为醒目的文字，其意义超过了当年所有的任何汉字。到末了，整个由四五辆部队卡车组成的车队，仿佛就是为了从人山人海的县城马路上载运走这几个红色恐怖的"×××""××"。车队远去了，人流散开，持高音喇叭向街道两边高喊着要"提高阶级斗争警惕"的宣传车声音归于沉寂之后，这几个红色的"××"字样仍在小城人家的眼前晃现。其他黑色的汉字墨迹都不见了，只剩下这类鬼符一样的终极图案，标示出空气中看不见的万事万物之间一切生命的高压电网线。

第二辆卡车是群押赴刑场陪绑的重案犯，那些年里，也有些罪行暧昧的流氓、小偷、"地富反坏右"之类，有幸"莅临"这类场面，于是被绳子绑在一起，串成一串，围着卡车后车厢的三面护栏立成一圈。个个面朝大街，其中竟有几个蓬头垢面的女犯人，吸引起围观行人的"嗬嗬"回音。"流氓罪""反动资本家"是那些年流行的风尚，你只要说错一句话，众目睽睽之下得罪了某个有权有势者，你就可能变成一名臭名昭著的"流氓"，被当地公安机关收监关押。士兵们手持冲锋枪，荷枪实弹，站在每一名陪绑犯人的身后。

宣传车，两辆卡车的后面尾随一辆部队的吉普车。领导和枪决犯人的刽子手，一般就坐在这辆车里。车队浩浩荡荡行驶过南街，拐向县城中心的人民路，在走完东西一条长街的人民路之后，拐向体育场一侧的中山路，然后再从那里转向外围的环城路，前后大约两小时的路程。

人们都很镇定，稍会比平常院子里乘凉或上河滩头话少一点，到马路和弄堂口站着看一看稀奇。主要是争相看几眼死鬼和女囚犯。孩子们就不同了，遇到宣传车上高音喇叭一喊，简直就像过节一样兴奋。大部分小孩都挤到了围观行人的前列，一会儿立定，一会儿人群中窜来窜去地一溜小跑，跟着宣传车追出去好几条街，回头再碰见家门口的其他小孩，都是一脸梦游的表情。

人枪毙了，宣传车也摘下高音喇叭，停止了广播。其他陪绑游街的犯人也在山脚下聚集起来，被民兵和武警重新押解上车，回看守所里。部队的车开道，一路风驰电掣。

开得很慢的宣传车，对于马路并不宽的小城，也近乎于一份酷刑，更不用说车上分贝很高的喇叭和口号声音，游街时，车辆行进的速度只有每小时5至10公里。车辆缓缓而行，围观人群越聚越多，行人纷纷争抢着要追赶到车头跟前，好把即将吃枪子的杀人犯脸相看清爽。这就形成了围绕着第一辆卡车汹涌迂回的好几股人流。这时卡车像艘破冰船，船首的位置始终紧挨着冰山沉重缓慢的体积，慢慢滑入人群深处，一时间茶馆店门前、礼堂台阶上、拱桥顶上、沿街围墙上，全站着挤着趴着形形色色的人群。有的人还爬到树上，站在靠墙的脚踏车鞍座上。每一次转弯，宣传车上的广播声音，都要重新变换一下分贝。全城的鸟都飞走了，鸡都躲在鸡棚里，不出来吃食。车上的播音，时而是男的，时而是个女的，都慷慨激昂，什么阶级敌人资本主义复辟，全不在话下。说话时一字一顿，听起来像警告，但更像是毫不通融的威胁。无论宣传车走到哪里，人在县城的任何一个角落，都可以听见。

声音在毫不通融的威胁和严厉苛责之间来回变换。远远的城市上空，宣传车的高音喇叭似乎逮到了一个五官齐全很逼真的苛责对象，小孩子都看见了，寒风萧瑟的街头一个歪着头垂落下双手接受批斗的坏分子，或者是街上画的宣传漫画上的"工贼""反动学术权威""剥削劳动人民血汗的刽子手"一类。漫画上的线条形象如此恣意夸张，阶级敌人的龅牙有时竟比他一张脸还要大，宣传车一路喊口号要去打倒的，大概就是这样畸形到不成形的丑牙齿。

画上画到"美蒋特务"一章，有时竟还出现罪恶不赦的美元的票额。看上去很是丑陋，美元漫天飘舞，全画得比擦屁股的草纸还难看，人全画得瘦骨伶仃，个个都像阴间里的鬼魂。

每年夏末初秋，县城都要枪毙一拨人。犯人都穿单衣单衫，站在卡车车厢头上游街示众，看上去一件衬衫不是穿上去的，而是临揪上车时被人胡乱塞在胸前。估计犯人从监房押出来时总要经过一番搏斗折腾。犯人草草站立直，天气却普遍地明显让人觉得入秋。街上已经有裁缝店里的新卡其布、新套装味道。犯人总是很年轻，总是胡子剃尽的下巴泛着青光，脸孔有一种异样的白，跟隔夜馊了的豆浆颜色无异。北门街的小孩从未见过年纪超过四十岁的犯人，他们看见过年纪大，有的甚至头发花白了的"四类分子"，但真正被押绑赴刑场的死鬼，却全很年轻，是立在卡车上游街时有点架不住腔调的毛头小伙子。犯人临死，心里八成总还是害怕，加上沿街这么多张脸，这么多双眼睛全盯着他，宣传车上的高音喇叭不停地喊出他名字，即使到了秋凉的十月，犯人游街时的县城上空也依然热浪滚滚。有一次憨大认真盯紧了其中一名杀人犯中的首犯的脸看，他只看见了一团煞白的光晕，那小伙子脸仿佛一团空白。他跟着押解车走了半条街，跌跌撞撞，期间不知多少次被警察和围观人群撕扯过身上的衣裳、手臂，脸上还莫名其妙挨了一拳。可是他铁了心要追上去看一张完整的脸。他只看到杀人犯胸前样子狰狞的木牌，画上了红色的"××"，黑墨书写的歪歪斜斜的名字，笔画仿佛有一股来自阴间的杀气，然后，县城上空陡然间像是升起热气球似的飘舞起刷写在围墙上成群的标语，标语、红旗、宣传车的木栅栏，再加上他追了大半条街终于看见，看清爽了的犯人的眼睛，那眼睛仿佛在一处看不见的课堂黑板面前受到了当值老师永生的苛责，一道数学题公式完全颠倒，程序被打乱了。计算和解题的可能性因此而不复存在。憨大看到一名士兵把一只手揪在年轻小伙子胸前，在犯人早已失去了清醒神志的情况下要求他更加"老实些"！犯人在被押解他的军人猛力摇晃的情况下似乎从满城的拳头口号声中略微喘息了一下，呼吸了一口气，他的脸正在从遥远的死亡的困惑中艰难地走出来，抬起头来。他的眼神在憨大脸上扫视了一下，那神情如同一名失聪者不可思议地恢复了听觉。他一时不明白该如何面对这样的奇迹。可以看得见他的脑子在飞速地转动，比平常人，比满大街人山人海者不知要飞快多少。可是，转动的结果仍旧使他失望，那一足以拯救那个下午，拯救一个生命的数据终究还是遥遥无期。看上去，犯人并不痛苦。痛苦早已弃他不顾，离他远去。在满大街"提高阶级斗争！"口号声中，他只是虚弱，左右摇晃着。他身后的士兵必须不时地像摆放正一只木偶一样前后拨弄纠正他的姿势。

死亡以最高分贝的民众狂欢形式在人们眼前发生了。站立在最高点的事物，不管是人、房屋、电线杆、士兵肩上的刺刀、天空……，全都摇摇欲坠着，仿佛被一股小孩子眼睛看不见的飓风吹刮得站立不定。人人都感到了危险，感到了焦虑，感到想要背转身去呕吐的一阵恶心。涌入心头的子弹的腥脏味，夺取人性命的子弹仿佛不是从身背后，从被迫抬起的额骨正中心射入，而是随胃液的分泌物从人的咯血的肺部或不适的肠道中被呕吐出来。杀人犯在绑赴刑场之前，因此也并不像是凶神恶煞地杀过人的样子，而更像是无助的病人，一名长期肺痨患者，一名车间里化工产品的慢性中毒者。押解在卡车前排的那名小伙子不过是此类疾病精心制作，长期风干了的标本。他并非一直有正常人的清醒体态和神志，他睁开眼睛看了周围马路边的围观者那一眼，只是一个人熟睡途中被窗外警报声意外唤醒了，士兵搀扶着他，病人终于摆脱了自己的病床。那一颗致命的子弹此刻有一种滑腻腻的感觉，像一粒人体中的结石，在血液和胃壁深处叮当作响，幽灵？人类还配得上谈论鬼魂或幽灵？

那是万分惊诧的一眼，北门街的居民，憨大的左邻右舍骂起这一类事情，凡骂杀人犯"死鬼"的，都是北方人。其他的说法，比如憨大姆妈，全骂成"浮尸"。这死鬼，好像境况体面了些，因为都跟水有关，连死了也是被水淹死的，被河道冲下来一段。

那年纪轻轻的浮尸睁眼看了看围观人群，其中也包括了跟一名半大小孩的目光相交。他并没有看出什么异常的景象来，但对于挤在人堆里满头大汗的憨大来说，那一眼，却是终生难忘。在看了那一眼之后，孩子就自动立定下来，退出了在卡车后面追赶戏耍的行列。人潮汹涌，没有人在意一名来自北门街上某弄堂人家，此刻在骄阳下傻乎乎站定了的小孩。

28

炸油条的香味沿街飘扬，即使你用一把梯子爬上房顶，你也仍旧
闻得见。店门口一只大的黑铁锅子，盛满滚热的油。手指粗的一小根
面棍儿放下去，滚几下，膨胀开油条初始的形象。黑的烟、灰烟、白
烟分别从柴油桶大小的煤炉炉膛四周升起，熏黑沿街的积雪，熏黑了
早晨的霜迹。烟的颜色深浅，这需视炉煤的质量大小而定。有时一整
个大饼油条店门口是大股大股的黑烟，连隔了一条街的茅坑厕所里，
也能闻见炸熟的油条香，寒冷的冬日因此而使人胃口顿开。弄堂、旧
房子的天井、石板砌的拱桥，这一切也被油烟刺激得食欲大振了，也
酷似烧得很稀，汤一锅水一锅的早起头的泡饭，泡饭汤明显成为江南
水乡人家的最佳征兆。住在弄堂里的人家，有时一辈子走到的地方，
甚至还不及一大清早炸油条的烟雾飘得更远。重要的是水，泡饭的稀
和稠，犹如河道和河岸两侧小巷人家的分布。大清早，弄堂口马路人
多的地方，正是大饼店门口支起豆浆油条的摊摊所在。可以说，油条
的香味无处不在。每当弄堂深处有户人家拎了炉子出来生煤球，他总
感到石板铺的地面在微微颤动，远处，甚至远到遥远的天际，有一台
鼓风机在耐心而无趣地持久工作，"嗡嗡"作响，这声音也连带着把
店堂食物的香气传播到小城每一个角落。不光北门街，南门、东门、
西门一带也有大饼油条店。你侧耳听清爽了一家（鼓风机），其他的
几家也隐约地在朦胧清晨的各个方位加入进来，最后形成一个冬日里
特有的和声，不光是冬天，其他季节也一样。所不同的只是，冬天里

炸出来的油条，仿佛要比夏天或秋天头的油条，能让人吃到更多的实惠，人们在大冷天欢喜听浴室锅炉房声音，听煤柴毕剥的声音，包括用了鼓风机的炸油条声音。冬天头的空气太寥廓，太落寞了。远远望去，街市甚至显得比往日低矮狭小，暗旧许多，也沉闷乏味了许多。那一名拎了把火钳生炉子的居民不禁抬起头来，遥望一下小城的天空，仿佛看到了店堂门口鼓风机吹扬起的煤灰，以及搅和了寒流光线的漫天的尘埃。风把炉门口的煤灰吹走时甚至把煤灰的冷和热传递到了他拿着一把破蒲扇的手上，以至于他本能地弯下腰来，像是要去涎着脸讨好蜂窝煤眼里呼呼往上蹿的蓝色火苗。

冬天，生炉子时火苗上蹿的声音，很悦耳动听。

春晒头，到河滩上去洗韭菜，新割下来的韭菜，放到黄澄澄的闸桥河水里先掭一掭，再捧在手里一淘、一散，那个香啊，竹篾篮头的香、韭菜香，边上河滩上种的几垄开了花的油菜花香，全搅在一起，最后成了闸桥河两岸原生态的空气和水味道。韭菜叶子一根根碧绿粉翠，看得洗韭菜的小人肚皮里"咕咕"叫。

韭菜炒螺蛳肉、韭菜炒鸡蛋、炒笋丝、炒莴苣片，白的白黄的黄，全是江南百姓一年到头欢喜吃的，那时候一整条闸桥河也跟着节令跑，一年四季不同的季节河滩上分别丢下来不一样的笋壳壳，莴苣叶子，白菜边皮，蚕豆壳，萝卜缨，冬瓜皮，西瓜子……。河水流淌着春、夏、秋、冬，滩滩码头上一看，就晓得一条北门街上，七七八八人家吃的是啥个。上河滩下河滩的人，喜悦之情溢于眉眼。"韭菜？"一个说，另一个答："嗨，莴苣！"仿佛韭菜莴苣是他们家刚进门的亲戚名字一样，匆匆的只是石码头上夕阳下的足音。

农历三月，桃花开，槐花落，一河沿的花瓣弄得岸上歪长的桃树仿佛到河里寻过死一样。

早起还有雾呢，岸对过是看不清的，谁晓得一河床春潮是什么时候涨满了？雾沉沉的水面，俨然一派缥缈仙境，要不是桃花红、梨花白得可以凭空点染，人真的不会明白自己突然到了哪里，来到了哪个人家河滩上。

我刚才说的是黄昏头，忽然又说到早晨。

黄昏河滩上碗筷头声音，一听，蚕豆肉香，洋锅子盆子竹篮头端来端去的忙碌，有的人家，临临吃夜饭，还把一只煤球炉子拎来拎去去"过火头"呢。"过火头"，借人家烧旺的蜂窝煤做底煤，省得自家再花工夫劈柴爿。

烧旺的煤炉子一拎过去，骤然之间麦苗就往上一蹿，菜花也开得更旺，更加茂密了。

那时河滩头不少人家种的自留地，一垄垄。

我五岁就学会独立上河滩，也许四岁。总之一开始陪着姆妈哥哥，一样一样，看在眼睛里，记熟，背牢，青菜怎么掰开，鱼怎么刮鳞，米怎么淘洗清爽……然后是倒过来，姆妈陪我上河滩。一只放菜的竹头篮子，姆妈拎篮头的一边，我拎篮头另一边，小小年纪，努着脸用劲，到了河滩上，学会看潮水，涨潮还是落潮，鞋子要不要湿掉，再把要淘洗的物件拿出来，一样一样，有条不紊地落水。

姆妈看我会了，再三叮嘱了，就放心让我去了。

占河滩头，主要是身子转动自如，你占的位置，不要跟别人争抢，一只石码头，正常情况站三四个人，大人三个，加个小人，勿要紧。另外当心屁股，不要仓促立起身，屁股撞到再上一级码头，人就可能掉落河中，无端端跌到河里的故事，闸桥河边上每年都有。

我很小就爱上帮家里，帮姆妈做事体，全靠这条美丽的大河。家里面人也晓得河滩对我的诱惑，我乖头乖脑的沉迷，故一开始也很注意，一般洗大点的东西不让我单独去。要喊我了，也只是简单的淘米，洗洗山芋啊青菜什么的，再就是做个帮手，帮姆妈去洗衣裳。

衣裳在水里搓好，下河搜两搜，堆在码头石沿上揉，再用捣衣裳棒头拍打——一整块一整块的青石沿、麻石沿上，全是两岸的妇女百姓搓洗衣裳留下来的光溜印痕啊！

岁月也同样淘洗我，至今仍在同一河滩上（小桥头河滩、小港口河滩）用夕阳的光照我，以春晚的柔风拂我的脸蛋……

小辰光家家弄堂，人家屋厢，都有放碗橱，萝卜干味道的角落。副食商店，糖烟一门的门市上，再没别的东西可卖，萝卜干总还是有的。通常店里有所谓"咸辣柜"，半人高的瓮坛，一只装萝卜干，一只装面酱，其余依次排列，就是酱油、黄酒坛子。柜台身底，面酱味道酸酸的，黄酒有糠秕发酵过后的酒香。冬天头还有辣酱味道，也特别好闻。但一年四季，最寻常的味道，就是萝卜干的腌咸气、五香粉味道。有时你走到码头上，连闸桥河水也有不知何处飘来的萝卜干味道。

孩子们嘴馋，实在没有东西吃，就偷偷往衣袖管里卷几根萝卜干，上学路上，课堂上，饿了，咬几根解馋。这在我上小学阶段，几乎是普遍现象。

再回到商店的咸辣柜。坛子里的萝卜干，一般咸萝卜是五分钱一斤，大头菜八分。后者因为闻名遐迩，取料精，吃口甜，酿造厂做时一定放了很多糖，看相是拳头大的一只只，黑黑的，常年浸泡在地方优质酱油里，充分吸收到了酱汁水分。这种大头菜，吃时还有桂皮八角香，一般北门街上的人家，很少舍得买，仅仅相差三分钱，大头菜遂成为市井酱菜中的贵族。左邻右舍，必定要是挣两份工资的双职工家庭，或稍有点钱的没完全打倒清理净尽的大户人家，才偶尔购买。大头菜，简直就像酱菜中的红烧肉！

此外，每年夏秋之交，有相当的街坊人家，开始腾出自家的瓮坛罐头，按各自口味做起自家的萝卜干、腌咸菜来。我家里也做过，姆妈动员全家人，先用箩筐到菜场买回一大筐红皮白皮的萝卜，然后分工，切的切，洗的洗。晚饭过后，再揉入缸中，一层层撒盐，撒五香粉。五香粉是稍后几年的事。姆妈用脚盆端来一盆水，替我脱鞋，洗脚，比往常多搓洗了几遍，说："待会要看你出力气了。"我腼腆！因为怕自己脚洗不干净，同时又骄傲，兴奋——全家吃一个冬天的酱菜，味道好歹，这光荣的任务就落到你肩上啦！那一年，门口已听得见秋风了，我在老屋15瓦的电灯底下，开始挽起裤脚管踩压坛里的萝卜干，自小到大，我的脚仿佛从未像那天晚上那么兴奋、体面、开心过，脚变成了滚烫的脸面一样的部位。夜风一阵紧似一阵，撒到萝卜条块表层的细细粗粗的盐粒，全被我花力气踩成了汁水……。临睡，还美美地听着坛子"咕咕咕咕"的声音。

第二天出门，一条北门街由东向西，家家户户房顶上，竟全晾晒着各种萝卜条，各家都用竹盘篮盛好，赶在第一阵霜降之前，把萝卜的水分晒出来吹干，那样肉质、口感，才更加香脆……阳光下，市井里弄竟一改往常的灰暗，变成了一幅幅色彩鲜明巨幅的木刻……

街路上拉板车的苦力，大多欢喜呷几口（土烧），早上一顿，基本全是咬几口萝卜干过日脚。更有夜饭没什么钱，也是几根萝卜干下酒的。我们这些小孩，中午夜饭桌上没什么菜，萝卜干搭搭，照常也吃得喷香。饭连下两海碗，肚里越发没有油水，饭量越大。记得有那么几年立秋天气，或者节气交了白露，家里罐头里有新做的酱菜。明明晚上已经上了床，想想总还少做一件事体，嘴巴淡淡的，睡不着，突然想到是萝卜干作的怪，立即赤脚跳在泥地上，蹑手蹑脚，去碗橱偷吃一根。末了，过半小时，忍不住又下床，这时，一轮秋天的满月已经升到房顶上，外面是数不清的槐树、梧桐影子，闸桥河里水声潺潺，大概长江里的晚潮，终于追赶上了皎洁的明月……

29

冷天吃面筋塞肉，放白菜粉丝，切一把肉皮，如果有新鲜（像姆妈一分钟前刚做出来的）肉丸放进砂锅，味道会更加鲜美。我们这里把这只菜，这只端上桌热气腾腾的砂锅叫"总笃"，笃汤的"笃"，听起来像是"总督"。

素菜，冷天要吃塌菜，又名黑塌菜，实际上是青菜的一种。经过十二月霜打之后，春晒头看上去嫩齐齐的青菜竟然变种成如此，外貌看上去像一把伏在地上没有伞柄的伞形。颜色油乎乎，黑汪汪，过年辰光炒时放一把百叶丝，有人家放切成半只的油坯，味道肥厚鲜美，无法形容。

而且刚炒的塌菜，要趁烫热时吃——大筷儿往嘴里捞，要有嘴巴好像要被烫脱一层皮的劲头。

塌菜蚌肉，自古也是江南名菜。

汤里向放血（猪血、鸭血），放弄清爽的肠肺，汤笃出来是白的。

为了改善伙食，我们小辰光都跟大人学过怎样弄肺、灌肠，把肠头子翻出来洗。也就是说，一只猪的猪肺，如何清理浸洗到可以进厨房做菜。

红烧肉自然不用说，家家都会做。小辰光弄堂隔壁左邻右舍，看来看去，每户都是烧红烧肉的高手，煤球炉子上把握火候，肉总炖得糯烂。有入口即化型，也有吃起来有咬嚼、瘦肥分明的。酱油一放，整个天井院子里连冬天头的太阳也显得油汪汪暖意十足了。江南苏锡常一带，包括杭州湖州，红烧肉的口感全特别好。

有的人吃肉，口味偏甜，糖醋为佳。有的人偏咸一些。于是红烧肉里放笋干，放百叶结。夏天，红烧肉烧海带；冬天就是放百叶结。海带和百叶，分属两个不同的季节。

冬天，有人家山芋（苔）烧红烧肉。山芋、芋艿、萝卜、莲藕，都可以红烧。

有一段时间街坊邻居买不起肉，全风行买一种猪身上的大筒骨、大骨头，买回来冷天熬汤吃，热天放冬瓜，冷天放白菜，味道也格外肥美。这里，冬瓜白菜，又代表了寒暑两重天。

这种大骨头笃出来的汤，简直跟牛奶一样浓白。有人家烧得吃辰光，先是味道格外香，比一般笃排骨汤，空气里香的成分，要浓得多了。那种味道格外馋人。味道馋人之外，汤吃起来，也特别鲜浓——可惜骨头上的肉不多。

当年猪肉是六角七分一斤，后来是七角一斤。慢慢再涨到一块、一块八……我记得特别清爽，猪筒骨，也就是大骨头的价格是三角八分。

1970年全家过年，大年三十除夕夜的菜谱是：

四个冷盆，四道热菜，两炒，一砂锅。

冷盆：芹菜拌豆芽、皮蛋、猪肚、肴肉（自己家做）。

热菜：红烧鱼、红烧肉、面筋（油坯）塞肉、豆腐海带。

两道炒菜，一荤一素，荤的是大蒜炒猪肝，素的是塌菜百叶丝，或塌菜油坯。

砂锅就不必说了。

一家四口，这一天里每一秒钟，每道菜，全恭恭敬敬。一般性说虔诚，实际比虔诚还要庄严隆重得多，父亲偷偷到床背后烧一炷香，磕一磕头，姆妈再用筷儿到芬香扑鼻的红烧肉锅里翻一翻，让里面的油坯、笋干再充分浸到肉汁汤里。我和哥哥两人，简直从下午两点就肚皮饿得"咕噜咕噜"叫了。此刻早已忍耐得几近于昏厥。大年三十，中午一顿头饭是故意少吃的，本来吃得也不赖，小年夜剩下的馄饨，热热，中午管饱。可是，从小到大，每年一到除夕这一天，胃神经，胃部的知觉就异常发达、膨胀。胃里向仿佛要游出来一条张牙舞爪的章鱼，把家里所有的年货吞噬净尽。我们除了跟肚皮打架，帮家里洗菜打扫，整个人几乎不说话的，因为脑袋里一直在想吃食，吃这吃那，一直空不过来。小孩子大年三十这一天，很少有外出闯祸的，全都表现出异常的乖巧听话。全部身体的功能，都集中在胃和眼睛上。用眼睛紧张地盯视，用胃部做深呼吸，操练，想象，只待天色一黑，嗨！好汉们赤膊上阵，嘴巴似蛟龙出海。

家里全部是白菜味道，年糕味道，菜油味道，猪油渣味道，粉丝味道，油坯味道，猪大肠味道，肉皮味道，水芹菜味道，酱油味道，咸鱼咸肉味道，酸醋味道，切菜刀味道，生姜味道，黄酒味道，红烧肉味道。全部是水汽、鱼腥汽、煤烟汽、馄饨汽、皮子汽、木柴汽、面粉汽、碗筷汽、锅盖汽、蒸笼汽……。天亮开始，一直到天黑进入神圣的除夕夜，全家整个屋子里一直烟雾腾腾，热气缭绕。父母在这热气中忙前顾后，进进出出，真是不亦乐乎。有两年他们从中午开始已经把年初一的新衣裳试穿在身上，到明早天亮可以显得更加自如熨帖一些。因而除了丰富的菜肴，大年三十这一天家里还隐约飘出新衣裳体面的布料味道，慢慢到来的年味，于是变得更加清新。

新衣裳穿在身上，姆妈显得缩手缩脚，爸爸也拘谨了些，全生怕不小心菜汁把衣裳弄脏。

要晓得，一年四季，他们俩都几乎从没有过一个休息日的，除了生病以外，每个星期礼拜天都是加班，想再赚上些加班工钱呀。

过年，成了他们一年中唯一一次名副其实的假日，而且双双休假，并肩替家里置办年货。

30

大米一角四分钱一斤。街上的这个米价，多少年都没见任何涨跌，这米价精确地丈量出饥饿年代中国的老百姓对日常基本生活的承受力及忍耐程度。跌一分不可能，高出一分，也绝对行不通。

一般家庭，若是两个儿子，长子政府照顾了，进工厂分配工作，次子必定听从国家安排，到农村插队落户，也有的家庭是长子当农民，次子当工人。进厂是做三年学徒，第一年基本学徒工资是每个月十三元。第二年拿到每月十五元。到第三年，拿十八元钱。三年学徒期满，做正式工人，工资每月有两种，一种二十五元，一种是二十八元。显而易见高工资的那一种是技术工种，例如做钳工、车床、电工、机修等。小青年熬到学徒期满，拿正式工资，就可以寻媒人讨老婆了。

1976年，当年婚宴的桌头菜，平均每桌十五元，酒水不算。实际上那几年里酒都很便宜。虽有"十大名酒"一说，老百姓家却根本用不上，一般都用本地产的土烧，自酿的米酒、黄酒。啤酒那时还没听说。1985年左右，中国人才吃到味道古怪的国产型啤酒。

结婚，女方考究点的陪嫁里会有一架蝴蝶牌缝纫机，这买缝纫机的钱，有时也会由男方家支出。问题在于，缝纫机都要到上海托亲戚买，而且每买到一台都要凭内部派发的券。那时这种手表、缝纫机、脚踏车的券，比人民币还要值钱，还要难弄，不是说靠出卖体力就可以挣回来，而要靠关系和人情。每个县城、小镇，每个季节也有一定的紧俏商品的份额，例如一个月里，分派到一个乡镇上两架"蝴蝶"牌缝纫机，为了眼热这两张券，镇上大大小小（职务）的人都要打破了头。

"蝴蝶"之外，尚有永久牌缝纫机，也是上海产的。

小城里，有专做"媒婆"的妇人，巧舌如簧，尤善进人家门察言观色，也有在社会上立足的名分。一般都打扮得干净体面，身上有当时最时尚稀缺的化妆品香气。

无论哥哥和我，都有过媒婆上过我家的门，都是姆妈正襟危坐地接待。

我之所以还记得媒婆上门来的事情，是因为每一次，家里都拿出最好的点心招待她们。吃茶，用茶叶末末。饼干筒开出来，不够的话，立即吩咐哥俩中的一位上街称桃酥，有时还隆重地削只苹果。记忆中，我哥和我嫂的婚姻，就有正式的媒婆上门说亲（提亲），撮合而成。这在1976年的中国，是被社会普遍认可的一种明媒正娶。

媒婆在1980年之后，不知何故，就忽然从江南市井中神秘消失了，这是当代社会里最早销声匿迹的一种古老而又神秘的职业。很多年以后，有过这近似经历的人才会恍然回忆起，当年媒婆上门来时的紧张和庄重。好像媒婆还坐在旧宅朝南厅堂的那张椅子上，正襟危坐着，穿着她仿佛古时候传承下来的特殊的制服。一家人无论长幼，全大气都不敢透出一声。

31

夏天晚上陪姆妈去上夜班，觉得一条黑黝黝的北门大街和头顶星空也没什么两样。那个时辰街路静着，而且是静了很久听不见一点声音的样子，侧旁是一条闸桥河静寂地流。有波光潋滟，闪烁明灭，河中心仿佛也有流星忽然迸溅，吓夜行人一跳，更何况此时的夜行人是一名小孩和他胆小的姆妈。那一夜姆妈不过快四十岁。星空与河岸，几乎是平行。星空疏朗，因为有一枚月亮大的银盘，河面上阵阵波光，更映出旧街市自西向东的一长溜房屋。房屋的影子，跟黑黝黝的夜空，也一样透明幽暗着，仿佛是从我童年小屋里走出来的事物，即使我躲在被窝里拼命幻想，也幻想不出来这么完美的夜色啊！我仿佛就携着姆妈暖呼呼的手，在星空里行走。河湾尽头吹来的风，更使得这一幕显得恍惚、逼真。我沉浸在星星的旧檐木，旧的门窗屋瓦气味里。星星们也像睡着之后静了很久的北门街人呵，儿时，天上的星星就是我身旁北门街的居民。这绝不会错的。我看见星星的蓝瓷门牌号，我看见一个个神秘的数字，一扇扇房门隐没在弄堂深处。我和姆妈，和星星，和河流，一起快乐地走着。星星岑寂，终有一天我也会岑寂，而光耀夺目的童年也就在这岑寂中醒着，在黑暗中走着夜路，也挽着姆妈的手。

夜空因此有姆妈的体香，穿的的确良衬衫、干净衣裳的味道。这是一种很久以来我都无法忘掉的体面的味道。晚风习习，仿佛最古老的裁缝手艺呵。

我在河边上走，我事实上在一个叫做"北门"的老街上走。我为什么会忘掉呢？

河流"吱呀"一声，推开小巷的门。

我看看姆妈的脸，又看看月亮。

有偏头痛毛病的姆妈，也经常吃医治神经衰弱的药。

月亮，像北门街头的一间药房。药房里，柜台背后有数不清的考究而又神秘的抽屉，抽屉一只只被细心的店员们编了号。

除了月白风清之时，其余日子，圆缺不定的月亮亦有中药味道。

更多时候，月色如同街中心某人（某居民）吐掉倒出来的一大摊药渣渣，仔细挑拣，里面有做药引的半只干蟋蟀，小半只虫骸。

闸桥河缓缓地流，转了一条弯，我就要看不见河了。因为前头河岸上一排房屋，靠河边一侧也有了弄堂房子，房子就是"澄北饭店"，再过去北沟弄口。这些房子把阔大的水面硬生生推开了。街道也像一条缓流的河，现在抛开了它的兄弟。河道转弯了。我顺着这人间的河道而下，再出去就是新北门，乡下头的田野了。姆妈上夜班的棉纺厂女工宿舍伫立在田埂尽头，一面沿着河，其余三面全孤零零地沿着田野。那时候靠马路边的田野上还有村民深埋下蓄粪用的大缸，露天埋放着，天亮天黑都有人撅了屁股在缸沿上拉屎，这乡村的景致，都像是古代的遗址了。

我要走好久才能走到街路两边房子的北沟弄口。在这亮着星星的深夜，运河水和田野的气息交织在一起，似乎北门街黑黝黝的深处只闻得见店面排门的味道，年代久远的弄堂味道。其余全被凛冽夜风中的自然界取代了。看不见河了，但闻到木板房门的味道，真是又遗憾，又惊喜。

记忆从此置身于星空的深度，置身于宇宙音画和万物奥秘之中，几乎失去了自己的出发地。童年成了浩瀚宇宙中一个小小的发光体。我透过那道神秘的光源看着周围仿佛新生的世界。

我换了姆妈的手，突然在那一小片空地上长大成人了。我已经回不去了。

我再也没能回去。

32

姆妈最欢喜越剧。一只半导体时灵时坏，广播里播放的剧目又总是半小时半小时，而且以革命样板戏居多。我费了很大的脑筋才分辨出来那是锡剧《珍珠塔》，而并非姆妈欢喜的《红楼梦》里贾宝玉唱段。实在等不来越剧好听，她就听锡剧里著名的"彬彬腔"。

那时候街灯亮着，风有点大，夏末初秋的样子，因为体弱，姆妈天一黑，九月份就套上了厚衣裳，不知为什么，我记忆里有两套不同的县城广播声音，其中一套好像在不远处的马路对面，另一套就在我们临街的家中，广播声音就在头顶上。声音都很响，简直近乎于嘹亮。天还有点热，马路对面那家的广播仿佛在开现场批斗会，有革命群众的欢呼、口号声，有汽车喇叭声，集体的声音之上是一个嘹亮刺耳的女声，在声讨什么什么反革命罪行，这罪行，在天越来越暗的县城上空自然不大可能看得见。另一种广播声音，就是著名的越剧《红楼梦》唱段：《宝玉哭灵》。

"林妹妹……我来迟了！"

"金玉良缘——将我骗……"

整个逝去的夏日都跟着哭，跟着在晚风呢喃的夜空里呼天抢地着。一边是群众大游行时的革命口号声，一边是华丽热闹的古代戏曲的悲泣，令人简直分辨不出现实和虚幻的真假。我感觉整个耳朵都要被吵聋了。可是姆妈端坐在伸出门槛的长凳上，弯了腰，背仿佛有点驼了，摇头晃脑在跟着广播里忽高忽低（风吹着沿街的电线）的戏剧唱腔有板有眼地哼唱，哼了两句，她的眼睛亮亮的，看起来，竟有点水汪汪。

街上，晚风把路灯吹得"哐当、哐当"直响。

33

厂房在河岸上，阴森森的。隔着一条河（闸桥河）看，有一种半是人间，半是森林，半人半兽的暧昧印象。一般小孩子的眼睛，不大容易在夜晚八点钟过后，注意到它。人们入夜都早早睡觉，或一家人团聚着，做点街办加工厂拿回家计件赚钱的活计。例如：糊纸板盒、火柴盒、结橡胶线、帮糖果厂敲核桃肉。每一种活计都有不同的价格，小到一分两分钱一斤，大到两三角。那个年代，挣钱是一种非常艰难、挖空了心思也寻不到门道的事情。举个例子吧，县城里没有几家储蓄所。银行，正规的银行可能只有一家吧，一到两家。银行跟医院，跟火葬场殡仪馆一样少。人们没有积蓄。所有的日常开支都跟当月工资的每分每厘，全牢牢捆扎在一起，牢牢挂了钩。吃了一顿肉，我指的是像样端上桌来的红烧肉，那完全是一家人收入开支中谋划多时，在确定没有任何别的意外干扰之后才小心翼翼做出的不时令人咋舌的决定。不吃新鲜烧出的红烧肉而吃摊头上更便宜的猪头肉，会令北门街上任何一户人家的家长更感觉理所当然些。这期间，谁会去管肉的精瘦优劣呢？有的吃就要知足了，连猪头肉也吃不起只好吃吃猪油渣的家庭是大有人在。我之所以屡屡对夜晚河岸上的棉纺厂厂房有印象，完全是因为陪姆妈走夜路上夜班。对我而言，在小学四年级那一年夜里独自有胆量出门，基本是不可想象的事情。各种听来的鬼怪太多了，故事情节又依附着那么一座古旧的县城，一到夜晚，房子弄堂高低不平，相互冲撞挤压着，可又相安无事。这简直太神奇、太不正常了。夜空静谧得仿佛用一只井里的吊桶把人倒扣在了天井里向。路灯每隔一两百米才有一小盏。底下的路面黑糊糊的，本来指望相连续的那盏路灯的光亮，突然在某一天夜里熄灭了，黑黢黢一片，只剩下一根要伸出手摸才能够确定的电线杆杆。原因很简单：灯泡坏了，路灯熄灭了。这样，白天熟悉的建筑物在天黑以后很快自成一体，变成了某种根本认不出来的怪物。闸桥河早已关闸了，湍急的河水早已缓流成静止的不出声的涡旋。宽阔的水面，只发出阴沟水一样的涓涓细流声。人走夜路的脚步声出奇的大，大到超过了走路人身体的体积本身。这已经是1975年的夏末初秋，我仍旧记得很清楚：我如何隔了一条大河耐心，壮着胆子猜摸对岸那一排黑黢黢的厂房像什么。那儿有清朝的民房，层层相叠，有民国时期高大的塔楼，有已经辨认不出样子来的战争年代的水陆码头……。显然，记忆繁多的房屋不甘于寂寞，它们对日新月异、沧海桑田的人世深怀着怨愤和苦恼，月亮底下摆出一副气势汹汹、不甘于死于被遗忘的倔强劲。它们寂寞地说出了太多的话，可惜一名孩子的耳朵听不清，也听不大懂。它们叽叽喳喳仿佛在一处被遗弃的废墟上集体开会，房顶和弄堂争执不休，砖墙跟杂草丛生的空地相互揪胸脯斗殴……，各说各的理由，各人自有各人的辛酸。这一切都被耽搁了，被冷落误解了太久，都令人遗憾地走向衰落，再也不能激起现世的活人们的兴致和热情。那个河对岸的角落正是死寂的象征。是上世纪二三十年代民族工业集体的坟场。据说有一部分，现在仍旧作为仓库被使用。我牵着姆妈的衣裳下摆，执拗地问过姆妈。我问的都是些奇怪的问题，因为从姆妈回答时又勉强又为难的痛苦表情上，我理解了这些。可是，即使我不问清楚，我走路时眼睛也不可能只盯着自己的脚尖看呀。在其他差不多年龄的小孩都睡在各自热被窝里，早已进入梦乡之后很久，我仍旧跟上夜班的姆妈在北门街路上游荡。那时候一条北门大街，由西往东，多么像有一条模糊光带的天上的银河系啊，其他人间的景象全都沉入了茫茫黑夜，沉入了根本了无生机的黑夜的深处，唯独一条北门街，在我们母子俩脚下，仿佛宇宙中唯一浮现出浩瀚汪洋尽头的发白的堤岸。我们就在堤岸顶上走，孤单地走着。于是我内心一下子膨胀出无数倍的快点长大成人的愿望，以打破这种夜的彻静，庇护心爱的姆妈不要再有孤单、冷落。幻想中，我悄悄成长为一个很有力量的儿子，也就是说，一个长夜中无所畏惧的大人了，再也不会被古怪的河对岸的厂房，被那些厂围墙上沿河投射上去的粼粼波光吓坏了脑筋，吓得噤若寒蝉了。因为那些旧式厂房的故事，已不再能留在人世间富有感情地流转下去。

童年，事实上是一种无助，一份冷漠。那天夜里，我正从这冷漠中慢慢觉悟着，借着狰狞的夜，依稀地醒来。

34

冬天的早晨，厂房灰蒙蒙的。夏天，你在黄昏时注目，厂房是绛红色的。光线变幻莫测，像一幅早已进入博物馆的古画。这是我来到人世以后见过的最大的建筑物。可是，它却好像废弃了似的不派什么用场。这使我模模糊糊相信，在我降临人世之前另外曾有过一个体积更加庞大的世界，那里的人如今都已经不在，消逝不见了。残余的厂房废墟就像集体掩埋他们的那大块的空地。厂房如同神秘的地面，空旷。活着的人走路时全远远地绕着它走。我每天上学，几次都要经过那个模样显眼的河岸，我总注意看河边上的泡桐、垂柳，植物和天气的变化。白天能够清晰地分辨出厂房的进身、形状、纵深的大小。有竖直的长长的一排，明显像过去年代巨型的车间，一排排铁窗保准其日常的空气流通。那儿有个锅炉房遗址；另一侧，在砖砌的塔楼——塔楼外形具有典型的十九世纪西洋风格，有点像英国曼彻斯特郊外的工厂区一角——底下，外墙上装配有奇形怪状的通风管道，管道是直统统的圆形，左右相缠绕，向屋顶上升，然后又在房子后面神秘地拐了个弯，不知所终了。通风管道的外壳，全是灰尘和一绺绺的旧棉絮。这旧的棉絮，隔了阔阔的河面孩子们其实看不大清，可是我在棉纺厂的厂区，到过许多类似的气味难闻的角落。工厂区总是有些奇怪的热气，这里那里，从挂有棉帘的车间门口，从漏风的窗门和阴沟区散发出来。那是一种令人感觉奇怪、很不舒服的热气，夹杂有种种不洁的异味。即使寒冬腊月，人们也对这种冉冉升腾的热气敬而远之。一个车间，远远看，就像在森林里捕猎过程中的一头被猎人们戳了很多枪洞、流着血昏头昏脑快要倒地的大象。在寒流侵袭的大冷天，车间的外墙很多地方，都冒出来白雾雾的热气，说不清爽是烟还是管道泄漏的蒸汽。烟雾大大小小，到处都是，像一个人身上同时有很多处创口，缠绕着重重叠叠的绷带。与此同时，寒冷仍然依旧，看到飘向户外的这些工业热气，人们比前一分钟畏缩得更厉害了。所有走出车间的穿棉大衣的工人，不论男女，出了门全一溜烟朝目的地快跑。地面白糊糊，被一夜寒流冻得硬邦邦的，干泥地变成了水泥地，平常积水的洼地走路走上去简直像是岩石或花岗岩铺的。"蹦蹦，蹦！"人们在空地上跳几下，不用说话，听听声音就晓得天有多么冷了。车间外墙通风管道上累积上去的道道旧棉絮，像旷野枝头的枯叶般瑟瑟颤抖，一秒钟也不会停，从早到晚，一直都在四下里抖动。人贫血，车间也贫血，整个冬日旷野底下的县城全贫着血，苍白着一张穷人的脸。你在冬天上午的太阳底下一望而知。太阳还不能太亮，太过耀眼，稍微猛烈一些，人就有些吃不消，马上就有了温暖的睡意，浑身乏力，什么也做不动了。

机器贫血，房子和弄堂贫血，我上小学的那片校园，那个地方，课本课桌也贫血。

我最欢喜看的是大冷天锅炉房里放蒸汽，工厂下班，汽笛声长鸣那会儿。这是整个县城最为壮观、响亮的一刻。全城像是骤然之间被冻醒、活过来了一样侧一个身，显示它仍旧是个活着的、沉睡经年的古老的生灵，并没有被铺天盖地的寒流撕裂。"嘶嘶"响的蒸汽呼啸着，从墙跟前、房门口，从墙体和屋顶气咻咻跑出来，不留情面，不顾体统地四散弥漫，像一个浴后赤膊的巨人，只匆匆披上一件白色陈旧的浴袍，而且是个身上的肉肥嘟嘟的胖子。工厂上空升起一块白色蘑菇云，紧接着，白色云层被寒流撕扯、捋平，逐渐下降，最后终于把底下的厂房、把塔楼和整个工厂区严严实实包裹起来。人在这团蘑菇云的外面往里瞧，顷刻间什么也看不见了，工厂仿佛被一种奇特的魔术，一个秘密的障眼法凭空变没了。舞台上本来有那么多歌舞场面，突然变得空空荡荡，渺无人迹。观众不见了，掌声消失，音乐和乐队伴奏骤然停止了。厂区的工人匆匆而行，分散成几拨行列，一拨推着脚踏车或拎着包走路往厂大门口回家，一拨向热水刚刚开汤的工厂浴池汹涌而去。顷刻间谈笑咒骂，拌嘴吵闹声，脱挂衣裳和拖鞋声此起彼伏。浴室大门口柜台后面的管理人员根本就来不及分派衣柜的钥匙，最初挤进大门的一拨人根本就是从他手上抢钥匙，柜台前后形成一股哄抢场面。分散在浴室穿衣间各处的衣柜门"乒乒乓乓"一阵摔打。这边要想洗浴的工友还被挤在大门口，那边浴池里间已经有人赤身裸体"空通"一声跳进滚烫惬意的浴池水。厂里还有一拨人，家住各乡镇的女工、临时工，下班时间一到，全匆匆往宿舍寝室的位置赶。他们中的大多数先不忙着泡澡，先要回宿舍放下手里的拎包，放下东西，换掉外衣，反正住在厂里或者厂附近。有人预备吃过夜饭再泡澡，有人先洗一把脸了要进城逛街，有人去宿舍拿了肥皂洗脸盆搓澡巾，再出门去浴池。一年四季，无论寒暑，厂里寻常的一景就是有人匆匆低了头往浴池赶，或正从浴池里体面地走出来，手里拿着一块香皂，一只肥皂盒，肩上搭块毛巾，毛巾的干和湿，显示他洗浴与否。自然厂里的女工不至于这么不雅观，不会像男工友那样大大咧咧把一块毛巾搭在肩臼。即使在冬天，有人洗过浴出来，脚上也只赤脚穿一双凉拖鞋，因为他住的寝室离浴室锅炉房并不远，他那双白生生的赤脚还一个劲往外冒热气呢。可他自己呢，却还吊儿郎当，一脸的天不怕地不怕，让人看了整个哭笑不得。

锅炉房蒸汽一放，气味大为改观了，厂区的空地顿时变得美妙清新起来。离男女浴室半公里远的大食堂开始蒸起米饭，尽管吃饭的饭厅暂时空荡荡，地面湿漉漉的一片安宁，仿佛中午一场号啕大哭，一起可怕的耻辱争端刚刚过去。痛苦的思绪结束了。脸因为刚刚哭过还是湿的，擦脸的毛巾布早已用过，但效果不明显。食堂的饭厅似乎笼罩在一种特别感伤、腌臜潮湿的别扭情绪里。一年到头，这饭厅空间的最知心朋友就是那帮打饭开饭期间吵吵嚷嚷的食客，也是厂里的工人。整个排队吃饭寻座位洗碗打菜过程中，约略有早中晚分开来的三个钟头，食堂发出一种嘹亮健康的十分有益于脾胃的嘈杂声，这嘈杂声从开饭时间的第一秒钟起，一直到最后一名食客起身离去，才恋恋不舍地平息下来，暂告结束。紧接着是食堂内部，也就是厨房灶台上一名上年纪的老师傅，突然把打菜的一只长柄勺子一丢，"砰"一声，人根本不说话，没有任何言语的愿望和力气，只长叹一声。一个鬼鬼祟祟趴在售饭窗口负责打饭的小个子学徒，两只手还机械地撑在水泥窗台边，瘦脸上的两只眼睛仍机械地瞪着外面大厅的门，这时候仿佛突然被一只蜜蜂蜇咬了一口似的做了一个外人难以察觉的痉挛动作。他没有叹气，就算想叹气也暂时不大敢用那么大的声气。他的资历还不到数。与此同时，他身后一长排的摆菜放饭的长条桌面上，一只只比普通家庭洗脸盆更大的盛菜盆子全部空了，干瘪了，只剩下汤汤水水，一小撮可怜的炒土豆，一摊泥浆一样的冷青菜。饭也冷了。放在食堂卖饭窗口另一端的免费汤，整只盛汤用的金属桶现在完全侧翻过来，所有一切一小时之前全部富有生机的新鲜诱惑的饭菜、气息、味道乃至那种用餐时刻特有的热闹氛围，现在全部被蜂拥而来的工人们以一种超大的食量只是动用了一点点人的嘴巴，就风卷残云般一扫而光了。这场面，有点像远古时代，人类蒙昧时期发生在某个原始部落森林中的一幕，只不过，那时的原始人茹毛饮血，今天的工厂食堂内部有一个讲究饮食科学和卫生的流水线工序罢了。食堂内部的空虚是难以忍受的。工作人员在那么大的房子里来来去去，宛似梦游一样，把身上的制服围裙脱下来。大多数人动作滞缓，前来用餐的工人们仿佛把他们每个人身上的力气激情，短时间里全部掏尽了。你难以想象在排队买饭菜的人群达到最白热化阶段这帮食堂工作人员有多么忙乱。他们串前顾后时胸门前端着多么庞大的奇形怪状的金属盆，他们每天和多少数量的大米青菜猪肉排和泔水碗筷打交道。各种方言、口音说话分贝和言辞在仅有的几只打饭窗口前此起彼伏，负责打饭者根本没有时间抬头说话。有时从头到尾只看得见一只只形状成色各异的饭盒。饭盒和饭盒之间相互挤兑着仿佛一股回旋的激流，打饭的工作人员必须像一名合格的游泳运动员那样以标准蛙泳的泳姿不停地劈波斩浪，不停地向前游。游泳的目的地和尽头在哪里，根本无暇注意。而此刻，偌大一个空荡荡的食堂饭厅，多么像一池水突然被放空抽干了的泳池。没有了水，泳池也不过是个干巴巴的空池子名称，一个特别让人容易倦乏的名存实亡的去处而已。

但此刻，棉纺厂锅炉房的蒸汽声音又一次将它唤醒。温暖的热水宛如山涧的清泉正欢快地潺潺流入。泳池透明莹洁的水平面上升，食堂的晚饭时间又快到了，上晚班的一拨人，食堂工作人员，立即按部就班分头忙碌起来。大灶头底下鼓风机开了，电灯、排气扇一溜烟次第打开；大颗的冬瓜、白菜、花菜就搬上厨师桌，整爿的半只猪的褪了毛的胴体"叭呲"一声扔到案台上。这实际上是为明天下一班的伙食做准备，用厨师的话来说，叫"先开好刀"。大叠的盆子碟子乒零乓啷，有人切菜，有人照看油锅，有人一边紧跑出更衣室一边挨骂。有人把系好的围裙捋捋平，发觉前后系错了，又重新解下来，重系一遍。食堂值班的小领导眯着眼睛抽烟，一边歪着头仔细端详一瓶白醋瓶上的生产厂家、日期。洋葱炒猪肝出来了，大蒜鸡蛋也开始起锅，蒸馒头的蒸屉正处于良好运作阶段。工作人员全把每天努力翻新的菜肴品种，馒头米饭当成了从机器流水线上做出来的产品，他们看待一只菜的眼光，可是跟外面正"乒乒乓乓"前来敲门预备用饭的食客们不同，他们只用纯粹的大脑或体力，很少从自己的胃的角度来看待这桩事情。吃饭的工人们关心这盆菜的咸淡、肉片的多少，如果是时鲜的蔬菜，那么，就额外讲究一点新鲜和口感。可是，食堂里的师傅只关心这一大盆菜分量有多重，从厨师案台上搬到卖菜的窗口位置，自己得怎样均匀地分配体力，走路才不至于气喘吁吁。然后是可以供多少人吃，够不够，均匀打出多少分量。大家同样是关注量——一个是饭量，一个是重（分）量。

　　蒸馒头的蒸屉"嘶嘶"作响，穿上白色制服的厨师神经质地用炒菜勺子一下下敲打盛菜的钢精盆。热气蒸腾的米饭锅那边也正渐入佳境。那种熟悉的、使人莫名兴奋的嘈杂声音又要来了，那是人群拥挤的只动用嘴巴吞咽的集体的声音，主要停留在饭厅中央的屋顶上方，在房梁上空。事实上房梁也并非旧式的木头横梁，而早已经改变成水泥预制件，平顶的超大房顶。声音被集中挤压在那一块地方，以至于最后听上去，仿佛是单独的一个人，一名男高音或男中音，正在旷野或山林中练习某种新的发声法，在孤零零地朝着底下山坡下的城市吊嗓子。"开饭罗！"有人吆喝一声，不知是谁，无论食堂内部工作人员，还是外面拥在大门口的等吃饭的工友们，全被吓了一跳，大家愣一下神的间歇，食堂大门"哗"一声拉开了。大门一直开起来不怎么灵便，门上的锁还垂挂着铁链条，此刻是铁链条"叭"一声落下击打在金属门上的声音。不过仍旧没有人晓得，是谁这么热心大喊了一声，每次都有人喊，但每次喊的人的脸都看不见，这真是一个神秘的现象。仿佛吃饭也是一件鬼魂附体的事情。总之，一年四季，年复一年喊叫一声"开饭罗！"的男子，是个身份脸孔无法求解的匿名者。他把时间拿捏得很准，从不早喊一声，也不晚喊半秒钟，就是在那个时间，一个青工的声音，听上去情绪饱满，精神活跃。人们不去追究声音的幕后者的原因是单个的悬念的持续时间的过短。人们还没有回过神来，食堂大门就砰地打开了。那在冬日的天黑时分砰然开启的食堂大厅门，简直就像是大赦之年的囚犯的牢房门一样的，是谁在人群头顶上冒失吆喝"开饭"的那一种悬念，顿时烟消云散了，因为一桩更加重大的事情，顷刻间摆在了每个人的眼前：买饭去，赶紧！

有这样一声吆喝带头，底下的人群的嘈杂声自然就顺畅平实多了。声音像一捆稻束一样，被堆到了县城的旷野上。

大冷天，也只有县城的南北方向几家大的工厂的锅炉房，可公然和这肃杀的冬天叫板。一般街上的居民，光听听锅炉房烧锅炉的声音，就感觉定心宽慰了不少，身上平添了些许暖意。医院也有锅炉房，城南有红卫染织厂，城北有更大规模的棉纺厂。白天县城里再清静，从这两家大工厂的方向总会传来隐约的机声隆隆，锅炉蒸汽的"嘶嘶……"声，有时夹杂有电动梭子机来回飞快的摆动，梭子在机器上来回穿梭，发出密集的机械噪音，频率比秋天的虫鸣，例如那些田野中的蝈蝈、纺织娘还要略快。我说过了，1970年的县城，一整个大白天里穿越县城大马路的汽车，不会超过三十辆，平均一个小时，差不多有一辆卡车驶经。声音和动静很大，但相对于普通岑寂的街市，总显得灰溜溜的。多数时候，大冷天里连工厂机器或烧锅炉声音也听不大见的。动静较大的仍是寒流肆虐的自然界，仍是街巷捎马桶声音，手艺人走街穿巷的吆喝。城里救火会只有两辆老式的救火车，养了几名神气活现的救火人员，一年四季，其他季节根本看不见这帮人，只有大热天了，夏天头，老式破旧的房子容易着火，但不怎么会形成大的火势。因此救火车一开到大街上，百姓总要朝这怪物一个劲"呵呵"地笑，救火车红色的车身和它上面全副武装的人员，在县城居民眼睛里，简直成了一桩令人喷饭的笑话，真有点像上海滑稽戏出场。多数时间，救火车开到大街上，总显得灰溜溜的。平常连警报声也不敢拉，有时拉响半下，突然又自觉做了错事，立即声音耷拉了下来，仿佛城里那几年没什么像样成规模的火灾，是他们救火会的过错。部队驻军、轮船、红色救火车、游行、枪毙犯人的万人大会、大工厂……这几样事情，都比较显眼，有着广泛的社会影响。

另外，汽车不大多见，农村拖拉机倒是寻常的景致。拖拉机"扑扑、扑扑……"城里城外到处乱窜，车头冒着明亮健爽的黑烟，连东门河上清朝留下的石拱桥也敢上。经常把过分曲折的石板弄，小弄堂围墙撞坍，撞出一个墙洞，装钢筋水泥，装黄沙石砂，装农药，装死人，什么都往车厢上装。我看见装得最多的货色是砌房子用的大块黄石。由于负载过重，路况不好，机车的车身扭曲得像乱砖堆缝隙刚爬出来的一条蜈蚣，我们小孩称这种毒虫叫"百脚"。

35

过年的斩馄饨馅，新鲜的青菜馅斩出来一阵水汽朦胧的香味，如果不是大小年夜，平常是闻不大见的。青菜馅、卷心菜馅、苋菜馅，斩出来味道全不一样。因为做馅之前，这些择清爽的蔬菜，全要放在篮头里一把把摆好，到滚沸了的开水锅里过一遍，江阴话叫放在水里"拆一拆"。拆出来的青菜变成了熟的颜色，锅子里再用筷儿拣到砧头板上，一棵棵还是整棵的，用菜刀细心用功斩碎、切细，汁水挤干净，滤在一层纱布上，再跟其他猪油渣啦、虾壳虾干啦，一起斩碎了摆到大的洗脸盆里，一家人然后坐下来，围着那一大盆现成的馄饨馅心，开始掀开一张张摇面店里机器摇好的馄饨面皮，裹起馄饨来。整个过程，菜馅味道鲜洁水灵，馄饨皮子清气体面。碎肉香，油渣香，筷儿头上的清水味道，一样样弥漫开来，被生面粉的味儿一刺激，全都诱人食欲。到那时候，一家人大大小小，都分工明确的。看炉子的负责煤球火候，准备佐料的切起了姜葱，裹馄饨的筷儿上下起落，一只只裹好的馄饨立即被码放到揩干净的盘篮里。对于小孩子来说，再没有比参与过年时的家务事宜更好的教育了。

记得寒冬腊月，过节那时候，人们只吃得上青菜或卷心菜馅。别的馄饨馅，韭菜啦、苋菜啦，由于受时令节气的影响，过年辰光是根本看不见的。韭菜馅必须在一年中的三四月里，田里新韭菜上市，弄两顿馄饨尝尝鲜，江南春天的味道，才到乡里百姓的口中转上一轮。到了大热天，一般人家也不大有心想弄馄饨吃，因为那时候没有冰箱，馄饨的皮和馅心，都容易发馊。到一年中的大小年夜弄馅做馄饨，对于馄饨的保鲜而言，正是最佳的时节。小年夜裏出来的馄饨，晾到屋梁上吹干，最长要吃到正月十五。小辰光，我时常在不同的人家吃到略略有些发馊的馄饨，这在某种程度上，更加深了我的味蕾对于市井食物的敏锐分辨，因此，过年时家里裏出来吃的第一顿馄饨，印象中简直可以用灿烂绚丽来形容。砧头板上斩出来的第一斤青菜，第一锅滚沸的面汤水，做佐料用的第一调匙酱油，正如户外落的第一场雪，都曾让我小小的心庄严屏息，狂喜不已。别的不说，过年之外，一年里其他季节也有人家裏馄饨吃，但毕竟少数，一条弄堂只有孤零零一户人家厨房飘出下馄饨的面汤水香味，这类情况，哪里比得上大小年夜家家户户砧头板上全部同一时间都"乒乒乓乓"斩起了青菜馅那样的繁荣壮观！小年夜吃馄饨，是县城人家自古皆然的习俗。几百年来从不曾有过更改。因此在儿时旧历年的最后两三天，江南乡镇的大街小巷，或深长，或狭旧的石板里弄，统统笼罩在一层滚沸的开水锅里下馄饨的热闹气氛里。到处全是烫热的熟青菜味，那初雪也似莹洁的馄饨味道呵！冷风吹来生熟各异的面粉和馄饨皮子香，这味道，至今仍在我记忆的深处萦绕。所谓户户节庆，家家飘香，用在小年夜这一天的吃馄饨上，丝毫也不夸张。

姆妈裏的馄饨最最好吃。每一只刚下出来搛到嘴的鲜热馄饨，表皮似乎都有姆妈手指头上的芳泽香味，姆妈似乎把对两个儿子的欢喜感情一层层捏到每只馄饨的皱褶里，结结实实裏到了馄饨的皮和馅心里面，我们吃时全小心翼翼，既吃到了父母谋生时的辛劳，也吃到了过年时节庆的喜悦。一只只热腾腾的馄饨，在昏黄的电灯光下，冒着热气，吃到嘴里，仿佛一时之间，有了无穷的意蕴，回味多多不说。在回忆里，似乎仍旧一次次被撩着夹着送到我记忆的筷儿头上，回忆的面汤水和煤炉的火候，似乎更甚于往昔，下馄饨的汤水正接近于沸点，而我已在人生的另一头百感交集，涕泪纵横着。

寒冬腊月，我觉得最能御寒的还是家人的感情，程度不一的食物的香味，比如刚斩出来的馄饨的青菜馅。小辰光田里长出来的小青菜，也似乎和成年之后不一样了。

哥哥学裹馄饨，学得很快，我就笨手笨脚的，时常把馄饨皮捏得水汪汪捏破了，捏出水来，一只馄饨也没裹像。于是只好负责去看管炉子上的水，帮家里"下馄饨"。我至今仍记得一大洋锅子馄饨水滚沸时泼出来洒在炉膛和炉身上的声音。下馄饨用的铁丝编制的"捞篱"，北门小桥头专门有一家日杂用品的小店，店主人有着一手传统的手艺，天天蹲坐在店门口手工弯制。店主人姓刘。刘师傅做的捞篱，不仅北门街上，闸桥河两岸居民，就连过路的船上人，也全到他这里来买。但捞篱平常也难得用，拆馄饨馅、拆做馒头的萝卜馅用之外，一般大饭店里下面的灶头上，才会用到。

捞篱拿在手里轻轻的，馄饨一只只"扑棱棱"下锅，稍许煮一会，水滚，捞篱伸下去兜底一圈，一定要碰着洋锅子底，这么往上一翻，馄饨一只只就浮起来，熟了，趁热起锅，几乎在起锅的一刹那，先前半生的馄饨竟然在雾气腾腾的汤锅头上全熟了，而且一只只皮和馅都紧绷绷的，看着也好吃，江阴话叫"滑叔"，形容口感滑爽的意思。一时间空气里全是馄饨面皮和青菜馅的香味。

煮熟的青菜，会有一阵跟户外天寒地冻的冬季相谐和的暖香。菜味道，加上拌馅用的豆油香，是快要过年的大街上一阵令人欣喜的秘密馨香。湿叽叽的青菜馅心，全是用豆油放在铁锅子里拌出来的，用铲子一铲铲拌均匀。

小孩子几乎等不及案板上的一大堆碗啦、姜葱啦、醋啦、面皮子啦，就偷溜过去，锅沿上用手指头抹一把菜馅，也不顾馅的冷热，就咂吧着口水吃将起来。

那时候家家户户还没有电视机，连普通的半导体都很少见，自然不可能有什么近乎"天方夜谭"之说的"中央台春节联欢晚会"。或许正因为这样，我把小辰光过年时的漆黑寒星夜记得格外清晰，可说是心头永远铭刻的幸福印记。吃完团圆夜饭，家家户户开始放炮仗、小鞭炮，由于夜悠长，放的人不管小孩还是家长，全神情悠闲，兴奋期盼之外，也有些别出心裁，又显得懒惰油滑。大年三十，家家都有守夜的习俗，不许困觉。把圆台吃剩的菜撤进碗橱——1970年除夕，我们家甚至还买不起，没有碗橱——后就开始端了一只大竹盘篮，开始全家搓团圆。姆妈和面，爸爸亮出胳膊揉面。小孩子个个肚子已经撑得滚圆。连走路都走不动了，也就是说，从吃饭台子上都快下不来了，却还一心想着要到户外黑沉沉的夜里去看年景，放鞭炮，围着一只泡炒米机不肯走。泡炒米人也是可怜，过年前一个礼拜，就开始连日连夜弯了腰干活，不停地添煤，拉风箱，添糖精。到大夜三十，年夜饭都是左邻右舍的热心人家里端过来给他们吃，眼看街头排的长长的队一点没见缩减，父女俩急得都快哭了。这时候路灯光里看，整个人已经脏成一根黑炭样子，说"快啦快啦……还有三家人家"。话音未落，弄堂里又有小孩挽了大人的手，掮只筲箕过来抢着泡炒米……。地上全是红的鞭炮屑，多得跟天上的星星一样。全城弥漫在一层炮仗的硝烟味里，仿佛大地深处骤然间开启出来一个军火库。我则把手撑着下巴，早已昏昏欲睡。实际吃年夜饭，吃到第6块红烧肉时我的胃已经完全没有知觉了。可是，桌上还有走油肉呢！走油肉过年怎么可以不动筷呢？一大山海碗块大的肉，精肥适中，电灯光下闪现亮汪汪的红酱油光。一家四口放开了肚皮，也只吃掉一碗半，笃罐里实实满满还有一大笃罐。此时红烧肉的肥油已经在温暖的灯光和夜色中满溢流淌。我的头脑也已经像被嚼碎了的肥肉，再也撑不住、塞不进什么了。必须拣一筷黑塌菜，到嘴里去去红烧肉的油头，此刻塌菜的味道，真是丢舍不下的美味。但米饭已经吃不动了，心里开始转外面马路上弄堂口的念头，这是整整一天以来唯一一次把注意力从过年的家中转到房子外头。但心却为时已晚，在过度的温暖和美食中一个人的心力完全涣散了，幸福早已经来临，悄无声息，把心包裹起来，人在那样古老的幸福感里失去了任何念想意志。我的双腿和双手早已经缴械投降。耳旁朦朦胧胧只听见姆妈说："……这阿胖睡着了，脸也没洗，身上全是肉汁菜渍……"灯泡晃动了一下，屋子外面"乒——乓"一声炮仗升天，可是我却在桌子边上瘫软得动弹不得了。才夜里七点多钟，我就把稚气可掬、在黑夜里蹒跚而行的旧年送走了。

年夜饭吃着吃着，突然浑身不动了，嘴也闭牢了。看房子里亮灯的空间已经模糊，估计姆妈也发觉我的眼珠子不动了，愣在那里。随即，一句话、一道菜、一个什么声音突然解开了这道魔咒，嘴巴又上下动作吃将起来，眼睛眨巴眨巴，但是有点摇头晃脑，有点像晕船了。长江里风浪太大了。而后，觉得两只手热得不行，耳朵、脸、额头开始发烫。耳朵听不见大人说话，听不清爽，只剩下"嗡嗡"一片，仿佛头顶上的电灯泡变成了一只被捅开了的马蜂窝。无数蜜蜂"嗡嗡嗡——"追逐过来，可是我肚里还想吃那只猪蹄髈，那只炖汤砂锅里的猪蹄。汤里的猪蹄因为一层肥油，已经被一层网状的油垢凝结在一起，闪闪发亮。你用筷儿去搋，一夹，那一层油网也跟着被从汤面上拉起来，简直……我不怎么有把握。我还啃得动吗？这个宛如世界诞生之谜的超难问题停留在我脑子里，有半分钟之多，弄得我骤然间摇着头一醒，好像刚刚睡死了过去半分钟。

看爸爸在抽烟（过年抽的是前门牌香烟）。烟的味道很好闻。我甚至闻到了其中尚未被燃着的烟丝的气味。看哥哥正用一种古怪的眼光瞪着我。我吃不动了，油坯冷了，肉皮冷了，粉丝和白菜，甚至那碗黑塌菜，也没有人动一下筷儿了。

我坐在那里，模模糊糊，有几分得意，又有一丝懊悔。

不幸和懊悔，是那一天里最后存留在我脑筋里的意识。

36

我不晓得怎么被姆妈、被爸爸抱上床的。脸也没擦手也没洗。当我再次睁开眼睛看见屋里的灯光动静，已经是除夕夜刚过的新年莅临的凌晨，实际是新旧年景交替的那个神秘的子夜时分。我呆呆地醒来，躺了有几分钟，想不起来周围发生的事情，然后突然想到，突然意识到了正在过年，黑漆漆的房间深处有一层外面房间透射进来的金色光晕，爸爸姆妈正在那灯光下，头碰头做事体，在搓年初一早起头吃的糯米汤圆。屋子里里外外已全部打扫干净，桌子擦了，地板拖了，穿衣镜、台钟、五斗橱，全在午夜临近的前夕收拾干净了。那张吃年夜饭的台子，灯光下被干净抹布揩洗得油亮油亮的，桌面上仿佛从未端上过什么红烧鱼、砂锅、油坯塞肉。我仿佛来到了一个新家，一个新世界的门槛跟前，我揉了揉眼睛，又一次懊悔地想起来吃过夜饭怎么稀里糊涂睡着了，什么放炮仗到外面马路上去串门全没有玩成。现在，最热闹的炮仗声音最多的午夜时分已经过去，家家户户都恢复了节日前的安静，那是一年中从未有过的，最安静深沉的一夜。新年已经悄悄地来临，在黑夜里听不到一丝动静、一点声音，仿佛新年从头到脚，都被裹在了一层贵重华丽的锦袍绸缎布里，被裹得严严实实地走路，连两只脚也不例外。因为那种安静，只有铺了很厚很软的地毯才可能实现。也许，这个新年，是一名被天上的神仙装扮一新，悄悄从臂膀怀抱中逐一递送到人间来的置身襁褓中的婴孩。这午夜的新生儿此刻睡着了，人间的夜幕也因此显得清冷，显得分外香甜，显得庄严肃穆满怀着幸福莫名的憧憬。姆妈在捏糯米团子，爸爸在搓团圆，听得见手掌在干面粉中在盘篮底里来回触摸的些微声响，那声音和他们俩的交谈声，那种压低了声音的亲密感觉十分吻合，古老一如我们童年时的粮食。我悄悄聆听，也可能叹了口气，爸爸姆妈那边交谈声突然中断下来，许久，听姆妈在说："这个阿胖好像有点醒了，不知会不会起来……"爸爸说："他这样困思懵懂，起来要受凉。"于是盘篮里的四只手继续。我也重新回忆起来父母的告诫："大年初一不允许说骂人的粗话！任何难听的口头语一定要在过年这一天里完全戒除，否则过完年嘴巴要生疮！医院看一年也医不好的！"我醒在床上，被头筒暖呼呼的，肚皮里还是饱的，用手摸摸，还圆鼓鼓呢。这时候身上的味觉、嗅觉开始醒来。我开始用鼻子在空气中，在屋子里里外外搜索：煤炉有没有封好，封上多久了。水缸还剩多少水，年糕放在哪里，馄饨晾在哪边的屋梁上（用篮子悬吊上去）。大门外面冻豆腐有没有冻好？红烧肉端走了吗？还剩多少？那只砂锅呢（我于是回味起来炖得脱脱烂的猪蹄肉的肥厚）？腌咸肉钵头里的咸肉呢？夜风里有一阵大前天腌到另一只钵头里去的咸鱼的鲜味和腥气，我的鼻子把这一阵好闻的气味道牢牢捕捉住了。我在黑暗中停下来，顿一顿，又开始回味年夜饭那一顿全家人团圆的菜肴滋味。县城此刻黑沉沉的，夜色似乎累积上了一层陈年的青苔。全城似乎被压在一只样子粗笨的旧钵头里，被遗弃在了水乡江南古老的原野上。只看得见河流农田静静地躺着，没有一只航行着的船，没有一丝夜行人的足音。河流将辽远的大地分叉开来，宛似睡梦中伸到被窝外面来的人的手臂，把搭放在睡床上的一件棉袄、一套小人的衣裳随意地推开。在北斗星座转动它的斗柄之际，河面在星光下闪烁一道道闪电形状静谧的白光，银白的光束悄无声息地游走，四处窜伏栖息。水乡纵横的河网因此获得了一年中难得的最安谧的节日之夜，仿佛这些河流，一年里就只睡了这一觉，其余时候，都在繁忙辛勤的劳碌中。河码头上砌筑百年的石码头破损陈旧了，显示出被不腐的流水销蚀腐损了的美丽的印渍。水有一个新年的影子，黑黢黢的，街道沿着河流铺设，流贯向大地各处，沿着河低伏下一道道小巷弄堂，弄堂跟弄堂拼凑着看，仿佛一个个篆刻下的汉字，字形古朴、稚拙，晦涩难辨。河流因此沿着汉字的偏旁和局部的笔画在粼粼波光间起伏翻舞一般横、撇、竖、折、点着。小城的鹅卵石路面此刻闪闪发亮着，因为今年的除夕夜没有雪而暗自庆幸。也可能是心情黯淡着，尽可能多地把身子缩向路灯照不到的黑暗地带，在怀想什么古代罕有的年景，一个个距今年代久远的，英雄辈出（例如：隋唐时代，宋神宗）的斑驳褪色的年景。谁能够晓得一颗星能够照亮多少人间的岁月？瀚墨一样黑的夜色里，一名古代的孩子睡着了，一张床像一只舌头一样轻轻将他舔去。家里的煤球炉封好了。水缸还剩半缸水。年糕上筷儿头点的红点也一方方比什么过年的好东西都颜色好看。馄饨晾着，一半冻住了，露在一边的馄饨的皮快要结上冰霜了。冻豆腐只剩下耳朵边户外"呼呼"响的寒风。红烧肉端走了，端进了碗橱。碗橱显示出一年中从未有过的拥挤，盆子碟子装了菜肴，一只只叠起来，都快塞到碗橱顶上去了。年年如此，我指的是年年大年三十这一天，碗橱根本容纳不下这多热情的油腻，放不了这么多隆重正式的大鱼大肉。肉片和排骨睡梦中还在滑稽调皮地笑呢。青绿绿的水芹菜幸福地保持谦卑无声。一只猪蹄子早就倒霉地被挤到盆子外面的空间，掉落在了碗橱中间一层垫板上。天哪，这天晚上碗橱好像比中国人的火车还要挤。火车一路行驶，一路边门窗口全趴满了人，碗橱呢？门外垂满了一串串腊肉香肠。门已经开不了了，一拉开，食物菜肴就要往屋子地面上倾倒，那可是一连串的食物链式的多米诺骨牌，因此爸爸临睡前用一把小挂锁把它们锁起来。挂锁上的钥匙，只有这一家人的主人才有资格保管。每次烧饭，都要由他亲自到场，取出装在衣裳表袋里的钥匙，一只表袋位于父亲的中山装，那件过年新衣裳的左胸上方，几年前那里是别上毛主席像章的位置，现在不时兴了。钥匙开锁还要当心，开了锁，同时用一只手托住碗橱的门。因为两扇门已在这之前被里面酝酿各类暴动方案的菜肴碗盆挤压得鼓鼓囊囊。还得留意晃来晃去的香肠坏事。香肠挂在那里，就像新年莅临之际，不出声的义务宣传员，有点像红军长征途中，不停地给沿途的伤员士兵加油鼓气的宣传员。像中央纵队，像红四方面军，也有点像红一军。林彪的部队。但现在酱油掉出来了，酱油瓶快要被挤碎挤破了。肉汁从一只白瓷盆里缓缓地流出，天哪！仿佛在跟黎明之前到达的寒流赛跑，因为只差一点它们就快被寒冷的天气冻住，凝结住了，只差那么十来分钟。也许只有几分钟，这样，淌下来的红烧肉汁对于穷人就是一种损失，尤其对穷人家正在过节的小孩子。本来，这些肉汁在饭锅头上炖热了，作为浇到饭碗头上的淘饭的菜而言，是多么令人难忘的美味啊！即将冲破云层的肉汁水，就这样又被云层遮没，慢慢地覆盖住了。是中国人谁没有吃到过红烧肉汁淘饭呢？一个人与其要去惋惜他成年之后的婚姻不成功，不如去惋惜他孩提时代少吃到的一汤匙红烧肉汁，一碗香喷喷的肉汁淘白米饭呢。我们小孩叫这种饭"红饭"，说是"哎呀你今朝吃的红饭嘛！"可不是吗？很惊奇，也更加得意非凡。童年的境界，莫过于饭后嘴巴边上，脸颊上还残留着一抹抹的肉汁水，酱油印渍。这些，全是小孩子过年辰光的勋章呀！有的人明明被发现了，被街上其他小孩夹杂有一丝嫉妒心地当街指认了，他还悻悻地背转身去，悄悄偷着乐，有意不去管，实则根本舍不得去揩脸揩掉呢。

　　黎明，受了伤的碗橱率先在屋子角落醒来，并非黑沉沉的碗橱本身，而是它里面菜肴的数量、内容醒来。贫穷第一个醒来，紧接着刺骨的寒冷，户外寒风醒来，随之而来的是人世间带点贫贱天真样式的年初的幸福醒来。屋檐和房梁上的蓬尘蜘蛛网醒来，窃窃私语的老鼠们醒来，老鼠们激动了一夜，几乎彻夜未眠，为一屋子的这么多的油腻、宝贝和食物，全世界都在它们的耳边奏唱一支厨房之歌。搪瓷杯沿上剥落的白色搪瓷醒来，红色太阳升起，社员庆祝的大时代，人民公社的幸福图案醒来，葵花和葵花叶子醒来。冻僵的水缸醒来，房子里几乎没有一只空的篮篮，没有一只空碗。所有的器皿和容器里全都有内容，全有吃剩或精心贮备的食物。一只孤零零的调匙醒来，蜿蜒下它的瓷白色，如同整间屋子在天明时分流滴下的一道口水。六点四十分，第一只新年的炮仗在县城东南方向升空，仿佛原始的狩猎为生的部落朝天空发射的一声信号，全城像街道底座裂开了一样响起宛如潮水汹涌的炮仗声。一串串的小鞭炮就像火山溶液四处追逐的蟒蛇。鸡鸣遍野，鸡叫三遍过后，由于古老小县城的胃囊在昨夜存受了太多的食物，而在这一年的最初一天里破例地没有反应、没有知觉，更没有听见，连平常睡觉最易惊醒的小孩也没有听见，连垂死在病床上，眼看又一个年关终于挨过的老年人耳朵也没有听见。公鸡一遍又一遍不厌其烦地打鸣，连早晨的霜迹也染上了遍及旷野的鸡声，可是六点四十分第一个炮仗从谁家的屋顶棚沿上蹿上天之前，县城的一切都归于沉寂，仿佛一片远古的废墟，港区、工厂、商店、码头、学校、粮站……所有的地方全都一样地木然死寂。这中国大地上一年四季中唯一一个不设防的早晨，美丽的春节，大年初一就这样无声无息地来临，悄然一如脸颊的热泪。街道仿佛被融化了一样安然恬静，所有的石头，所有的房梁、屋瓦、台阶、砖墙……全都化作了沃野上的泥土一样。人们就这样在睡梦中欢呼他们第一次疲惫和劳累的解脱，第一次嘴唇略微舔舐到的初醒的滋味，这滋味真是优雅，真是意味深长啊，为什么接下来就会是全城震耳欲聋的炮仗声音呢？哦，"爆竹声中一岁除"，这是祖先留下来的古训啊。他们终于睡了一个好觉。父母、家人、同学、邻居、厂里的看门人，食堂工作人员、警察、小偷、画家、夏天座车里的那名婴儿，拖板车工人，终于迎来一个金色的晨曦。环卫工人，卖豆浆的，炸油条的，课上摇铃的老太婆，用红筷儿点馒头的，乞丐，大热天赶往北门轮船码头的外地知青，悠闲的小贩，行色匆匆的船上人，烧猪头肉和河豚子的北门赵和尚，西门程金财，南门某某，东门某某，以及司马街上瞎子沈步云，痴子张三妹，全部鼾声如雷，全部肚皮吃饱圆鼓鼓了地困了一觉。连瞎子也醒来看见了新年，晨光微曦中的新年新岁。这一天除了敬拜祖宗，烧香驱魔，除了哄小孩开心给缺了牙齿的老人剥花生米，大街上空空如也，什么也没有，除了欢庆和欢娱，恶作剧般地不拘言笑，古代赶尸一样的拜年访客，吃糖（那么多的糖果！）吃团圆（洒了些许的桂花），嗑瓜子，敬烟，点炮仗之外，世界仿佛进入了一个没有职业，没有记忆，不存在任何可能的劳作，消除了一切贫富差距并且人人笑脸相迎的古代大同社会。首先，城乡街路之间没有一个旅客，没有人选择这一天出门远行。人人敬老爱幼，个个鲜衣新鞋，脸上的表情都是新的。我枕头边的压岁钱早已醒来，我却还仍旧睡得很死，早在一周之前，我和哥哥就在为大年初一早晨谁最先醒来，比谁先跑到父母床前给他们拜年（古代是磕头，我们那时已被"破四旧"破除）而互相嚷嚷着争抢，都暗自下定了决心，做醒过来第一名。可是，待到屋外炮仗声大作，兄弟俩却照样充耳不闻，呼呼大睡着。

"扑簌簌"的炮仗声音如同热泪，在县城的脸上肆意纵横，看不见的古代军火库再次被点燃。全城的公鸡们此刻已经全体闭口，只只变得噤若寒蝉。家里的煤球炉子醒来了，最要命的是，年初一弄堂口居然还没有人倒马桶！虽然家家户户马桶里已经装得实实沉沉。姆妈起来上马桶了，有一年过年，我是冒冒失失起床后直冲大床间——我们家里分"大床间""小床间"，房间按床的大小来称呼——跟坐在马桶上的姆妈兴冲冲地拜了个年。弄得姆妈也不晓得是幽默还是尴尬，冲我笑着做了个要揪我耳朵的手势。因为我在熟悉的她困觉的位置，枕边上没有找到她，听帐子后动静，再加上经常和小孩子"躲猫猫"练就的本领，我一转身就直扑大床后角落，果然刚起床，还有点困眼懵懂的姆妈在用马桶，刚用手去抽出两张卫生张，我就喜悦地立定，低眉顺眼说了声："姆妈，新年好！"坐在马桶上也一样体面从容的姆妈朝我莞尔一笑，也说："新年好。"

随着阵阵炮仗的硝烟，户外阵阵寒气飘散进屋，在炉门上方和地板房之间流贯吹拂。一只最大的炮仗落在了我困觉的小床间的窗台上，我终于醒了，揉揉眼睛，听见屋子里父亲起身拉开炉子上炉门，哥哥"窸窸窣窣"穿衣裳的声音，我于是做了年初一醒的第二名。一叠新棉裤新衣裳，隔夜已经叠放在了我的被头筒上面。

年初一，除了早饭是放了白糖格外甜糯的桂花团圆（白糖稀少，平常日脚很少吃到），穿了新衣裳出门前，已经在想中上头那顿饭。按照小头里家里惯例，一般来说，是把小年夜里的生馄饨下一碗，或者熟的冷馄饨热热。但想到年夜饭那只砂锅，砂锅里的蹄髈、猪脚，又想想碗橱还有整只的熟肚子，又有八宝饭啦、油坯塞肉啦、摊的蛋卷蛋饺啦，简直不晓得吃哪一样好，怀着这样的困惑出门，年初头的新衣裳，口袋装满的花生蚕豆，又让人兴奋。总之，初一这一天，小孩子也很容易累。许多体力全耗散在了拼命动脑筋想压岁钱要怎样花这件事情上。再加上进城去看热闹又要当心衣裳被从天而降的炮仗鞭炮这类"流弹"击中，又要想好了中午头是否回到家里，计算好进城的路程，等等，所以难免比平常拘谨。再没有比过年这一天情绪更复杂的日子了。这样一来，小孩子和大人们正好相反，大人在这一天里通常乐呵呵，显得轻松、懒惰。早上起床煮好汤圆，把小孩哄骗出门了，又继续上床在热被窝中捂着，这样的人家很多，除非说好了外地亲戚，或同事好友要来拜年，一般人家都连中午饭也省掉了，懒得再动手做任何事体，毕竟一年当中最丰盛的一顿饭，年夜饭，昨晚上刚刚吃过，又难得休了假，还不如上床困觉。小孩子呢，年初一这一天过得甚至比大年夜还要累，这次不是肚皮和胃的问题，这次是头脑和心累，各种脑筋念头全层出不穷，兴奋地涌现，大街小巷，每名小孩的心力都在超常发挥中，人人都是担心这担心那的，有的发现自己这一天受了冷落，有人要应付刚穿上几小时的新衣裳，地上跌一跤弄脏了，跌破了，回去怎么交代。有的一大清早就太过兴奋，中午头已经走路摇摇晃晃，拖了鼻涕一副没人管随时要睡觉的样子。有人沉浸在毫无征兆的孤独之中，仿佛进城去受了天大的委屈，也有炮仗把手炸坏了，玩昏了头，把手套丢了，各种情状，应有尽有。城里大街上进进出出的人群，孩子和老年人居多。年纪大的困觉少了，逢到节日里，只好多往热闹地方跑。接下来是乡下亲戚，这一天整个白天都没看见一辆汽车，更没有拖拉机。全城的人都是步行，都在走路，脚踏车也几乎看不大见。县城主要的路口，也只有几个小馄饨摊，几个卖甘蔗摊头。记忆中，这一天马路边人家放出来的茶水摊骤增。热茶一分两分钱一杯，卖茶的人家很善解人意，晓得过年辰光大人小孩全普遍口渴，零食吃得太多，肚皮也比平常日脚撑得饱。年初一这一天，我总要花费两三分钱，去路边摊买茶吃。我和哥哥总会在茶摊头上立定，坐在主人家善意端放的小矮凳或长凳上歇歇脚。九十岁之前，我总跟大四岁的哥哥一块结伴往城里去，一块买甘蔗啃买小人书看。簇簇新的小人书总是从我们哥俩手中骗去捏得已经汗湿了的压岁钱的一部分。大街上，小人之间一碰面，立即有了层出不穷的各种交流语言，比如分别掏各自口袋的糖果，比谁家的"大白兔"奶糖多，品种好。又比如交换积攒下来的各种糖纸，有时干脆站停下来，就近找一块空地，一个有围墙地方玩起"飘糖纸"游戏，谁飘得远，就把其他落后的糖纸统统给"吃"掉了。不知为什么，儿时的制糖业也往往会势利，价格越贵的糖果，包装纸也总是最轻最好飘。小孩把糖纸头贴着手掌摁在墙上，说"一、二、三"松手，任凭那张被寄予重任的糖纸飘下来，飘得越远就越狠，别的小孩再飘，就不一定超得过你。这样的游戏，满大街整个冬天都在玩，只不过从年初一开始进入游戏的高潮，因为各人手头的"货色"多起来了，所以年初一出门，满大街炮仗之外，就是飘来飘去耀眼的糖果纸，还有气球。气球作为一种玩具，只有春节前后看得见，平常副食店里也有卖的，红色绿色瘪瘪地排放在一只纸盒中，五分钱两只，三分一只，但有哪个小孩买得起呢？有的多数气球屁股后面还连着一只彩色小竹管做的哨子，气球充足气了，可以自动发出一种单调悦耳的哨音，哨音听上去尖锐、稚嫩、奶声奶气，像很小的婴孩的哭声。年初一这天，城里到处全是这种吹着哨子的气球声音。每年拿到的压岁钱，也总要分派给市场卖的气球一部分。

气球的橙色、蓝色、红色、果绿色……，也让过年辰光的小孩子很容易累。我就经常在几种不同的颜色里傻愣上半天，做不出最后的决定。明明买了红气球，马上又懊悔了，叫嚷着要另一只绿颜色，接着又嫌绿色那一只的哨音太过暗哑，哨声太低了，心里立即闹腾开来。有时买了一只拎在手里，马路上边走边又开始羡慕别人手上那只，左看右看，都比自己那只漂亮、神气。这下，进城一小时的沿路，情绪又泡了汤。

但最让人欲罢不能的，还是过年市场上很少见到的一种氢气球，买到手上，只能牢牢地把绳牵着，不能松，因为这种气球只能用一次，手一松，它就飞了，随风飞起来，飞到天上去，飞到遥远的大气层，直至最后"砰"一声炸开，消失。过年这一天，人在街上走着走着，脸上就落着一样凉凉的东西，原来是片炸碎了的气球皮。

这种氢气球，价钱还很贵，要足足两角洋钱，才能买到手一只。这笔价格，几乎是我所有拿到手的压岁钱的总数，也就是说，我不买鞭炮，不买甘蔗，沿路也不喝水，其他普通的气球也一只不要了，包括新的小人书，全部节省下来了，才能到手一只氢气球！

因此，过年人群中有氢气球的地方，都自动围成一个圈圈，气球的小主人，自然也成了众目睽睽之下荣耀、羡慕的对象。这种昂贵的气球，由于舍得去拥有者实在太少了，所以每一次都经受不起人群的热情推荐和怂恿，走不了半条马路，就放脱气球底下那根绳线，让氢气球表演飞天升空。气球的主人不这么做，简直太说不过去了，那么多双热情的眼睛盯着他看，他怎么能够把气球带回家去，自私自利，不放上天，而让它回家过夜呢？再说，他再不打定了主意松手，别人都要冲上来抢了！有氢气球的人，所到之处，简直有点像是激起了公愤。氢气球可没有什么廉价的音哨，它标标准准就是一只气球，正儿八经可以上天！多少次，我在马路和市场的上空，看一只氢气球慢悠悠地起来，飞过屋顶，飞过县城的古塔上方，然后被一阵风裹挟，猛烈上升，到一定高度，又懒洋洋地悬浮成一只鸡蛋大小的形状，一只小白点。最后，由于太阳太过耀眼，渐渐地变成邈远天空中的一个小黑点，溶化在冬日蔚蓝的天幕深处。我总是痴痴地盯着看，看到最后，看到所有的围观者走光为止。我总是最后一个离开现场。有人还听见"砰"的一声，喊"炸了炸啦！"有几次，我也像是听见了，又像是没有听见。每次,我都深切地感觉升上天的氢气球,其实是有生命的,飞升上了天空的氢气球,好像也牵走了我年幼的心灵。

我一直幻想着在一个没有风的、阳光灿烂的天气里来到郊外,去放飞一只氢气球。因为风大,或田野刮起了风,氢气球会飘浮飞走得很迅速,很快,有时甚至横向被风刮走了。没有风,气球全凭冉冉升腾的大气,慢慢地、悠悠地远走,高飞,这整个过程,看起来会特别美,连周围的山川大地、城镇房屋,也跟着美滋滋地好看起来,令人眼热。正是因为小小的几只气球,我初次领略到了小城内外的风光,领略到江南的屋顶瓦墙、窗的造型,树木的葱茏,蜿蜒的小河之美,云层之美。我也因此爱上了郊外太阳晒得暖呼呼的草坡,这些草坡,自然的草木之美,渐渐也取代了儿时的种种嬉游玩耍。

一直到长大厌倦了各种气球,我也没能舍得真正给自己买过一只真实的氢气球。

飘糖纸,放炮,拾香烟壳壳,打玻璃弹子,打"噼啪子",车铁环……再就是各种各样挖空了心思地吃。

37

小店有的有柜台,有的就门口搁两只凳,摊一块门板,所有吸引孩子们的花花绿绿的货物全在门板上堆放。新年里售出的气球,除了用一根细竹竿挂出来吹鼓了的作样品外,其余全一只只摊在装鞋的纸盒里,气球的表皮还有一层厚薄不匀的滑石粉。店里有好闻的气球味道。旁边一只盒子,放大人用的针箍棉线,其余的盒子里,放那些年里品种稀缺的小百货、洋蜡烛、画片一类。到我上小学时,不知为什么，画片也不卖了。生意最好的，除了气球，就是小孩子装填在铅丝拗成的手枪里发射的"噼啪子"。那实际上是一种批量生产，整叠整叠售卖出去的火药纸，用跟门上春联一样的红纸包装。男孩子几乎人人都有一把这样的自制手枪，有的用脚踏车钢圈上的钢丝拗弯做成。每从纸上剥出一粒脸上生的肉痣一样大的火药，填在枪针的位置，都可击发一次，模拟日后对阶级敌人发动的总攻击。

我永远也忘不了竹头做的气球的哨音筒，尤其是被漆成了深绿色的一种。我记得一只气球到手后慢慢吹胀，然后把吹气口子上的皮层套上音筒，慢慢地气球一边放气，另一边就开始奶声奶气叫出声音来。我说过像幼婴的啼哭，但也像山林里一种鸟鸣，那时的弄堂沿马路，年节假头天天是这种声音。要么是气球在吹哨，要么就是孩子们手里挥舞的"噼啪子"在打响，夹杂大的炮仗、鞭炮和游行。过年时并不游行，不过城里半数的人家全家出动，看起来逛街的人群也像游行队列一样壮观。

过年这一天，乡下和城里的市民都热衷于进照相馆拍照，人人都把过年拍照当成例行的大事，进门照相表情都格外隆重，一副收腹挺胸很讲究仪表的样子。城里的"映红"照相馆早已经挤破了头，排不上队的后来者倒也毫不在意，照样跟自己乡下走半天路跑到城里来的伙伴一路说说笑笑，择一个地方往北门街上的"皇后"照相馆方向去。可"皇后"照相馆里也已经人满为患。我的家就在"皇后"照相馆的马路斜对面。我亲眼看见小辰光大年初头上慕名来拍照的各路乡民的热闹景象。因为北门这一带离长江轮船码头近，有很多前来拍照的外地船民。他们的船就停在闸桥河里，停在长江边的韭菜港、定波闸、水洞坝码头一带。过年全家人也是在船上过的。他们也一样置办年货、燃放炮仗、吃酒、泡炒米，船头上挂一串迎风招展的彩色气球，而近岸积雪的船篷顶上则落满了市井各处吹洒过来的红红绿绿的鞭炮纸屑，船主是个宽脸膛的男子，高大魁梧，年初一这天上岸来逛逛，由于长年在江湖漂泊，他那一副背着手走路的样子总有点与众不同，有点古怪，他的头高高地昂起，整个上半身好像已经不大会在陆路上走路似的显得僵直而紧张。走到北门小桥头，看到照相馆门口生意这么好，他也决定让自己体面一回，留个影。于是用手捋一捋油光锃亮的头发，问题是，他的头发被侍弄得太过热心，弄成了油头粉面的样子，而他整个脸膛肤色又很黑，身上各个部位都很硬结，例如突出的瘦削喉结、肩胛骨、脸颊骨上的肉和轮廓，甚至宽大的手掌，倒棱眉毛，属于那种在长相上颇具古风，只要无意中眼睛睁大一点，别人就会退避三舍，倒吸一口冷气一类。他这样子混在多数是女宾的"皇后"照相馆门口，往那种民国样式的木地板和台阶上一站，周围空气里全是胭脂香粉的吴侬软语，不免心里一慌，一急，把整个身子往上提得更紧了，不一会儿，就热得脖子淌汗了。不过，他打定了主意要给自己一个酬劳，心里想明白了，倒也镇定自若，开始慢慢地留意欣赏起周围女宾们的风骚妖媚，各种搔首弄姿，打情骂俏，小人哭大人相骂，老婆气咻咻把一袋橘子弄丢了，一屁股往楼梯上一坐。照相馆倒也会体恤顾客，大年初一这天免费给人提供一杯酸梅汤，不过杯子不多，在人群中抢不过来。一进照相馆，人人都嫌自己长得丑，不如王丹凤赵丹祝希娟好看。每个人的情绪，都比往常高出许多，本来大年初一就热，再一进照相馆，简直任性活跃到了不像样子，有在拍照之前换了一套又一套新衣裳的，有跺脚的、哼小曲的，有要求表情严肃点、背诵几句革命语录的，有搽脸扮俏的。他大多往女人粉白的嫩颈上望，直愣愣地，一直望到体面俊俏的那位脸涨红起来，慢慢涨至通红，回头嗔怪似的瞪他一眼。有的小美女落落大方，感觉有人始终望着她，仅仅轻轻浅浅地飞起一片红晕，回脸看，也不是瞪，而只是往这边瞄去一眼；这一眼，让闯荡江湖多年的水上汉子有点满意了，觉得这城里的照相馆，真是个不说令人销魂，至少也有点养眼的好地方。虽然木楼梯上上下下地方太小，倒也有点像是戏场的后台，总是把人的心无意间提到了嗓子眼。不知不觉，已日近中午，他竟忘了赶紧拍完照，好到街上去提那些船上要用的干货。他这么一思量，于是留意到进门的顾客中有一名七岁模样的小男孩正仰着好奇的脸盯着他看呢。

这一天的太阳中午头开始才有，病恹恹的，时间不长，因为远近城乡没什么风，倒也有点耀眼睛，有点像玻璃折射的反光，薄亮薄亮，非常温暖。很快就使得节日大街上的景致，为之改观。中午过后，城乡居民每个人都最大限度地抛开俗务，到屋子外面来走走，也有些纯粹是晒太阳，受到这初春暖阳的影影绰绰弱不禁风的稚气春意的诱惑影响。不仅大年初一了，春天也真的露出尖瘦小脸了。漫长严寒的冬季，看来真的就此到头了。"皇后"照相馆是砖砌的三层小洋楼，在这民国贵族人家宅邸的后面是一个两进身普通人家民居的天井，天井再朝南，就贴墙根到了向城里流去的闸桥河水。人往照相馆水泥砌的楼梯井一站，望房子后面看，能看见远处小半处河湾，河岸上垂柳弯曲发黑，看到河滩上逶迤的积雪，看到河岸边露出一部分，小半只木船的船篷，船篷积着白雪。自去年入冬以来下过的三四场雪，不论大小，这露天停靠的船篷都有它的份。雪凝结在船篷一侧的斜面，太阳一亮，一阵微风一吹过来，就闻得见旷野清新的雪的味道。这积雪味道，从小一直到七八岁，时常闻见，我是说一到大冷天。后来就闻不大见了，以后的冬天也下很大的雪，但就是少了点什么凛冽的清芬。这雪味道，通过大人小孩的嗅觉，使那一天里初春的暖阳更加珍贵了。手上、脚上的冻疮又痒又烂、红肿，已经等得不耐烦了。放眼望去，大街上每一只去捏气球绳的手，无一例外不是没有冻疮的。生了冻疮的地方，殷红到透明的地步，可以清楚地透过溃烂的裂口，看见里面的脓血。

也许是在老房子的楼梯井，1970年冬天的雪，才显得有几分锦绣、华丽。过年的这十几天，小孩子最欢喜等人家燃放成串的小鞭炮，那种"五十响""一百响"在家门口放。然后一哄而上，当街开始捡拾其中很少几颗没有炸响的完整货，一旦拾到手两粒，还可以再重新当新鞭炮点响，就像捡到天大的便宜似的，欢天喜地一番。拾这样的小鞭炮，浑然不管天气的好坏，但仍旧比较忌讳落雨天的泥泞，或者走路走得烂糟糟发黑的雪地。鞭炮不管炸没炸，一浸到雨雪泥泞，立即作了废。小孩子几乎一天到晚在为落到雪地上、泥泞中报废了的好鞭炮而啧啧惋惜。

在凛冽的寒风中，天黑了，几个小孩分头沿街把已经燃放过炸裂了的鞭炮重新从泥地抠出来，翻拣一遍，确认不再有漏网之鱼，一旦幸运地拣到"活鱼"，就欢呼雀跃一番，然后珍藏进脏兮兮的口袋里，死活不肯给围聚上来的小同伙们看了，这样的活计，我每年冬天都花大量的时间干，弄得两只手上冻疮溃烂，却还当着满街的寒流，哈哈大笑，乐此不疲。这是过年这档大节目里，最经常练习的基本功。

天黑之后黑暗的小街深处，九点过后仍有"嘤嘤……嘤……"

的气球哨音传来，有的间隔好几条弄堂人家，有的就在近旁。而白天出售百货杂物的小店家早已大门紧闭，没有一点生气。远近街市，炮仗零零落落响着，新年新岁的第一个长夜，渐渐来临了。上夜班一样的辽远天幕的繁星，又暂时接管了这人间沉寂的街市，为了形成威慑力，星星们弄了很多古老的传奇、历史，很多的鬼故事传达下去，尤其传到每一城乡居民家里小孩的枕边，让他们睡觉了仍有事体好忙，有念头好想，都是遥远的根本弄不清爽年代的人物名字：岳飞，杨老令公，桃园三结义，白蛇白娘子、小青（一条蛇的名字），再就是武松、孙悟空和白骨精、董卓、关公、英布、秦琼……，中国的历史，成为每个小孩上床之后第一阵最初的睡意。

历史暖意融融的惨烈、古怪阴森啊！

38

小头里看流星，流星是有声音的，有点像屋棚顶上的瓦片声音，一阵细雨夹带着树叶沙沙声，或者夏天风吹来热的沙土的声音，有读者大概会不买账：别瞎扯了！流星相距十万八千里，哪来凡俗之耳可以听得见之理？别忙，我可说的是小头里，大热天夜里小人成堆躺在门板上数星星。小孩子的耳朵，那时，流星的声音，像一只羊从草地上走过，又像春晒头的蚕宝宝，蜷缩在匾篮里啃吃桑叶。

夏日晴朗，夜间总能望得见许多星星，像缀满水珠的墨绿的网，那个年代，星星们似乎也乐意亲近古老而贫穷的人间，亲近弄堂里有井的街市、四合院、天井、河埠头，屋脊顶上残破的镇宅兽纹。

每过一个夏天，乘一年夏夜街头的风凉，总能逮到那么三五、六七次流星乍现的灵异机会，中间隔开一条闸桥河，河西和河东乘风凉的人堆都有人喊。"嗬……流星！"有一晚上河西的声音早，而且是名细尖嗓音的老奶奶；又一晚上，是我们河东一眼目清亮的孩子，于是不分东西，两岸的居民全都"嗬嗬"喊，齐刷刷仰脖向天，像一排刚放牧进池塘的整齐鹅阵。一时间天河倒挂，银瓶乍裂，那急急坠落中的流星像最初降世的新生儿慵懒的眼睑，一闭一合，待众人用惊羡的眼光捕捉到它，它正从如日中天的地位形象急坠成一小束火棒。带着无限英武无限寂寞无限的遗憾，硬是让看不懂的人类的眼眸深处迸射出来一颗颗天真的童心。那童心无限地追随和向往着，不明事理，不由分说，要去忠诚于茫茫宇宙深处的荒芜英雄路。小小年纪，流星是前来叩访我心灵世界的第一滴自然之泪，那万籁俱寂中亘古的宇宙的眼泪，隔了数千亿万光年距离，人类把早慧的少年理想理解成了哭泣。若干年后，有人说那是被逐的普罗米修斯，也有人说是希腊神话世界里蜡制的翅膀被火熔掉的飞翔的美少年伊卡洛斯。故乡唏嘘一片的街头，更多年纪大的人则接着流星的话题说到神仙世界中脚踏风火轮的二郎神。

流星走过，留下一河滩树影婆娑昏黄的路灯光，一河滩凉风习习的水面，映着河埠头台阶影子的粼粼波光。

"唔……"有人嗯嗯着，仿佛终于心满意足，预先知道了自己人生的结局，于是欠身去端身底下的小矮凳，回屋睡觉去了。有人在夜色中拍拍自己的脸，像是一阵懊恼袭上心头，大人们一时间变得严肃，该说的话，现在也不说了，只一味沉默，用深沉的眼神一味盯视眼前儿女。小孩子全怯怯的，仿佛还在听天上流星飞划的余音，或者假装在听——我自己就是假装在听那种。

说流星当时有声音，别人全不相信。怎么说呢？"此时无声胜有声。"我相信我是听见了的，只不过是在事隔很多年以后，甚至小头里流星闪现的模样，都已经模糊难辨了，这时，我分明听得见儿时夜空的一颗颗流星，在天边，向遥远的西方、东方，任意飞坠下去，这有什么好辨的呢？闪电和打雷不是这样子吗？更何况远在我们大气层之外的外太空？

大人们进屋困觉我仍在听，仍在看和耐心地搜索，流星走过，一般都是夜里乘风凉人群散伙的标志，流星飞掠，夜也凉了很多，如果你再不回家，你这个孩子就有点孤僻，有点不识相讨人嫌了，我就是那个从小讨人嫌的孤僻的孩子，只为了很多很多已逝的正待到来的流星，很多人世间转瞬即逝的美丽，在我当时的脑筋里，困觉是一项未知之谜，古代英雄和眼前黑黝黝的河滩是一项未知之谜，童年，我是最后留在天井槐荫底下那名孩子。

因为我的脸颊落上了一颗凉凉的泪滴。

多少年之后，终于明白了我当时的不走，赖在户外的天井里，是为了事隔数年之后的听见。

我听见了黑暗中耕牛的夜吃畜草。

我听见情人间喁喁私语，混杂着少女肌肤的体香。

我听见了大海涨潮，大地的血脉贲张。

在一间医院孤零零的产房，一名刚降生的婴儿正被从护士的臂弯抱向另一个黑暗中不知名的怀抱。

秋天头来咧，弄堂里会有很多人家做新衣裳，晾晒棉花，扯新布料，箱柜底里的樟脑丸味道。秋风一吹，街巷仿佛又成了新的街巷。热天乘凉搁门板洗冷浴的痕迹被打扫得清清爽爽，夏天没有了，连同那些烈日下面赤着脚"咚咚咚"跑过的小人声音。我一觉困醒，发觉姆妈脸上神色快乐轻松多了，她再也不用为出门出汗，穿什么短袖子烦恼；而学堂又要开学。我开始想念学堂上课时金属的摇铃声音。学堂操场，靠围墙一侧全是梧桐树，我曾在哪段文字提到过，学校雇的摇铃的老太太，传说新中国成立前是哪个大资本家里念过书的小姐。她一天八九次，替我们挨教室摇铃，已经是人老珠黄，一生未嫁的老处女，可她脸上总有什么与众不同的严峻沉思，泄露着她非凡的身世、乱世的经历。她用一只教室用的手摇铜铃替学堂报时，精确守时如同一只西洋进口的老式自鸣钟里通过机械装置按时跳脱出来的鹦鹉。我突然发觉，我已经一个热天头没有看见她了。与此同时，我在学堂整整五年，从未碰见她跟我说过一句话，也包括跟学堂成百上千的学生。她的出现就像一名哑巴……醒在大清老早的小床上，想起她，感觉秋天就更加阴凉更加变幻莫测了。

江阴话说一年四季，从不说简单的"春夏秋冬"，也不说"春天""秋天"，而要在所有"天"字后面，加一个"头"的发音，头脑的"头"，变成"冬天头""秋天头""热天头""春晒头"……弄堂人家要做的事体，就更多了，碗橱抬到闸桥河里清洗。蚊帐收起来，床架、地板刷洗，老棉絮晒晒。去年的旧衣裳一件件摊开，看看还能不能再穿。家里老大的两用衫传给老二，老二的书包传给老三，都有一个新旧事物的传承。秋天来了，于是市井之间一套秘密的日常仪式庄重自如地展开，仪式的主题，有关成长、祖先、记忆和人性。所有小孩出门时，拍拍身上缀了补丁的衣裳，都要大大方方闻闻干净衣裳的味道，衣裳上往往也吸带上了所有家庭里那些针线储物抽屉甚至过期药丸的味道。因此，有一个星期左右，弄堂里全是穿两用衫、长袖，百货店的味道。在一阵阵风吹梧桐树声音里，秋天正像一个古老的戏班子，在小城的荒僻处上演。

拆蚊帐时，帐顶掉落下来的没有被拍死的死蚊子，已经被屋里屋外的秋风吹瘪了，小孩子会看着那蚊子发愣。现实世界中，蚊子简直太讨厌了，总是一拍一包血，总是在你好不容易熬过暑热，快要入睡时在你额头耳朵边上"嗡嗡"飞近。听它不紧不慢的声音，它对自己的偷袭计划很有把握呢。你想拍死它时惹出来的汗，在你眼前紊乱逃遁的小黑影，让你对蚊子的印象全是断残、歪曲的。你身体上留下各种各样被拍打过的死蚊子的尸体、印渍，有时像一颗溅落的雨点，有时像一粒芝麻，剩下几根断肢……，于是赶紧把它从手臂弯，从腿上抹去。然后，乍一看见一只只完整的蚊子尸体，就像博物馆里古代人的干尸，你惊诧自己看到了另一种更加秘密、不为人知的现实，跟夏夜中拍打死的那种蚊子的现实不大一样。这些干枯的蚊虫，看来死得那么忧伤、整洁，全部翅膀触须都蜷曲着，仿佛一个个做着好梦的婴儿。它们怎么没去咬着人就死了呢？或者，咬着了，飞回来躲在屋梁灰尘里暗自忏悔了？这种蚊帐顶上轻飘飘掸落的死蚊子，就像蚊子中的诗人，给人一种华美幽咽的感觉，但也很决绝。人家房间里巨大白色的帐子顶，成了它们自绝于人世时签署下的自白书，一份骄傲的遗嘱，专等我们这些秋风中的小孩子闹嚷嚷拥进来，骤然间撞见它们唯美的结局。我们咬了咬嘴唇，转过身来，秋天已经如此明媚温馨地出现在窗外，在姆妈喊我们的嗓音里。

小辰光走到一条河边，像走近一只冰箱，像拉开了的冰箱门一样，河岸周围寒意袭人，这种清冷，丝毫不因为街市上有节日而减弱。相反，加剧了草木的萧瑟荒凉。远远望去，结了冰的河面光线肮脏，灰茫茫一片，冰的颜色，像家里买的咸菜粉皮，尤其粉皮那样的光泽，河面也一样灰着，冰上有冻结的小半捆稻草，仿佛远方的流浪儿在那上面睡过，白天也吸引了鸟儿飞来瞎啄几下。有折断的树枝、断砖头，积雪几乎看不出雪的模样了，跟一堆粪桶里倒出来的烂石灰似的。这种河边上的寒意，跟我说的那种雪的味道很有些接近，是一种丝毫不经人世污染、纯粹星空的味道，也是纯粹的乡野味道。湿湿的飘雪里，仿佛暗藏有干草垛的金黄色、枯白色，还有秋天的虫鸣变成了虫骸的味道。并且，河岸的冷，跟四处旷野的冷，还不太一样，同样是刺骨，但河岸边则更加阴森，冷到孩子们的呼吸也不能够畅通，呛到你的肺部生疼，呛得你好一会透不过气来。远远望去，冷空气白乎乎的，河床仿佛不断地在往过路人脸上呵气。

不过，春节一到，河岸上明显要融雪了。一种与往常不一样的河道解冻的迹象，甚至透过小城郊外的农家的屋顶，也能够看出来，比方说，透过晚霞滞留时间的长短，透过夕阳的颜色。冬日的暮晚，夕阳越来越红了，就像小孩手背肿胀的冻疮，红得鲜艳，慢慢再红得发暗，证明广阔的原野已经解冻在即。冻土在慢慢地酥软，泛潮，大块的田野颜色开始发黑，空气一反往日的干燥，又开始弥漫开来阵阵寒冷的水汽，潮湿黏人，仿佛过一个年市镇炮仗喧天的硝烟最终点燃了远方一根看不见的导火索，夜晚一望无尽的沃野，一直听得见酷似潮乎乎的导火索慢慢往前一路烧着的"嗤嗤""噗噗"声音，一定是什么东西被烧着了，那是大块融雪在篝火堆上的声音，树林里潮湿的枯枝颓然折倒。深夜的某个时刻，冰箱断电了，冷藏箱层的内外上下，到处全是溶解滴淌下来的水，最初到来的早春，全是残余的冬天存留下来的污垢和脏物。那是一年里城镇各处最脏的时日，弄堂口光线暗旧，田野泥泞纵横。拖拉机也来凑热闹，到处"扑扑扑"地向那晴朗辽远的天空，吐几口黑烟。

新学期开始了。

39

黑塌菜、油坯的味道。刚切出来的百叶（千张）丝的味道。早起头一大早闻桥头买回家的豆腐味道。豆腐冒着热气，刚从店堂木案板上捧起来时还是热扑扑、温乎乎的呢。热的豆腐跟冷豆腐，闻上去还不一样。有点耗辣辣的隔年头肉皮味道，但这种味道被白菜粉丝，被汤里的猪血一掺和，一冲，就变成难以名状的美味。街上遭揪打批斗的"四类分子"之于人类社会，是否道理相仿？木桶里的猪下水味道。那时菜场上还有专门替人家烫猪毛的烧热的柏油，盛在铁锅子里，当街放着；这种柏油锅子平常看不见的，一至年夜才摆出来，像一种古代的秘方。逢到寒流侵袭的阴天，烫猪毛的焦香味会被风吹送到很远。逢到天晴，太阳光鲜亮，锅上的油烟就直直上升，这时候冬天白亮着，而烫毛的柏油锅子浓黑浓黑的，难闻的焦味道，却格外刺激人的食欲，闻上去还暖融融的，使得闻着它的人自己也大吃一惊，哎呀！这么肮脏的营生，看上去倒也不赖呀！

大冷天的厕所味道。厕所又名茅坑，又名公厕，又名粪坑。城东和城西，年龄小的跟年纪大的，叫法、称唤全不一样。小孩子习惯了喊厕所，大人喊是茅坑，有点势利大小做官的邻居会喊它公厕。社会上吊儿郎当的户头、小青年、知青、板车队的、没结婚的厂里工人，都喊它粪坑。上厕所叫"上粪坑"。乡下种田的好像也全喊作"粪坑"。

床的味道，床架子和被头味道不一样。新挂上去的蚊帐味道也不一样。衣橱里的樟脑丸跟针箍的味道。长久不使用的针箍，在盒子里有点锈了，缝衣针不用，也会生锈，这些味道全不一样。

蟋蟀和蟋蟀罐的味道。山上的蟋蟀草味道。小人结伴到君山上玩，玩累了，往山坡一躺，彼此间时常会拨了这种草，帮对方"捎耳朵"，耳朵还能听见响铃草，响着响着又随一阵山风听见山底下的卡车声音，拖拉机"扑扑"上山声音。听见城里向锚链厂声音，听见部队营房那边列队操练的声音，这期间耳朵已经被蟋蟀草侍弄得惬意异常，很舒服了。同伴（一个小丫头）俯在脖颈上问："好了没有。"底下的小人还哼哼唧唧，说："再捎一歇。"

这时候太阳比往常热腾。蟋蟀草好像捎插到了血液里。太阳下你能闻到整个县城的味道，有点干燥发苦，有点腥。主要是棉纺厂里烟囱里的气味，冉冉上升的烟雾夹杂有车间里一捆捆热的棉纱味。

远远地，小城的味道有点难闻。难闻中竟又夹杂了人家院子里种的月季的芬芳。有鸡屎味道，有铁合金厂空地上摊开的一整张钢板味道，有电焊和电石粉味道。不过，也有木器厂仓库里堆的新木材味，空气一立方一立方地显得馥郁。

君山上撅着屁股拔草，采野花，专走危险无人的小径，而且成群结伙地漫山遍野去寻战争年代的炸弹坑，然后在坑底下的草丛困一觉午觉，醒来身上有点凉了。天还是蓝蓝的，比午睡之前更蓝了。

失落的是那一天无论在炸弹坑，还是山头废弃的碉堡里，都没能寻见一块弹片，一小粒的黄铜子弹壳。

翻开的石头，只见一两条红色的蜈蚣，几只迅捷游走的蜥蜴。

幻想中的恐龙、蜥蜴的味道。夜黑的味道。各种不知名，奇形怪状的动物味道。一条街上有一户人家死了人的味道。饼干筒味道。北门头卖洋油灯人家的味道。刚杀的鸡味道。杀鸡时前一秒钟抹了点豆油的菜刀味道。一只鸡被杀死之后，一分钟鸡身上味道就变了。书店里的《毛选》味道（跟小人书决然不同！）。那时候摆放在柜台和柜板上的《毛选》总是白白的，是一种没有光泽的白色，吓人的白。整个书店（新华书店），从进门的地方一直到里面的柜架上，差不多一半的空间里全摆放着白白的《毛选》。另一半就被列宁、马克思、恩格斯的著作占据。书店只有几个人的文学著作，不超过十个人。有鲁迅、浩然的作品，还有《高玉宝》《小兵闯大山》。

从山上下来的路上看大人刷写标语。墙上的旧标语已经一层层叠写过好几层。新的标语纸贴上去凹凸不平，已经很难贴牢。标语的墨迹味道，油漆味道。每个过路人一经过这一段围墙，个个面色凝重，少数几个转过身来看，大多加快速度，匆匆而去。我注意到，刷写标语时很长一段街路，空气会显得肃杀严峻。

春晒头，姆妈趁礼拜日脚刷洗床单的味道。床单摊开晾晒出来占据了大半个天井，连平常用于走路的一段过道位置也兜头被白晃晃的床单覆没了。中午回家吃饭，人穿过天井必须从床单底下钻过去。空气里全是洗干净的棉布香味，全是床单味道，整整一天。从床单晾晒的影子里，人可以感知到春天气流的冷热。有时因为风太大了，不得不在下午就把还没晾干的床单收进屋去。风把支撑晾衣竹头竿的三脚撑吹得直立着在院子地面跟跄了几步，幸亏三角撑（竹竿做的）没有倒下。不过也难说，春天时常有衣裳被从竹竿上吹跑，晾洗的床单被吹落在地的事情。那时，太阳里全是甘洌的井水的味道，有由冷至温热，再变得寒冷的河水味道。大街两侧开始有大片大片晾晒衣物的影子，风来回吹送，影子们忽东忽西。

地面上开始有蓬尘，这意味着天气干燥，春天到了。每当傍晚，城里城外全是一片主妇们拍打晾晒被褥的声音，太阳光耀眼刺目，日头一天天亮起来。一场雨，紧接着连续一周的大晴天。晴朗天气，伴以远方云层中隆隆作响的喷气式飞机，蓝天里划过一道长长的白线。

1967年的一天，邻居阿陆因为"四类分子"的罪名，在街办工厂照例被革命群众揪斗了游街。游了两条街之后，身上绑的绳子松松，喝令其解散回家。陆伯伯也像往常一样心情灰暗，走路时踉踉跄跄，恨不得大街尽头再不要有一个属于他"家"的地方。慢吞吞挨近家门了，只听得屋子天井深处传来一阵阵婴儿稚嫩的吼哭声，他也没在意，折转身到了自家厨房，掀开水缸盖先替自己舀一碗凉水吃，这时他年老的母亲风风火火从里屋追出来说："阿陆啊，你老婆刚刚养了，是个女儿。"

"什么——养女儿？"

"是啊，母女都平安，阿弥陀佛。早上养的。"

"哎呀，女儿养得不是辰光呀……"

"怎么啦？"老母亲看他一脸苦相，催促他。

"快给女儿取个名字吧。"

阿陆一听，水也不吃，碗一扔就往底下一蹲，抱着头嘀咕："起啥名字啦，你看现在这种日脚，我嘛刚游完街，明早说不定……"

"你说啥！"母亲发火了，"游街怎么啦？活人才好游的，你以为！"

阿陆一听这话，就更加垂头丧气。抬脸看了看老母，沉默半天，就说："那就叫'陆陆粉'（六六粉，一种农药，有剧毒）吧。我也最好弄一斤六六粉，吃煞算数！"

新生的女婴于是就叫"陆陆粉"，上小学时"粉"字改成了"芬"，一直叫下去。北门街上很多人家，都晓得陆家门上这一段往事。

40

逢到落雨天，多数往北门走的路，全是容易积水的泥泞，沿河的羊肠小道。那时候上河滩，从有房子的地方要想走到河岸边的步檐石阶，委实很不容易。因为泥地打滑，同时坑坑洼洼，大人小孩都是撑着伞，一步一步跳着走，像是在玩一种"跳房子"游戏。穷人家跟体面一点的人家区别的标志就是落雨天撑出来的伞的好和次，新伞和破伞。

城里的路，除了城区主要的两条柏油马路，好走点的，无非就是旧的石板弄堂，铺黄石的街面。其余都是随天气阴晴而干湿不定的泥地。到人家天井里有砖头地，学堂大礼堂也是砖头地。砖头地也易损坏，落雨天会有无数双脚在上面蹭蹭，用力一阵狠踩，砖块时常会断裂开来。

那时上学，出门要看天气，天气有阴下来的迹象，折转身回家带伞，如果不带，也得让家里人晓得，否则落雨了各人都会担心，不撑伞如何放得了学回家？逢到突变的天气，一教室小孩就围聚在学堂等各自的父母送伞来。下午三点半学堂就放学了，但到了四点半钟还有五六间教室里的学生没有走掉呢，只见黑云沉沉的雨幕中，通往学堂大门口的林荫小道上出现一名撑伞的家长，于是人群中一个学生雀跃起来，等不及姆妈，或爷爷奶奶中的一位走近，就看准了泥泞的雨地一猫腰冲往走廊外的雨帘。也有同学之间是邻居，好友的人家，托了家长顺路带伞过来，一走就是两个，剩下走不了的同学们就更加沮丧，靠墙站着，连话也不愿跟人说。

小时候，姆妈常来给我送伞，此外是长我四岁的哥哥，他们都是已经回了一趟家，又匆匆带上套鞋雨具，再穿过大半个北门街到我所在的仓湾里。落雨天，我一边躲在学堂走廊，一边猜想今朝不知是谁送伞来。不知为什么，我总是更愿意答案是姆妈。

由于姆妈会送伞，我对落雨天并不讨厌，相反，却更加深了对雨天的体验和感情。我是一家四口中最经常天不好而忘了带伞的小人，用姆妈的话说，叫"不听话，不乖！"即使确定了下半天要落雨，也会寻各种借口理由躲避带套鞋雨具的义务，甚至暗暗地宁愿淋雨，也不肯带伞。一来嫌烦（主要是雨天穿的套鞋比较累赘），一来是心里感觉，万一真下了雨，等在教室走不了，还有一个姆妈可能会送伞来的暗暗的期盼，这种期盼本身就是一种喜悦，一份收获。事实上，年复一年，为了这份喜悦本身，我对于自己淋没淋到雨，姆妈真的有没有送伞来，心里已经觉得不重要。有几次，天都黑了，家里也真的没人送伞，我就一头冲进了雨幕。快快活活全身淋湿了走回家去。到家，虽然等待着我的是父母的罚骂，却发觉心里跟姆妈最终送了伞来一样快乐，自己也并不因为淋雨而感冒，相反，一路上总瞪大了眼睛，留心看对面走过来的人，看行人中有没有身影像姆妈，像哥哥的人……

除了怕小孩淋雨，父母还怕半路上泥地滑，"不小心跌到河里……"因为县城里河道多，落雨天的沿河走路，一不小心摔跌到河里的事件，时有发生。

如果又是风大，又是雨大。上学堂的小人即使顶风撑着伞，走路的样子也十分古怪而狼狈。一路跌滑踉跄，有时半路头停下来，竟被雨天的泥泞吓哭了，独自在雨中号啕大哭，向前不得，往后退又不行。所以河边种的一长排柳树，每一棵全被我们用手撑持、抚摸过的。

这种风狂雨急的事情，一般出现在春秋两季。春天时更经常一些。小城时常被笼罩在一层白茫茫的雨帘中。

往仓湾走的那条路，沿着一条河岸上的小路，蜿蜒向前，靠棉纺厂那一头，一侧有很高的围墙。很快围墙被郊区农民家的菜地取代了。菜地近河一侧有零零落落的竹篱笆。看得出，篱笆搭筑得很不情愿……

雨天加深了我对姆妈的依赖。天一落雨，别的玩耍心思全没了，心里全只有姆妈手臂下夹了伞来喊我的温暖声音。有时，即使别的同学借了伞给我，或催促我俩合用一把伞，我也情愿再赖在那一大堆更加不幸的人群中间，情愿自己两手空空，等着姆妈来。我也是从躲雨等伞来的同学和老师们齐聚的人群里，初次得知了姆妈的体面和尊贵。每一个送伞的家长到来，激起的反响都不一样。轮到我姆妈出现，传到我耳朵边，心里向的，全是一致的、最高级的赞美羡慕……

躲到屋檐头姆妈伸过来的伞下，挽了姆妈的手，跳到雨地里，和同学老师告别——那一刻甜蜜异常的我！

冷天，套鞋肚里塞棉花。家境好点人家，家长会经常帮小人替换新棉花，直到套鞋肚里弄得热腾腾，方才让小人穿了上街。刚出家门不久，鞋肚还热乎乎挺干爽的，不久被街上的泥泞积雪一渗，鞋肚湿了，一整天穿着冷飕飕的，就成了一种折磨。因为落雪天雪水容易渗到鞋肚里，上课坐在教室里，套鞋肚湿塌塌的委实难过。

1970年，商店没什么像样的保暖鞋。穿自己家做的蚌壳棉鞋，显然不能抵挡冬天的泥泞。于是胶帮套鞋成为市井中必备的出行用具。

县城裸露在农田边上，北门人家吃夜饭闻得到附近村上人在蔬菜田里浇粪的味道。绵绵春雨，风一吹，溅到人脸上的雨水冰寒刺骨。雨跟大冷天屋檐头的冰凌一样刺骨。斜斜的雨线，弄得上学路上的小孩子，身上一半湿乎乎。总算走到学堂门口了，放下伞，衣裳湿得没办法到教室里坐下来。漫长的冬季，就像一长列误了点到站的火车，刹不住车冲过了站台，一直停到了郊外的油菜地里。

弄堂的房子紧傍着料峭的夜星空。课堂之外，孩子们还有一个更大的识字断文的课堂，那就是窗户外的旷野和星空，大地上四季更迭。城乡之间没有任何其他的遮蔽，几段工厂的围墙，几片小树林，一条护城河而已，辽阔的乡村一览无余。学堂也积极参与到农村的事务里，组织每年农忙季节的拾麦穗，学农积肥，割稻插秧。不仅参观城里的大小工厂，也看乡下人怎样种山芋、种地。

41

城里有条弄堂，叫"白虎巷"。巷门口一幢房子，门口挂一木牌牌，上书"第三居民委员会"。热天头苍蝇"嗡嗡嗡"绕着这木牌飞。

年纪大的街坊说，那块木牌不吉利，前几年打死过人，牌子上溅了很多死人的血。

1949年4月小城迎来了解放军，部队渡过了长江，打过江来这一天是4月22日，正好是距城十公里的山观乡节场。节场上民众很热闹，很多小吃摊和小百货，一刹那子弹横飞，乡民四散逃命。

10月正式成立县政府。第一任县长王鹏，副县长何洛、陈真、李顺之，这些大官的姓名都被以公告的形式书写工整，张贴到各地各乡镇墙上。

县政府仅配备有一辆吉普车，两辆脚踏车，十二名办公人员。

当时的北门一带，对外号称有八个单位，一个支部。八个单位依次是：

芦扉社

被单厂

鱼钩社

打捞队

摇绳厂

藤竹社

雨伞社

船具社

藤竹社，顾名思义，是做藤篮竹椅的手工作坊，最初成员十二名，社址在今同心里弄堂里身。船具社是制作锚链、船橹、竹篙一类，十几年后被归并入港区的锚链厂。

被单厂又名被服厂，是八个单位里规模最大的厂家。

鱼钩社专做市场上渔民需求的渔网鱼钩。后者主要制作一种长江里捕捞大鱼用的滚钩。渔网制成成品，占地很大，全晾晒在北门街街面上。

芦扉社充分利用沿江的乡土资源，制作竹帘席、凉席、芦扉。全社鼎盛时期，有四百多名社员，多数外派到镇江，如皋一带用船装载割下来的芦苇，叫"发原料"。这些原料回来加工后制作长五尺，宽三尺四寸的标准成品。五张整的芦扉一件，一件售出价是一元六角。

芦扉社也做外地订货单，根据客户指定的尺码订做，价钱另算。

这种长五尺、宽三尺四的标准芦扉，各乡镇粮食系统的单位每年都要用去很多，用于粮仓库房里的囤积大米、杂粮。另外城乡建筑单位用场也很大。芦扉作为价廉物美的建材，当时很普遍。也有私人来成件批发，买回去造房子用，以芦扉制作隔墙的板壁。

雨伞社做雨伞，实则就是旧式的油纸伞，社员六十五个人，分成三个车间的流水作业。第一个车间就在浮桥头雨伞社大门口进身处，主要做伞骨，专人劈竹篾，这是粗活。第二处工场，全是负责糊纸的工人，替每一把成品伞糊上伞面。第三负责油漆，画画，晾晒，装箱。一天制作六七百把油纸伞。雨伞社天井里一年四季，除了下雪下雨，其余日子全晾满红红绿绿、各种图案的雨伞，有伞面画荷花、月季、牡丹的，工笔花鸟的，向日葵的，有写意的，田园风光的。平均老师傅里面的画工，一天能画出四十把伞来。有一段时间，雨伞社为了促进工作效率，提出计件酬劳的改革方案，结果改革了两个月，赶紧暂停，又重新恢复了先前的吃大锅饭。因为画工画好一把伞，个人可得六毛钱，画四十把一个月工资竟拿到一百元，这相比较改革之前的平均二十四元一个月，相差太大了，工人们个个群情激愤，无奈，书记陆和详只好宣布一切恢复原状。于是又恢复到画一把伞一角五分，一天画二十把的工效。

不过，画工毕竟是高人一等的技术工种，一把花伞用心画和不用心画，相差很大。故雨伞社当年的老师傅，月工资也比一般社员或学徒们高，为每个月三十二元六角。

北门雨伞社，有一个奇才叫王国梁的，歪嘴，左手只剩两根手指头。是为小辰光顽劣，河滩头拾到日本人扔下的一颗没炸的手榴弹，执意要偷偷带回去研究，到天黑了把弹盖拧下、拆开，结果爆炸，把脸部炸裂，指头炸断，成了残疾了。管区只好当他特殊照顾对象，分配进雨伞社，负责装箱和搬运。

不过，歪嘴一直矢志不移，平时研究各种机械电子，"文革"时竟成为武斗各派争相抢夺竞争的红人，因为他竟然会做出很多种用场不一的自制炸弹，并且全能炸响。经他残废了的双手制作出的"土法弹"，从未有过哑弹。

1970年，王国梁自制出县城历史上第一台半导体收音机。1975年，又自制出第一台晶体管。1976年夏天，更轰动的事情发生了：小城历史上第一台电视机诞生。在调试失败无数次之后，屏幕"沙沙沙"一片模糊的图像深处，终于出现"中央电视台第一套节目"字样。

这名小学没毕业的自学者，当晚灌下半瓶"江阴白酒"，喝得烂醉，边哭边醉倒在自家院子里。

新北门城门头还有刀剪社和铁业社，后来归并到机电厂和车辆厂的身底。其余，城里还有木业社、棺材店、棕棚店、家具店，统一合并成了木器厂。

一直到1980年时，小城西门旁边的木器厂里，还有一名女工，是从前水月庵里的尼姑出身，接受政府教育，还俗成了工人。木器厂本身，也改名成了"纺器厂"。厂房建在被拆除的水月庵那块空地上。

缝纫社改名叫"星火服装厂"，后又并入"五一棉纺厂"。

麻纺社改名叫"工农染织厂"，这些全是1950年代的"手工业联社"。

麻纺社的生产，主要是编织麻袋和麻绳，各地、乡镇的纱厂、棉纺织厂买了麻袋回去打包用。生麻丝采购回来，放在河里浸泡，几个月后，捞起脱脂，脱掉胶水成分，再放到梳麻机上来回梳拉，梳麻机因木板上全是钉子，看上去很好玩。然后纺麻，进入制作麻袋这道工序。

浸麻，一般挑乡下小池塘。浸过麻丝之后，一池塘水全坏了，走近了嗅闻，空气污秽，池塘已脏臭不堪。

42

姆妈说的话，从未超过有十句以上。她的嘴里，只有一些最简单的日常会话。在她那里，汉语被大大简略了，而且只跟身边发生的事相关联，比方说，下了班，拎起炉子上的水壶："热水瓶灌满啦？"或者走到吃饭桌边，"台上揩揩"，显而易见，桌子太乱太脏。我们小孩趴着做作业。这句话的另一潜台词是："准备吃夜饭。"

"水缸要挑水了。"姆妈边择青菜，边自言自语，"这个月煤球烧得快嘞。"

她从不说"你好""早上好""再见""请坐"。她只说"吃啦？""长远没见你""坐一歇""坐吧""你坐"……

从小到大，我从未在她脸上见识过任何异样的惊喜、激动、不安、苦闷。自始至终，她都保持镇定如常。如果一定要形容她脸上的表情，那就是一种平淡、从容。在这样的简约表情内里，一个人的眼睛几乎不起什么作用。也就是说，姆妈很少用眼睛来表情达意，甚至很少用眼睛观看。北大街上一声爆炸，一只厂里的电石桶爆炸升空，她连眼皮也不眨一眨。很久以后，我才打听到姆妈七八岁时，外婆，也就是姆妈的姆妈，在中日战争时携全家四散逃难，在靠近长江滩涂的芦苇丛，被日本空军俯冲而下的飞机掷弹炸死了。姆妈经历过的那种战争年代的童年，曾经是人类历史上旷古未闻、最为惨烈的场面。

她十四岁就进厂做了童工。厂，就是后来的"五一棉纺厂"，做了三十年的挡车工，十年的门房。十四岁进那家工厂，从此再也没能够出来。

关于那家工厂，她会有些什么样的记忆？

我从未听她说起过。从未听她对厂里、车间里的什么有过不满和抱怨。她只微蹙眉头，抱怨几句自己的"膝盖骨酸、腰疼、腿肿……"

靖江乡下，老家亲戚来，她脸上仍是平常那些表情。只不过到了夜来，电灯线比往日晚拉半个钟头，吃饭台上多添出两只菜，其中必定有一只隆重表情的荤菜：红烧肉。如果是乡下爷爷、舅舅，破例倒碗酒：黄酒。此外，米饭一定是用大锅烧，一定管饱。

如果是舅妈，吃完夜饭她会陪着说一会话。话是比往常多出许多。

不管哪一方的亲戚，临走，必定让买一盒江阴城里的点心拎上。油纸包的，纸捻的油绳捆扎成方方正正一包，是那种旧式的包装样式。点心是：马蹄酥、桃酥、油枣。

她有时说靖江方言，说她童年在村子上的那些话语，但必定是她自己的姐姐来了，才会破例唠烦几句。她说一口标准的江阴土话，标准到如同普通话，听不出半丝方言的口音。到了孩子们长大成人的1980年，她看电视，必要时，又说一口标准的普通话，国语发音。字正腔圆，音色纯正。

她不骂我，也从未夸过我。在她那里，我得到一种稳如磐石的母爱。我在学堂因为贪玩，功课中的某一门，比如数学，差到交了白卷，零分的地步，回到家，她也视若无睹，只站停一下，照往常一样摸摸我的头。

她最操心就是自己这个家，这一家四口。不能说是洁癖，但从小到大，在一条北门街上，我们家平常就以整洁好看著称，邻里之间，相互作表率。进门厅上的三五牌台钟，永远铺一块针线勾结出来、有花纹图案的白棉布。桌子、穿衣镜光可鉴人，床上整整齐齐，床单被套常换常洗。她花费大量精力（那时没有洗衣机）上河滩洗衣裳、洗被单。春秋寒暑，一根洗衣裳用的槌衣棒，也不知换了多少回。河滩码头上总有姆妈槌衣的声音。甚至，我在街上玩耍，听黄昏时分河滩上的槌衣声，也能听出来是姆妈的，而不是别人家的节奏。直到今天，我走近某处河滩，看见废弃了的、空空的河埠头，也立即会想起姆妈当年的声音，气息，模样。

家里洗洗刷刷，以及八小时的上班，花费了她最大的力气，此外，就只剩下了生病，烧饭买菜，偶尔听听广播里的越剧、锡剧……

她没有任何习惯，我是指跟别人，其他街坊、厂里的工友不同的习惯，除了干活，勤快———一看见凳子摆错了，不在平常的位置上，立即走过去端放。

她对电影也无甚热心。1977年查理·卓别林《摩登时代》在城里公映，我连看了两场，第三场连拉带拽，硬把姆妈拖到电影院坐好，但是从头到尾，她却始终严肃地端坐，不拘言笑，仿佛银幕上那些震撼世界的幽默逗笑，根本不存在似的，并且相反，似乎根本弄不明白，人为什么要这样子疯笑。

家里置办了电视机，慢慢地，她培养起来一点观看电视的热心，但相比较听越剧。这种热心又淡漠了不少。除非电视里放映古代的戏剧。她会瞪大了眼睛，一眨不眨看下去。

除了观音娘娘，她崇拜的人物是赵丹、王凤英、《我的祖国》的演唱者郭兰英……

古代人物是：岳飞、关公、杨家将……

她从没骑过脚踏车，也不会。可能连脚踏车的踏脚、链条轴承原理也没弄清爽。我长那么大，从没见她乘坐过汽车。只看见她走路，上下班，到江边轮船站坐船。她的一生，似乎只跟轮船亲近，只和轮船有关。我从未听见她嘴里说出过"火车"这样的词……

除了去厂里上班。她就是折转身，往城北方向的轮船站去。去往北方，过江去乡下老家。以至她这一生以北门街上的家为轴心，折射出两条相反的地理方位和线路，往东南，棉纺厂；往北——这条线路明显地加长——过长江到靖江敦义乡。

不看书（识字不多），不看电影，不去公园（公园荒芜冷清得很）。没有任何休闲娱乐的概念。连去公共澡堂洗澡，也仅限于一年里的秋冬两季，屈指可数的几次。而在姆妈周围，她那些作为邻居的工友和小姐妹，也全是些不看书，不看电影，不去公园，一辈子没有任何娱乐的老一辈人……

你从他们的眼睛里什么也看不出来……

43

父亲比姆妈矮掉大半个头，远处看，几乎像个小个子。长得皮肤白净，做过小学教员，读过乡村私塾，有属于自己的习惯，有思索和判断力，但是很少说话，从不表达。在我们的家里，比姆妈的话还要更少，简直就是一尊沉默、乖张的雕像。走路做事动作说不上敏捷，但又果断认真。既不慢，也不快。说他有自己的习惯，是指开水龙头、挑水、上河滩，凡一说到涉及水的事务，会即刻本能地挽上衣袖，把衣袖上挽叠卷得整整齐齐，两只胳膊并不粗，不太像劳动人民（工人阶级）的手。

如果说，姆妈脸上寻常的表情是从容自如，那么，父亲这里就是某种黯然的认真。某种从不吱声，也不大容易跟人沟通的严肃。不能说他饱读诗书，可是从他嘴里，毕竟能听得见"王安石、欧阳修、苏东坡……"这类古代文学人物的名字。不能说他熟谙中国的历史，可从他嘴里说出来的东晋、西周、周朝历史，我到三十多岁也才勉强排列清楚。他走路跟姆妈不一样，也跟大多数北门街上的邻里不一样，他走路风风火火，一生保持了很好的远足所需的腿力。他一旦走路，就好像在跟某个无形的事物竞赛，好像永远在追赶远处某个既定的目标，十分矫健，简直可以说是"大步流星"。有时，心情好时，他脸上会有一种不服输的表情。他走路时，出了家门简直像是换了个人，个头也立即高出平常一些，人也长瘦了些。他还有一个跟周围街坊不大一样的地方：他的眼睛里的目光。他习惯任何时候，抬起头来看天空，猜摸天气，像个小城里的义务气象员。从小到大，我一直听他说出过很多有关气象方面的谚语，有古代的，也有外国的。"文革"时期，他属于被揪斗的"四类分子"，挨过打，被打得很惨，而后关押进县城的牢房。我从小就跟随姆妈去监狱探监，有一些有关镣铐、铁链、地上铺的囚牢中的稻柴的印象。他很快出狱了，但从此说话少了，几乎终生缄默，且胆小如鼠。他看人的眼神里有一种隐藏很深的、炽亮闪烁的胆怯和害怕，显得紧张而又机灵，甚至机灵过了头——他看我们两个儿子也用这种眼神。

"文革"期间，他失了业。后来因为普遍的人缘，被调入一家街办绳厂，厂的前身就是新中国成立之前的麻纺厂。因此打我记事那年起，父亲身上，家里就有一股涩涩的麻绳味道。麻绳主要船上向用。因此家里又有船具店味道，这些全是父亲的职业使然。他在那家街办小工厂一点一点恢复过来，起先，厂里除了两爿茅草房做的工棚，几乎完全在野外露天作业。父亲上班的地点就是闸桥河，有时是锡澄大运河的河岸，靠近定波闸的闸口一带。这种露天的"车间"，空气倒是不错。但是在那里，父亲失去了他走路大步流星的特长。

父亲也是靖江人，是在靖江的十圩和八圩，跟姆妈所在临江的那个村落，敦义乡，相差可能有六七公里。父亲的乡下亲戚，却要比姆妈老家那边，多出来几倍，也许可能有五倍。至少，在我记忆里，父亲从未敢一次性地把他全部的老家亲戚喊齐了，喊到江阴家里来做客，在那种饥荒的年代，他只好定期、分批地招待他那些哥哥、弟弟、嫂嫂、表兄堂妹、舅妈姑侄。姆妈的亲戚那边有航船跑码头的，打鱼的，父亲这边则一概是种田人，一年总有吃不完的麦粉、山芋干、鸡蛋送过江来给我们。而父亲又是他那个乡下种田家庭里唯一念私塾念出来的"先生"（在北门街上，少数有文化的街坊偶尔会尊称他为"王先生"），并且他又是家族中的长子，有号召力，影响甚大，在江南立稳了脚跟，被十圩八圩桥一带的亲戚早已传说为有关城里人日脚的"神话"。所以亲戚们成群结队过江来看他——即使到了"文革"被沿街游街、揪斗的年代，这些乡下饥馑的亲戚们，也仍旧不减一睹其老家人才"城里人风采"的热情……

父亲的急躁、倍遭压抑、敏感、受挫，可想而知。

在河边露天头搓了几年绳，父亲又升任领导岗位，带领街道工人的工人们变换生产思路，变革传统销售办法。到我上初中那年，已经负责厂里生产条线，走出江阴，成了北门街上颇为有名的"采购员"，短短五六年时间，坐飞机、乘火车、走长途线路，几乎跑遍了大半个中国。

他经常说起他乘坐火车的快事。他登了华山、泰山、庐山，他到了桂林、海南岛、云南，甚至去过北海。他拿出一张张在北京长城脚下的照片。他老练地谈论外省各地的历史人文，名胜古迹。他拿出来在外省景点拍摄的旅游照片。他是北门街上最早享受"旅游"一词的人之一。同时，开创了另一跟旅游相关的记录：拍摄彩色照片。挂在我们家墙上他在桂林七星岩的彩色照片，一度成为贡家桥头、丁家弄、城北一带没怎么见过世面的居民们参观的景点。

于是，我们家有了最早的收音机，也成了城北一带最早买到九寸黑白电视机的人家之一。

父亲经常出差去上海，他跟上海长宁区橡胶厂的供销条线似乎尤其熟络，于是，有人托他买"上海"牌手表、"蝴蝶"牌缝纫机，买雪花膏、海绵拖鞋、香烟……零零落落，一应俱齐。父亲成了个大忙人。整个人瘦下来，也精干不少，四十岁时，拍了张看起来很神气的彩色照片，照片中，精神喜悦地笑了，从他四十岁的眼神中，仿佛重又透露出些许早年的书生气，报效国家的干革命的朝气。后来，四十五岁时还是一头黑发。那张照片是他给自己"四十不惑"时的礼物。姆妈常努着嘴表示不满，取笑他。而他也很孩子气地听姆妈的话。

他是小城里深居市井的半个知识分子，每年的大热天，天黑乘凉，孩子们无意间领略到他肚子里的货色。他一边拍打蚊子，一边低声用一种仿佛不情愿的口吻讲述隋朝历史，大运河的开通，郑和下西洋。什么《红楼梦》《水浒》《三国志》，他年轻时全看过。他讲曹操的故事，讲得并不比公园书场里的先生差，只不过声音低沉，也从不慷慨激昂地开讲，仿佛一边乘凉说闲话，一边总害怕被别人告密似的。

他讲到曹操杀掉救命恩人吕伯奢全家，声音和眼神，全显得惊魂未定。总是偷偷把眼睛别来别去，不信任地看周围别人，如同阴谋仍在附近。

一年夏天头，他乘凉讲过去的历史，碰到另外两位老兄也凑过来，也懂得一些古代史，父亲的声音立即变得嘟嘟哝哝，语音稀落下去。他从未跟人吵过架，也永远不可能跟人争执。他让其他的人先讲。

记得大热天，父亲爱吃西瓜，大口大口啃吃西瓜解渴的样子。

抽烟，抽得不凶。酒是滴酒不沾。

家里五斗橱上层，放了一本《柳宗元诗文集》。

也记得他走路风风火火，记得他两只脚、小腿、膝盖处大大小小的伤疤。那是"四类分子"的待遇罢了。

他乘凉时，不敢把腿脚骨郎翘起来，露出来搁好，生怕"露馅"——腿肚子上白生生的、密布的疤痕。

跟俭朴的姆妈相比较，同样俭朴的父亲有时会流露出"娱乐"的愿望。他爱看电影，爱坐在电影院里。1978年，他利用出差机会带我去上海，又带我去电影院，父子俩坐在边排靠走廊一个角落，观赏了陈冲演的《小花》的首演。这一次，我注意到了父亲脸上平常没有的影片开场之前那种专注、渴望的表情。那表情使我对父亲终生保持了一个年轻的、少年式的印象。父亲在我眼里，几乎快像是换了一个新人。

影片放映期间，由于他个儿矮小，前排的观众无意中挡住了他视线，他一直在不停地转动脖子。扭来扭去捕捉住最佳的观赏角度。看样子，他是那样地兴奋、紧张……

他常年订两份报纸：《参考消息》《文汇报》。《文汇报》有那么几年，改订成《解放日报》。

他在家里，总是保持舒适的坐姿。

他在姆妈面前，保持了一辈子恭顺的温情，流露出时刻聆听她的言语和动静，生怕听错或听漏了什么的紧张神情。

44

　　落过雪之后，不要说天井，连院墙味道闻起来都不一样，仿佛开着洁白的花，变成了一株奇异的植物。闻上去有以前从未有过的泥土气，格外的清新、凛冽，让人疑心这堵坍塌了一小半的砖墙和昨夜头的大风雪一起出远门去了一趟传说中的海边。孩子们早晨推开房门的时间，比往常迟缓了两个小时，从大人们惊奇的脸上，谁都明白户外的世界一定降到了零下不知多少度。某种程度，落雪天孩子们不是先看到户外飘雪的奇景，而是先期见识到了父母脸上频频变异的惊异神色。父亲从先一天晚上开始就几乎不笑了，而且多数时间，停止说话，陷入了一种令家庭其他成员忐忑不安的严肃深思中。他仿佛小心翼翼，处在非常害怕的等待之中，仿佛在说：这下完了，来了吧……果然！他吃夜饭拿筷儿的手也只是机械地往上一提，稍一抬起，饭桌上一片静默，小孩听不见平常听习惯了的"两只手捂好碗，快吃！"而只听见了某种仿佛深谋远虑的、无声无息的思索。姆妈也不再去打搅父亲，自顾自起身到炉子上盛汤、添菜。而在这一切之外是屋外呼啸而过的寒流声音。当大雪真正落下来时这种声音就没有了，完全被某种看不见的事物气息捂没了。真正落大雪，户外旷野上会出奇的保持约略半个钟头的安宁，那段时间里，光、空气、温度、天气，一切全处于一种恍惚失神的状态，显得混乱无绪，懒洋洋的就像一名挨了揍的倒霉蛋突然想不起自己为什么挨揍，忘了自己的姓名、在干什么。天地之间只有无声无息飘落下的几点雪花，稀稀落落，看得出每一片雪花都很干燥，不像随后的大风雪纷飞时那样急遽而潮湿。一开始飘的雪花，大多又干又碎小，仿佛从积贮了大雪的云层中刮下来的碎屑。无色无味，了无生气，大地突然因此而陷入某种真空状态。在辽远的乡村，人、畜、猫狗，全一声不响到处乱窜，不说话、不喊、不叫，出门在外的赶紧计算行程，船只立即加快了马达往最近的市镇赶。有家的马上往家里去，都往附近可以躲雪、取暖的房子里赶。远远的朝着长江江面看，一切轮船不论吨位大小，全把锅炉房里的火升到最高。每只航船都在全速前进，但就一只只散落在天地寥廓的白茫茫江面上的效果而言，却像是全在原地静止不动。货舱底下的锚链仿佛被寒流拖住了。同时不止有一条主航道的由西向东的巨流，而像是有几十条激流同时向四面八方散布、流淌开来。那些遭遇到如此寒流的远航货轮向北一侧的舷窗和甲板，全被大雪吹白了。长江一反往常的平和，像是烧开了的一大锅开水那样沸腾了，谁也不明白这是为了什么。从灰蒙蒙的大地深处升起一股看不见的寒气，使甲板上站立着朝镇江方向瞭望的船员个个汗毛直竖。那寒气被释放出来的第一秒钟，人们就以一种超常的灵敏（同时倒吸了一口冷气）领悟到：这寒冷在白茫茫的江面上，仿佛已被贮存了千年以上！与此同时，雪花零散地飘栖到人脸上，几乎没有一点分量和感觉，不觉得冰冷，相反，倒有点热热的、湿乎乎的，这是第一阵暴风雪的预兆。下午三点多，天已经黯黑下来，同时光线一会儿亮白，一会儿深紫，仍在不停地处于无序变幻中；江水时而发白，时而浑浊泛黄，向东方遥远的入海口流泻时途经南岸的这座小城，几乎贴着屹立岸滩的十里长山，贴着急流汹涌的鹅鼻嘴，有着一千年建城历史的旧的城墙蜿蜒而去，水流飞快地拍打着旋涡，上下翻滚时把一部分小城生活古老的菁华也裹挟而去。江水如同朵朵绽放的梅花，在向远处急逝时在水面上拉开道道骇人的印痕，那印痕看上去，宛似一丛丛的腊梅树暗哑苍老的枝杈。飞溅的浪花于是庄严圣洁地绽开。到傍晚五点多，天看上去已经夜了很久，一场大雪终于落下来，在这之前，江边上的山岭峡谷早已雾霭蒸腾，被一种说不清是雾还是寒气的白色体层层环绕着，好像冰箱拉开的那一层速冻层，山间小道、峰峦、松树林、亭台、阶梯，全一概沉没在雾霭中。这时候江边上若有不识相的行路者，他会惊异于脚底下熟悉的路径和山坡形状的消失。他如同行走在一场深夜大雾之中，连远处江面上的灯塔光亮也已经看不见。千古以来，几乎不会有任何倒霉的砍柴人会在这样的鬼天气出行，和尚道士、乡民行商，凡在距山，距离江边岸滩十公里范围，都早已看不见人影。

大雪统摄了一切，改变了一切。在落下来的第一分钟就使整个苍茫的华东和华北两地须发皆白了。

在小城上空，在街巷里弄，电线杆倒伏在雪堆，鸟雀飞绝。熟悉的菜田没有了，粪坑没有了，河道被填塞，家家户户门前蓝瓷的门牌号，竟也被一阵大风雪淹没了。整个黑夜里，除了风声，就是房梁房顶房檐门窗被冻得"咯咯"响，所有的玻璃全泛出异常的生气，随即又灰头土脸缩下去，旋即被积雪遮没。城区房屋木质的部分全都在咬紧牙关，保持一份朦朦胧胧，希望能平安度过这一夜的顽强意识。外面，走廊上的风"空通空通"直往看不见的黑暗处撞，风仿佛意外地来到了一个四面穹顶的墓穴里，已经明知出不去了，却还要挣扎，一会儿跳着拽着跌向地面，一会儿又仿佛不用任何梯子似的跳上天花板。所有睡梦乡里的小城居民全都半梦半醒着，噤若寒蝉。唯独护城河一带石驳岸的石码头，显示出了一年中罕有的一种优势。每块檐石全泛出青白的光亮，有棱有角地跟沿河飘落的风雪摆开了龙门阵，讨论起了《周易》《尚书》《左传》……，且对《老子》和《颜氏家训》也颇有心得。最后，大雪终于在黎明来临前夕，把这些城里的石料石材也完全淹没了，或许，只有这些四处弥漫的风雪才能感知到石头身上的热气和深藏不露的生命形态。大雪在如此广袤的旷野上追逐不同的万事万物，追根溯源，喝令它们回归各自的本相，整个世界回到它的童年，回到无声无息的太虚之中，让一条横贯百里的大河彻底冻结这类事情，简直就像小菜一碟，就像大白天门前跳绳的小丫头用绳子在空地上抡空一圈。

大雪纷纷扬扬，落入街巷，落入黑暗中。雪和这小城的岑寂彼此相碰，窃窃私语，从先一天黄昏的暮霭，一直到第二天临近中午，不知不觉中大雪迷惘的交谈已持续良久，已在旷野走了很远的路，越过了无数乡村的渠沟、山岭、河谷。雪在乡野跟落在城区不一样，由于房屋弄堂的密集度、街路的热气，雪在飘落到距地面半里路的高度，就开始轻盈飘舞，仿佛得到一种奇妙的音乐庇护，雪成了集体的舞蹈队员，绕着小城的制高点，那些塔楼、教室尖顶，烟囱和朝北的风火墙，绕着城南一幢北宋年代的古塔，上下左右地旋舞。风也一改在乡村旷野上的疾速，缓慢下来，湿润下来，擦一擦额角的汗，如同音乐会钢琴独奏的声部，变换成全体交响乐队的齐奏。在这古老的小城上空，风一次次转变成凛冽透明的寒流。把郊外草垛上的大雪堆吹散，任凭雪堆的一侧渐渐高出，任凭河岸跟陆地齐平，连成看不见低洼处的一片。所有的乐器一并上阵。弄堂像一支伸出乐池的黑黝黝的英国圆号，河滩则竖立如小亚细亚的竖琴，北门街头的路灯柱，昏黄的电灯泡不停地"咯啦咯啦"晃响，但灯泡晃动的声音早已被穿城而去的寒流，吹向更加辽阔的北方，被吹过长江江面的飓风盖没了。晕黄的路灯光在雪地里自我陶醉地，忽左忽右，宛似首席小提琴手的动情的脑袋。雪感知到人间的气息。整个城市只有一户人家，弄堂深处的人家，敢偷偷把门打开，蹑手蹑脚地出现在漫天飞舞的风雪夜，似乎想证实一下外面到底是个什么样的鬼天气。那户的主人只是把头伸了一伸，旋即缩回，几乎没把脸庞露出家门，而从他家门口射出来，射到雪地上火黄色的一线灯光，如同一把打开的折刀，"啪"的一声折刀又重新弹回刀鞘。一排排黑黝黝（正在转白）的路灯柱，如同乐队指挥的手，指向黑夜深处棉纺厂偌大的灯光通明的车间，指向那里热气腾腾冒出火光的锅炉。锅炉和彻夜不眠的工厂区似乎成了乐队演奏的音乐会的主题。雪慢慢变成快速跳跃的音符，仿佛匿名的音乐家本人正在现场谱写，音乐家默不作声地写到哪里，交响乐的寓意和旋律就奔向哪里。钢琴反倒沉寂下来，暂时还轮不到它说话，在这雪和黑暗小城的热烈絮语中，在这从天而降，连绵不绝落下来的晶莹飞雪身上，人们似乎见识到一种自然对于人世的无限的敬畏。雪在触摸街巷的体温，表现出一种关怀备至的殷勤亲切，现在每道门缝、每一个院子的花坛，都积上了雪。一些旧房子的窗缝、屋檐漏开的裂隙间全被飘进了雪片。一旦进入黑洞洞，四面环壁的房子，这些上天的精灵全部原地一愣，被流通不畅的空气托附住身子，绕着房梁慢慢地，光线一般地下滑，随即，又恢复了勉强抬得起头来的清醒的神志，明白自己已永久脱离了户外的空旷，脱离了旷野之雪自由天才的灵感，成了大自然一把撕扯开了的那些灵感的碎片。

外面，黑色无声的大钢琴独奏，以一个轻微的和弦悄然开始，琴键弹起又落下，庞大的交响乐阵容戛然而止。一连串清莹的琴声，曼妙起舞。雪落无声，琴声宛似孩童们相碰的嘴唇，述说着温暖和永恒，述说着另一个寒冷的黎明，小城看不见的街巷深处一条弄堂蜿蜒而去的生平。

早晨，连院子里的阴沟也像百货店里买回家，刚拆开包装的积木。小孩子出门一望，嗨！天空一片纯白，大地稚态可掬。整个城市的地平线，都比往常矮下去一截，差不多有一米多一点。地面仿佛普遍沉陷了，或者，不自觉地被人往上抬高了一截。房顶房檐都可以拍着小手摸到了。多数地方看不见平常密集的窗门，街上所见，只有上下参差，叠连交错的白色块面。世界呈现出一种仿佛替儿童舞会预备的布景一样几何形的抽象图案。除了几家大的工厂之外，人们普遍都不上班了，大雪带给人们一个难得的假日，一份难得一见的闲情逸致，家长们都在家门前"呼哧呼哧"地铲雪，把孩子们平常熟悉的生活——学堂校门、厕所、菜市场、河滩、豆腐店、照相馆、浴室，甚至包括昨晚上一辆迷途的大卡车，一点一点用铁铲从大雪堆里从落雪的地方挖出来。

澄北饭店只露出一只角，厨房好像没有了。大弄口整条弄堂消失在了纯白的雪地。远远朝外看，连城北面一座君山也看不见了，要过好几天才会露出高耸的山林。板车队沿墙竖直的板车此刻已"喀啦喀啦"从围墙往雪地上倒下，仿佛从房门口摘下来的一件件蓑衣。有人在先前是菜市场的地方，又挖又铲，折腾半天，只挖出来几块菜边皮。最有白相的是北大街小学，课桌被挖出来了，操场树身上的一口铜的钟被挖出来了，一只古代的凉亭，到下午才现身，"瑟瑟"地往下直掉积雪。门打开，黑沉沉的走廊出来了，食堂里冷得就像一口冰窖。挖着挖着，人们在一户孤寡老人家里，挖出来一口棺材。那棺材竟还是上好的楠木制作。半条北门街的人，全在"啧啧"称奇。老人在不知十几年前，就替自己预先置办好了后事。

一座古庙，只挖出来一只庙顶上的风铃。

书场门口，挖出来一名没来得躲避逃走的说书先生，手里还夹着一只布包，包里是他一直随身携带的吃饭家什：茶叶，胖大海，一本破瑟瑟的旧书，一只保温杯。

围墙闻起来是新的，厕所闻上去也是新的，整个县城全簇簇新，有点像过年时第一次闻裁缝店里刚抱回来的新衣裳。街路也像过年的新衣裳一样挺括，简直舍不得多闻和用手多摸。河岸，河滩头就更不用说了，那儿闻上去简直没有一丝人的味道，全是雪、野草、旷野的凛冽空气，连鱼味道、鱼腥气也闻不见，也没有乡野耕种的味道。没有牛、稻草、拖拉机味道。一周以后，人们才闻见先前的厂房味道。在落过雪的这几天里，孩子们的嗅觉个个活蹦乱跳，像在大热天的闸桥河里一样袒胸露背，被脱得浑身精光光。

雪地反射出的白光，跟这孩童精光活剥的嗅觉，十分融洽和谐。

小孩在河岸上呵出的热气，跟围巾一样长，绕颈一圈，又被风吹送出去很远。

一直吹送到透明、透明的蓝天。

2006年5月—12月，一稿

2007年1月—12月，二稿

五种回忆

我陪我父亲，有一次是陪我母亲过江回过一次乡。那里有真正的、人类时间显得苍白孱弱的乡村。那里有笔直宽阔的河滩河流。春天里刮起大风，遍地油菜花仿佛在对着天空的湛蓝怒吼。午后的炎热聚集在镇上现了一半的土墙上。露天屠宰场杀猪宰羊用的铁钩子还垂挂在树身被血染黑的大树下，散乱地飞着几只苍蝇。我小时亲眼见过独轮车，庄稼人肩上背着绳子，在土路上叉着腿往前推。我还想讲讲寒风以及我们居住的那条街上沿路摆放的大饼摊头，一只烘大饼的炉灶。天空飘过几缕薄雪，像被风轮打碎的布片。有一年冬天的早上，天色几乎还是黑的，我摸索着上学去，在路边上遇见一个冻死的女人。她的身子伏在上面说的那种烘大饼的炉灶上，尸体已经僵冷。我受到的惊吓一直凝固在我成年后的身体内。据后来的街坊喷喷传闻：那是城里出名的疯女人——她是怎么疯的，已经没有人有兴趣考证，但死的时候肚子里有孕——传闻是和北门板车队（我在文章《北门街上的死者》里写到过）里什么倒霉的男人睡出来的。冬天寒风呼啸。我们有时凌晨三四点就要起床，去菜市场排队凭券买豆腐、百叶，回来做冻豆腐，放在白菜汤里烧。我母亲能做非常好吃的汤，她做出来的汤的特点是：烫、油、香。我喜欢这种寒夜里热气腾腾的"烫"。至于"油"，她能做出来不容易，因为那年头缺油，肉、豆油在购粮证上都是紧缺品——家里有一本布满油腻和手渍污迹的购粮证。"香"，母亲善于搭配，善于用芥菜、白菜、粉丝、板油。凌晨前夕挤在菜市场队列里的几乎全是清一色的孩子，都被各自的父亲派遣出来，做这件又苦又乐的差事。苦的是冷，寒风如刀割。或者没有风时，你像是贴身只穿一条单裤，蹲在天寒地冻的，偌大的缸底，还要忍受被从被窝里揪出来时残留的瞌睡。乐的是新奇、自由、好玩，白天的每个熟人（都是小孩）都能在伸手不见五指、冻得瑟瑟发抖的菜市场见面。丫头家拖着鼻涕，男孩子穿着大人的蚌壳棉鞋有时甚至裹着拖到地上的大人的棉衣。菜市场的大门照例要早上五点半才开门。队已经排得很长，呈长蛇形贴着墙根。地上——有时是下着雪的雪地上——摆满新的、旧的、各种大小和奇形怪状的竹篮子，每只竹篮子都代表排队的一个人和位置，只有篮子的主人认得出来。从篮子上也能看出各家的贫富悬殊，有的篮子上全是破洞，有的看上去已经用了许多年，修修补补，歪斜得不成形。于是孩子们欢叫、呜咽、大声唱歌，为了取暖在原地跺脚，相互逗趣，小范围斗殴，还有，互相数星星，比谁数得多、远。昨天夜里，星星还像寻常的那样寥落、冷漠、有气无力，你到早晨3点钟出来看看试试，仿佛有人神奇地喊了声："嘻！"所有的星星，全出来了，有的像雪，有的像毛披披地垂挂着的冰凌，有的像银勺子，像闪亮的齿轮，像掉进水里去十分诱人的镍币……，大部分都在笑，都在起劲地一闪一烁。这是一种星空的令人毛骨悚然的美景。几乎没有被包含在人类的哲学和通常的理性里，它使童年的我，闻到一种野蛮原始的气息。只有少量的人类文明与之有关：机械、电路板、火的使用、金属、巫术、医学——东方人对星空的领悟也许要超过西方，但这是一种紊乱、无序的领悟，缺乏欧洲人的简洁——我童年看到的星空一直映在我脑海里……

夏天里，蚕豆熟了。山上和田埂上的上坡很松软。割麦的乡民从田里欠起身子，亲热地和回乡路上的母亲打招呼。我感到妈妈很开心，尽管她脸上滴着热汗，并不断地弯下腰来安慰我：二姐家快到了。妈妈说的"二姐"是我父亲的姐姐。每次回乡，我们都会受到热烈而隆重的欢迎，全村人都来看我和父亲的"媳妇"（我妈妈），而我一转眼——口袋里装满了热情的村民塞给我的煮熟的鸡蛋——就消失在屋后的空场上、竹林里、小河边。不知为什么，我在村子里的陌生人身份使我洋洋得意，我拼命摆脱众人，追求这种身份。走到旷野上，太阳热辣辣的渠道边，走到水闸上，直到"二姐"、村里人、母亲的叫喊声被风吹得很远很远，我才慢吞吞地返身回村。因为是午饭时间，空气里飘满了烧枯的稻柴灰味，周围几十里，除了炊烟，连鸡叫声都听不见。很远公路上的汽车声音仿佛被一抽屉的杂物、画片倾倒在沉沉欲睡、波光粼粼的水底里。手里捏着鸡蛋，舍不得吃，蛋皮还是热的，而且剥出壳来，蛋白上有一股温温的清水——如此圆润、白玉般的蛋白，散发着诱人的蛋香。

村子里随处可见乐呵呵、好说话、安身立命的人。妇女、老太太、儿童、小老头、打鱼的、叫卖杂货的、四乡为家的说书人……更多的是耕田的农民，摸一摸你的头，笑一笑——有的笑得直率、有的笑得疲乏——干了一天活——但全都灿烂、温和，让你放心，让你玩得好，把这里当作家。风、阳光、水面、房舍，更是叫你舒坦、自由。乡下的一切，都干净，又暖人又丰富。

在我的乡村感情里，有着一切文学艺术的最古老的熏陶，就像高大的树干里包含着看不见的风、雨、阳光、鸟儿的啼鸣，我的作品中也蕴藏着无垠的天空、伟大的旷野、宇宙的秩序——它是通过一个人的童年经历传授给你的。我在我以后的经历里，无论我遭受怎样的诽谤、挫折、委屈，我都会及时将我的心转向那边，转向多年以前我在夏天的正午、在夜空下出神伫立的经验——那经验平了一切——大自然在我身旁安置了一块空地，一个僻静的角落。那是在我们有限的形体之外的无形的天地。而那是永恒的境地，鸟儿依然在林中啼鸣。热风火辣辣地吹拂树丫间的蛛网。在那岩石嶙峋处旅行者照例会找到一泓清泉。土地干燥，有灰尘。蓝天像锋利的钢刀，剔出空气、节令——没有什么人类的活动可以将之从人的身边剥夺。

县城的夜黝黑、陈旧。黎明时常常传来纱布厂的排水管倾倒水流时的"哗哗"响声。那儿往往有一座高大、森严的围墙，围墙下堆满了废弃的纱团、工业垃圾，围墙外面就是万籁俱寂的乡村。田野上黑沉沉的，几乎是被一只看不见的手撕开的晨曦骤然唤醒了夏夜的蛙阵。秧田里的水葫芦、池塘的荷叶、翠柳都在早晨散发着特别浓郁的水腥气。鱼浮上水面，带着它们沉闷的鳞片、肿胀的腹部。县城街道上，几乎没有一栋完整的、新的楼房和最新的建筑式样。起码也是1950年代初期红砖砌的部队营房。所有的围墙上，都不同程度地长了草、藤萝，有的石灰脱落了半面墙壁。破晓时传来长江轮船的声音。那是港区航运站靠岸的第一班长途客轮"江汉号"，它是前一天傍晚离开上海十六铺头的。对面雾蒙蒙的苏北平原，只剩长长的地平线上的一道黑影。空气里渐渐苏醒过来的白天的气味，一是街上的茶馆，老虎灶烧开水、烧木花的干燥的芳香；一是炸油条的油锅在火上开始沸腾的油腻，再加上掀开木桶盖的豆浆的热气，掺杂进了一年中新的夏天的浓雾，飘向家家户户的酣梦中，飘向房顶、院落、地板房。沉静的大地上农村有线广播率先在伫立于旷野深处的电线杆顶上为自己刻下记忆中的年代标记，"这是1965年、1968年、1971年的中国""……各地人民广播电台连播节目，现在开始——"

我每天早晨都要听到那个声音，它几乎成了我孩提时代的一根可怖又美妙的神经。有时，它潜藏在我的听觉所及的最广阔、遥远的地方，有时，似乎又近在咫尺。我翻转身去然后又睡着，睡意更沉、更甜了。紧接着，妈妈用手来拍我屁股，赶我起床、上学去，在我勉强起坐、揉眼睛时，那个无处不在的声音已经变成了哭丧的音乐，或者"革命现代京戏《沙家浜》"。春天，它的声音很远，音质沉静、稳固。夏天，开始掺杂进喧闹的杂技，时高时低。秋天，台风过去之后，它的声音仿佛从遥远的海面上回来了。有时它在早晨的浓雾中挣扎，像是在泥泞中艰难前行的高筒胶鞋拔出来时一脚高、一脚低，当地上起了霜冻时，它的音质听上去最为清醒、奇妙，会在你身上起到一层不易察觉的凉意。有时你在被窝里觉得鼻子不通，你打量四周，百思不得其解，也许真是那些野外的电线、广播声音使你患了轻微的伤风感冒。冬天，那是家园，那是一声声穿过浓雾的亲人的呼唤。你着迷地听着它，早晨不肯起来，广播员的语音仿佛离死亡已经很近，但听起来仍是那么亲切、情意绵绵。因为那几乎是荒凉的大地上人的唯一标志。一切都笼罩着沉沉的睡意，首先是雾、严寒、冻结的小河，是飞鸟敛迹的天空；其次是电流的"嗡嗡"声。而到了二月里的某一天，残雪消融，春天拍打着棉鞋窝的寒气，向你走来。冻酥了的院墙上一盆大蒜叶被躲藏了一个冬季第一天出来走动的邻居家的猫踢翻，打碎在地——碎裂开的瓦盆底还结了一层苦寒的冰——农村有线广播里的音乐声仿佛从其繁密的电网中缓缓流过一股清澈的、化开的雪水。在那之后变成院墙角落的阳光、书包里新换的课本上的油墨香，脚上的冻疮（在发痒），傍晚回家时妈妈端上来的煎年糕——江南一带有小孩开春吃煎年糕"长脚劲"的风俗……

故乡的市镇上醉鬼脸吃得通红，在弄堂口，在天黑下来的街边上一晃而过。街是卵石子和麻石条铺的路，天不太冷时还能看见他们就躺在沿路头。酒鬼大多是做苦力活的穷人，拉板车的、船上人、踩人力车的、码头工人，再有就是遍布县城和各乡镇布厂里的机修工，板着脸、闷着头，很紧张的模样，是我小时候印象中最凶的人，他们事实上也常常调戏一下过路的妇女和孩子。摸摸丫头家的脸，摸摸小男孩的裤裆，都是为了逗趣，友好而又放肆。有一种吃了酒，嘻嘻哈哈、自言自语、靠在墙上大声说上半夜天；还有一种醉了，死不开口，走路脚很正常，看不出有什么飘、乏力。如果有什么异样，那就是走路脚伸得太直、太硬了，走得也比平时快，民间有种说法，叫像是去"寻死"。我猜想大概是酒气冲到脑筋里，冲得太厉害了，在寒冬腊月的深冬，在泡老虎灶的茶馆里，你到处看到这种人一路走过去，什么人也不理。熟人打招呼，他连看也不看。还是那种吃得嘻嘻哈哈的人好玩，胆子大的男孩，可以趁机问他要几枚硬币买糖吃，因为他脑筋糊涂，好说话，梗着个脖子，东倒西歪，仿佛一吃酒，连腰也吃掉了。这些故乡的市镇上的贪杯者一般都在暮色苍茫时分出来，准时得像墙旯旮里的壁虎，或动物中的蝙蝠。他们时常眼睛眯缝着看人，眼睑比平时更用劲地往上抬，仿佛沉浸在一个令他无限喜悦的消息里，而且如孩子般着迷、炫耀。我现在还能够闻到他们出入其间的那种夜色，那种穷人身上的酒气味以及周围的茶、木花、排门的气味。使他们烂醉如泥的那种酒叫"苦酒"。苦酒就是黄酒、米酒，或自酿的烧酒。叫"苦酒"，是因为吃的人没有多少，也买不起下酒菜，仅用几粒花生米，或在副食店卖腌萝卜的酱菜坛里用指头去捞一根什么大头菜、咸黄瓜之类，就下一顿酒。那时还兴老秤。酒鬼中酒量大的一顿要吃多少？街坊们会告诉你："一斤十二两！"即现在的新秤两斤这样的吃法，叫吃苦酒。有一次一个吃苦酒的朋友，酒量也大，蹲在一个国营商店门口吃，天已夜深，商店要打烊，他还不肯走。他究竟吃了多少，没有人知道。店里广播在响，恰好插入一条什么"重要新闻"不知哪儿逗火了他——此人喝酒即属闷着头喝不吭气，走路"脚硬"那种——突然涨粗脖子，对着广播像打发家里邋遢的老婆那样大吼："别吵了吵——人家吃酒，你在这儿吵什么！"那广播还在继续"连播"下去，不时还要插上一两段"毛主席语录"。两分钟后，酒鬼跳起来："叫你别吵别吵，你真的不听话！""砰"一声就把半瓶酒砸过去，广播立时哑了，营业员都傻掉了。

酒鬼发酒疯的故事还有很多。县城里的生活，大抵就是这样，人们嘴上传来传去的新闻，都是有关几个老熟人的，而我对别人的好奇心，也集中在他们身上。除此之外，没有玩具、没有书看，偶尔演一场戏，放一次最差劲的朝鲜或者越南电影，都是人头也要打破的事情，人山人海，万人空巷，很多户人家甚至都把门打开着，家里实在也没有什么吃的用的好偷的。我小时候许多一起玩的小伙伴，家里都穷得叮当响。地是泥巴地，床是用木板、砖头搁的，蚊帐冬天也不收掉，又脏又破，栖满了秋天的苍蝇。只有一只像样的大水缸，似乎每家必不可少，缸里盛满了清水，缸盖上积了一层灰黑的污垢，而1961

年以来的饥荒的气味，还在大街上游荡。县城北面，离长江不远处有一座桥，叫"浮桥"，桥埠上有一个戏院，这是一幢30年代的欧洲式建筑，据说是医院改建的，而医院的前身又是天主教堂。一位美国来的传教士在本世纪初是这幢建筑的主人。儿时的眼睛看上去如此高大阴森的楼层，建在运河上的船闸两旁的花园里。那名洋传教士起先在这里做礼拜，但军阀混战时死伤的士兵、逃荒过来的中国人太多了，礼拜堂于是改成了临时医院。那洋教士会医术，他另外又请了几名医生，一心想用它来救死扶伤。据说美国人在抗战期间坚决站在县城抵抗组织一边，和攻下城来的日本人展开殊死搏斗。他死于日本人的刺刀和乱枪。他的墓早些时候还在花园里，抗美援朝时被悄悄地毁掉了。剩下的医院也让共产党改成了戏院。戏院正门进身的门楣上还有一个十字架浮雕，过去战场的杀戮气味已荡然无存，取而代之的是大幕升起时浓妆艳抹的演员、手舞木刀的武士、剧场地上的痰迹和瓜子壳，以及观众中受到惊吓大哭大喊的小孩。

我记得我四五岁时一次跟大人过桥去看戏的经历，还有一次是看电影。桥过去是木头桥，60年代中期重新拆建成水泥桥。看戏的那次水泥还没铺上。脚底下是临时搭建的便桥，像印象中后来在电影里看见过的红军过大渡河时的铁索桥。在一根根挂平的锚链上铺上的临时木板。过桥时父亲叫我不要往底下看，可我怎么忍得住不看呢？一看，看一眼，就留在了记忆里。一块块窄木板的缝隙，底下是滚滚而去的运河水，在河和桥之间还有黑糊糊的夜，我只记得水流很急，因为长江从不远处通过，流进来的水也很急，人像是悬在半空中。我惊吓得喊声便在喉咙口，几乎是被父亲提着往前走，而前后左右全是想去看年戏的人们沉闷和纷沓的脚步声。那年头看戏不分座位等次，谁先去了谁坐第一排，所以人们走得很急。我从桥上看了一眼那河水之后，再也没有心思看戏，大概我后来睡着了，所以戏的内容不记得。不过我记得戏的开场时剧院里的拥挤，座位上、过道上、墙壁上、窗台上，凡人能抓得住手、立得住脚的地方，都里三层外三层，塞满了人。

我到妈妈的厂里去，追溯起来大概一开始是生病。小时候的病，无非是伤风跌破。妈妈在里面做工的那家纱厂，是当时县城里最大的一家厂，它已经有几十年历史，是清末民初时的设备和厂房。因为上世纪末在中国倡导工业革命的大财阀盛宣怀，他的老家就在邻近的一座城市，他投资引进的最先着眼点就是纺织业、铁路、兵器和银行。由于长江下游一带河网纵横，乡里人心灵手巧，劳力廉价，因此本世纪的苏南、江浙地区遍布各种规模的织布厂、纱厂、蚕种场、染坊。妈妈厂里的医务室是一幢建筑风格优雅、英国式的小洋楼，里面一律是地板房，房间漆成白色，天花板用石膏浮雕吊的顶。我记得连里面的家具、医疗器械也是西洋式的。门外有很大的空地，种着水杉、法国梧桐，一年四季树叶"嚓嚓"有声，令人沉迷。只不过到了我出生的——我就是在那幢小洋楼里出生的——1960年代，很多东西像房子、设备，都变旧了，东西堆得也有些脏乱。我的眼前浮现出儿时在那儿看见的沾上药水、鲜血的棉花球和绷带。空气中有一股硼酸、乙醇的气味。在那个医务室，我见到我一生中遇见的第一批贵重、考究的器具，门上的拉手也跟普通中国人家里的不一样。当我长大几岁以后，我每次找借口跟我母亲去厂里后，都要一个人悄悄到那幢洋楼附近去转悠。我记得它还有一个宽敞、同样铺着地板的门廊，门廊正中是两根大的爱奥尼式的立柱。我长得很文静，里面的护士、医生都认识我，知道我是谁谁谁的儿子，所以他们不会赶我走。但再进一步，那里面的每一样东西都使我很胆怯，好看的曲颈瓶、天花板、各种金属器皿，连一把镊子落进瓷盘里"当啷"的声音也使我惊恐不安，更不要说医生开的神秘的药方和他们在暗处秘密施行的手术了。我连那些走进去的生病的工人——大多是女工——脸上的表情也觉得好奇。那是一种你在社会的其他场合不常或不大容易看得到的表情。在那一刻，人们都恢复了他的本性，他那专注的自我——身体里某一块地方秘密的隐痛使他忘记了一般健康的中国人身上的清规戒律。他们用手撑着腰或肚子，呻吟着、闷着头，走近那个门廊的台阶，两眼充满了忧虑、哀伤，表情直露而复杂。病痛使他们变得真实，而在那个雕花的落地长窗后面，医生——我记得有两个男医生、三个女医生——用温柔的男中音在窗外的秋风和投射过来的夕照的余晖中喃喃自语，那声音劝解、抚慰着人世的疾病，说尽了好话，仿佛叫人沉沉欲睡，忘掉烦恼，声音朦胧而低微——我就站在那近窗的空地上，其间大风一直在"飒飒"吹着那些高大茂密的树木——我已经忘记了，究竟是那个医务室里的东西、器皿还是奇异、洁净的药味让儿时的我深深为之着迷。在那气味里，在那人为的精致、不自然的芬芳里，我闻到死的味道——这是我最初闻到的死的味道，里面还有绝望、惊骇，一言不发的、无声的抽泣，数不清的呼喊——我妈妈最好的一名姓孔的女友，一个小姊妹，在我年幼时就死于那幢漂亮的小洋楼里的急诊室床上。她根本没有什么病，只是中午班上发现的一般的头晕感冒，去医务室后医生给她注射青霉素——那个年代里流行的药物。她属于那种过敏病人，医生也给她做了例行试验，但时间未到——因为要吃中午饭，别的医生都走完了——就结束了试验，注射了那剂致命的药液。

然后让她躺一会儿，自己就匆匆去了食堂。等别的医生回来，那年轻的姓孔的女人已经全身冰凉，死在床上——手臂上还凸出一块试验后的显著反应不良的针眼——她成了一个简单的青霉素过敏的牺牲品。

我记得母亲在那个秋天的午后哭得死去活来，她们是形影不离的好朋友，一起上班，在一个车间，而且是一个籍贯，都是苏北农村过江来的童工，甚至还是同一年进厂的。她们发誓要互相照应，1950年一起进了识字班。孔阿姨的苍白、模糊的面容现在还偶尔浮现在我的脑海里，她有一张十七八岁时和我母亲的合影，胸前、头发上都插着花，身穿漂亮的旗袍。这是1950年代初的一张发黄的照片。她们俩的脸凑在一起，一个调皮些，一个拘谨些。孔姓女人有一双单眼皮的细眼睛，即使从照片上看，也有一种尚未睡醒的、惺忪温柔的女性的表情。在我记事之前她已经死了。我弄不周全我对她的印象是亲眼所见还是源于照片。总之，她有一个和我同年、也是同班同学的儿子。他住得离学校更近。每天早上我去上学都要去敲他的门，同去学校。我只记得他姓夏，也有一双他母亲特有的狭长黑眼睛。他上到四年级就退学了，不上了，随他父亲调到了别的城市。我们小时候根本不懂人与人之间怎样交往，一切都处于原始状态。他母亲死后，由于可怜，常有同学欺负他。而我母亲那位猝死的小伙伴也只会本能地僵直身体，向我这边移近两步。我常看见他，也熟悉他害怕时候的模样。我的最激烈的抗议和帮助仅仅是板着脸，一言不发。因为起哄的一方人总是很多。我从小就弄懂了这个道理：我是少数人。姓夏的同学个头略高，他家里甚至更穷，从来不点灯，吃饭时有一碗青菜已经很好了。因为他父亲常年在外，母亲死后就断了一家人的收入，现在只靠他奶奶，一名苏北农村来的老太太拣拾垃圾过日子，但那老奶奶非常慈爱，对她孙儿，对我们百般疼爱。她还会烧一种很好吃、很香、黄澄澄的玉米粥。我有时大清早赶到他家，还能吃上一碗熬得很稠的玉米粥。我后来再也没有在世上的任何地方吃过这种粥。他们家的主食有时还有煮山芋，中午、晚上，一人就吃一只熟山芋了事，这让不懂事的我很惊讶，但我不知道那就叫贫困。有时老奶奶分给我一只，我也吃。我吃是作为点心，作为肚子吃饱饭以后的消遣，觉得好玩。然后才觉得好吃。我的夏姓同学和他的老奶奶——他们吃纯粹是由于饥饿，是为了充饥。吃完一只，眼巴巴地看着空空的锅底，就没了——这就是穷人和别的人之间最根本的区别！我小时候不懂事，老奶奶给我吃，我根本就不推辞还一个劲地说好吃！因为我家里从未把它当成"上台盘"的食物。我就像品尝自由新奇一样品尝一只煮山芋而在别人手里就成了他活下去的命根子！真所谓"人心隔肚"！即使在最要好的朋友，在天真烂漫的儿童中间，也存在这种不平。据说为了弄到这顿山芋，老奶奶要走很远的路到乡下去觅、去讨，鬼鬼祟祟，看见田里有，就用铲子挖——她心里惦念着她那快放学的孙儿……

学校里，也只有我敢和孔家的孩子做朋友，既为他家的穷是出了名的，还因为街坊邻居已经把他母亲的死说得很玄乎，弄到头几乎成了谈虎色变的什么传染病。有一段时间，人们绕过他家的房门走路。母亲当然坚持让我不要轻信谣言。于是我一如既往，和他同来同去，但也仅此而已。我们之间没有更深的友谊，只是人群中的一个少数人跟另一个少数人的本能挨近。由于我的敏感多思，我童年时代的朋友也很少，和我搭交的都是些比我小几岁的小喽啰。他们跟在我屁股后面，听我讲故事。但跟夏姓同学的交往，持续了好几年。礼拜天，还一起出去拣垃圾，还有上面那种吃山芋的例子，他们是真拣，我是好玩。我几乎成了他们一对老少拣拾垃圾的"拉拉队员"。我们跑遍了这座县城的角角落落，包括周边地区相对垃圾而言有点意思的农村。母亲破例在这桩事情上放行。因此我从小就对——老奶奶很熟悉地形——厂围墙后门、河滩、渠道、空场特别了解，知道星期几什么厂里倒垃圾，在什么地方，什么东西最能够卖钱，无非就是些破瓶碎玻璃、废铜烂铁——那年头连值钱的垃圾也很难找到，都是些工业垃圾，生活垃圾根本就很少。也就在那两年里，我知道了生活的艰辛，知道人身上背几十斤重的东西，要走回来，中途还有许多沟沟、高坡，是多么吃力，多么不容易。有一段时间我也对垃圾着了迷——各种各样的生活的、事物的碎片——这种癖好一直持续到夏姓同学全家迁走后很多年，持续到我少年时代的末尾，才慢慢转移到旧的书、写作上。我命里注定了身上也有穷人的、不幸的气味，我不知不觉地热爱上了它，热爱上了卡车倒下来一车垃圾后那群人的兴奋和哄抢，以及完全不被人注意和欢喜的空地上的风，夏天河滩上的气味，原野上云层的色泽——儿时那老奶奶一路指点给我们看：天要好了，天要下雨了——所有这一切，都意味着我们要从中扒抢出能够使我们赖以活下去、生存下去的那么一点点可怜的财富！

我熟悉城里各种各样的收购站，那里面的工作人员都认识我。那里面通常是一块黑压压、堆满各种垃圾的空地。那里的墙、柜台、算盘、磅秤都是世界上最肮脏的。角落里、后面院子里，成麻袋成麻袋地堆着破瓶、酒瓶、药瓶、旧报纸、铁、铜、铝皮、铅丝、旧衣服。童年再也没有比磅秤上的秤杆跳动时更让我全神贯注、兴奋的事情了。我熟悉各种各样的数字，生铜多少钱一斤，熟铜多少钱一斤，还有破瓶、报纸、铁……。我的有限的数学知识和兴趣一半是从对这堆破烂的计算中培养出来的。要是让我在路上拾到一块铜螺帽，我要高兴整整一星期。我也见过大堆的书被人挑来，论斤卖掉。可惜那时还不懂看书。我小小年纪的心里，已经有这座城市完整的地图。每个街区、每个厂……我都是它们小小的流浪儿。我对收购站着迷，它构成我童年生活里某种神秘的、终极的报答，它能准确衡量我到处搜罗来的垃圾所得，它构成了我对真理的最初感应。无论我有多脏、多委屈、多累，一到收购站的路上，我的脚步就庄重起来，有一个一连串胜利的神秘的数字在等着我，我内心深处的一切都是为它准备的。我希望自己更体面些，更让站里的人——我现在还记得现已不复存在的废品收购站里当年的几张面孔——感到惊讶，意外——哦，这小子竟然能拾到这么多宝贝。

我的性格也在逐渐形成，我越来越沉默，越来越对学校、社会方方面面的规矩不感兴趣。我感兴趣的是那些人劳累时的旷野，人吃力时的风，太阳光的强度——穷人多么需要它们，穷人买不起棉鞋，买不起像样的围巾。有时候，一直到我长大以后，当我穷愁潦倒，或身体不舒服时，睡梦中我就会回到那幢工厂的医务室的洋楼，回到午后黑沉沉的收购站。后者无论天气多么酷热，里面的空间都给人一种凉爽的感觉。你只要学会忍受它的气味。一般人很难受得了，那是一种腌牛皮、干枯的血迹、霉变的药片和药水、腐烂的纸、锈铜烂铁混杂交织而成的一种浓郁的臭气——但在1960年代的中国，在我的童年生活里比这更臭的气味多着呢！其中还包括各个季节的转换在这种特有的收购站气味里的位置：夏天——阴冷；秋天——嘈杂、干燥；冬天——清晰、稳定；春天——潮湿、复杂……

春去秋来。我的夏姓同学退学了，他全家要把户口迁走了，因为生活实在难以为继。我们默默地告别，像两个真正不懂事的少年。老奶奶含泪拉着我的手，而我则考虑下次到什么地方才能再吃到那种又香又稠的玉米粥。妈妈又勾起了旧日的回忆。她一直在把家里的旧衣服送给他们。每顿家里吃馄饨，她也要盛一大碗，有时亲自送过去。自从孔阿姨猝死后，妈妈变老了许多。身上的心事更重了，她从此再也没有过一个贴心的好朋友，她为了争取孔阿姨的抚恤金，也不知和厂里吵了多少次。随着夏姓同学一家从熟悉的老街上的消失，我的童年也无影无踪了……我又交上了其他同学和朋友——我学会了遗忘……

纱厂的大小历史，只要看码头。县城西面的那家"利用纱厂"就紧傍着一条贯穿全城的运河。在河边上有一个专为纱厂而砌的大的水泥和石砌码头。80年代中期，还能看见那个码头的残余。厂沿河垒起了高大森严的围墙，围墙上长满了爬山虎，立在河里，非常壮观。码头上去是一个卸货的空地，空地上有一棵巨大的百年银杏树，夏天浓郁的树荫里常掉下白果来。我小时候的头顶心就被击中过一粒。更经常地，我们在树下转悠，摇又摇不动它，爬又爬不上去，只好巴望它有白果掉下来。民国初年时汽车还很少，陆地上运输不得解决，各乡各省的棉花，都是用船从水路运来。厂里产品出来，也是用船送出去。因此看一家厂的大小重要与否，只要看它的基建中是否有码头，是否有足够的实力解决运输。利用纱厂不仅有码头——尽管它后来被汽车淘汰了——还有自己的医院、学校、水塔、高大的成排的仓库。水塔在"文革"时还架过机枪，据说一支机枪可以把全城街道封锁住。总之，纱厂里那个砖砌的水塔是全城唯一的、最显著的制高点。外省来的人，下了车站，下了轮船码头，一眼就能看到那幢洋红色的过去年代的建筑。

　　我记得那些雨天里的县城街道，那早春季节，或者深秋的雨。因为那时候的风很冷，到处都有乱风在吹，往人的脸上和身上吹送长长的雨丝。春暖花开时，突然有一天天气就阴下来，整整四天四夜，雨不大，但一直在下，中间停歇的时间很短。雨不大，但是风大，没头没脑地往你身上裹，手里撑的雨伞像举着一块可怜的、软塌塌的破布，根本就是东倒西歪。为了防止它被风撕破，你还得跟着它乱跑。到处都是淅淅沥沥、银亮的雨，雨声仿佛从史前时代就开始，以后再也不会停止。街道、房屋、人影，水汪汪的。雨小的时候，沿路头檐头水的声音又大了，而且丝毫不比起先的雨声小，听上去同样急促、有力。直到县城本身的气味消失、灭亡，彻底被雨雾清除——直到天上地下只剩下一种气味，雨水的、湿泥的——前者寒冽、芬芳，有一种刚削掉皮的树枝（例如苦楝）的味道；后者来自广大的乡村，仿佛郊外的池塘、田埂某一部分，已经趁着雨夜像大部队一样悄悄移到了县城的上空。这是一种非常美丽、清爽、可口的早雨气息，虽然样样东西都在房间里面受潮，摸上去又湿又软，但空气是如此清新——冬天已影踪全无——不时还吹来弄堂里的土墙、藤萝、瓦盆里的月季花和房顶蒸发出的淡淡的水汽，一口井的淡淡水汽，铺方砖的庭院的淡淡水汽以及树、地板木头、瓦片、砖头堆的水汽。人像是刚从树的植被、树液中跑出来。人自大地的肌理中脱身而出。孩子们在这雨天里得天独厚、自由自在。我小时，只要天一下雨，就得意洋洋，就毫无事由地高兴起来。首先，妈妈不得不从床底下的搁板上把我那双心爱的，以至于她也有点舍不得给我穿的漂亮的黑胶鞋抽出来给我穿；其次，街上到处都是水，这很好玩，看见大人们变得跟平时不一样，变得狼狈，这同样好玩，而且雨的味道又那么好闻，像满世界堆满了捞上来的水草。哦，儿童所理解的生活就是这样：自由、好玩、无拘无束——这是否要比大人的观念更高级？

不要劳动，不要赶时间，不要愁眉苦脸、心事重重——就这样干干净净、爽快、健康、享受美丽的空气。俗话说，"落雪落雨狗高兴"，人们就用这样的话来讥讽或调侃那些一见到雨就发疯的小孩。我小时候不知听过多少遍，有时候是别人对我生气、对着我大吼，有时候是妈妈无可奈何，是温柔而深情的低语，这反而说明她很喜欢我。同样一句话，听上去就变成了亲人情不自禁、轻轻地抚摸。于是经抚摸过后兴奋地穿上新胶鞋——它散发出一股和雨天相匹配的、同样在我家的东西里算新奇好闻的橡胶鞋气味——的我跳进了春天的雨地。沿路走过，把地上的雨水溅得到处都是，这也算童年小小的背叛，对生活对世界最初的算计。

我记得那些很深而旧的砖巷。围墙跟围墙之间直直的，弯弯的，有些地方很高、很正规、年代悠远，有些地方很矮，一看就是土造的，自家房主后来垒起来的，墙上面压着一只只古怪、圆形的瓮。那些瓮大概跟土坯一样，同样是最不值钱的建筑材料。一下雨就光溜溜的，有点好看，因为雨脚在那上面停不住，周围的缝隙还长满了墙头草。有些院墙不止这些，从院墙里面还露出一些主人家的植物，例如：一棵枣树、一棵梨树，更多的是南方典型的泡桐，长到后来树头往下弯，分出树杈，春天在那上面萌出娇嫩、绿色的蓓蕾，开出紫色的花。春天雨水充足的话，天气晴朗不过几天就开了。园子里的紫藤花也在雨中开，花瓣一串串掉下，似乎争先恐后地被风吹落——这是一千多年来举世闻名的最后一片江南风景了，它由那些纵横交叉的河网、居民，小镇上的石桥、乡村构成。而河水被污染了，民居大多颓圮，被拆迁了；桥变成了难看的水泥桥——以至于乡村大量的乡民都掀起了造屋运动。造的楼屋依我看，是人所能造出的最难看的那种式样。当我回忆小时候的光景时，我有过一丝侥幸，在长江中下游平原上，在我幸运的眼睛里保存着中国最后的江南的影像。现代文明无情地丢弃了它，丢弃了普通中国人千百年来宁静而保守的生活方式。那随处可见的门洞、名库门、木楼、河边码头上的台阶，那墙上斑斑点点留下幽密的雨声的弄堂，家家户户的天井、院子、菜地，家家户户门口一根晾衣服的竹竿，一块晒太阳的空地……

小时候十一月里，空地上晒满了咸萝卜，一直要晾到落下霜，晾到白雪茫茫的冬天。家里的罐子里用石头压住，腌满了咸菜。冬天清晨的空气里有这种酸冷的菜的味道。门楣下挂着一串红辣椒，有时候还有一串咸鱼，咸猪肉。所有这些等出了门就能闻到。积在地上的霜和腌肉排上泛起来的盐花形成对比，说明着节令、农事、掠过平原和村庄的寒流——而田野里冻僵、干涸的沟渠，似乎也是寒流在大地上留下的艰深的印迹。天空蓝得你一个劲儿惊奇，天气冷得你眨一眨眼睛都疼，而太阳光亮得宛如化作气体的金器，暖热、温和，但身上、骨头里更冷了。人只得蜷缩在墙角，像一只狗似的，人出门走路，都已经不是走了，而是一溜烟小跑——仿佛严寒在背后追他。十二月底里，盛在碗里的热粥出现了菜梗、红枣、花生果，桌上——一年中第一次——端上了血红的辣酱。你用鼻子闻一闻都觉得刺激，但你忍不住要蘸上一点，要用调匙拨一点，放在烫的粥里。"吸溜"一声，你的嘴里顿时就辣得热起来。辣的感觉在舌根下和喉咙口迅速蔓延，使你难受、紧张得想哭但又觉得有劲。当一切平息下来以后，你又有了再尝试一次的欲望，而且这一次比上次更强烈……鲜红的辣酱使你流下眼泪，与此同时，窗外寒风呼号，像有一个传说中的一千岁的鬼在远方哭号。他来去如旋风，刀割般迅速，浑身裹满原野上白茫茫的雪花。行人在寒天里艰难地行进，不时找一块干的地方，狠命地跺脚。有人在室外拍打身上的雪。于是你低头再喝一口热辣辣的粥，直到额头上出汗。冬天的食物里，还有几种我称之为"童年食品"的粥和面，因为长大以后再也没有吃到过，也没看到别的人家还在烧——仿佛是妈妈专为我孩提时代的记忆配制的食谱。例如，面食中有一种叫"一汤面"。烧的时候煮大半锅水，放很多菜叶、蘑菇、肉丝，跟面一起下锅，煮烂，吃起来才鲜。面最好也要放断面，菜的品种越多越好，冬天盛在碗里不易冷却，始终都很烫。吃的时候也要放点辣子，几口下去就使你忘记了户外的严寒。

在冰河里，在大冷天，很多店铺、私人作坊、商店都已经打烊，只有工厂还在开工。我家附近的街上，有一个白铁皮店，一爿铁匠铺，一家船具店，一家剃头店。冬天头都闭紧了店门，大多数人都足不出户，因为穷人多，有的人家只穿得起一条单裤。通过边门，我可以偷偷溜进那家剃头店里。我至今还记得那里面空空落落的冬天里冷清的景象。墙上排满竖直的镜子，有的背面水银已脱落。我每个镜子都照一遍，小心地避开搁板上的电线，拿一把梳子或剪刀，模仿大人的模样。剃头店里有一股死头发的冰凉的感觉。我认为头发也会慢慢死去，刚剃下来时，它几乎还是热的，掉在地上时间一久，就气息全无了……。店里的每样东西，都沾上了人去楼空的、死了的头发的气味，镜面、磨刀布、刮胡子的刀和刀片上沾着的一点肥皂沫；高大、炫耀的靠背椅，椅子底座的铁栅格的踏板——更不用说地上的断头发和椅子上的白围裙了——剃下的头发混在一起，扫到一边，宛如人的一堆骨骸。数不清的、男男女女的头发，先于他们的身体被统筹进宇宙万物之无名的哭泣。我有时长久地蹲在那片剃头店的地方，长时间仔细端详，研究那些头发和垃圾，一遍一遍闻着他（她）的气味——而上述这种脱离人体的头发的死亡，我确信也只有小孩能有体会，只有一个人的孩提时代对此有所感受。想想，大多数的小孩很怕剃头，一进理发店，就躲，就把脸藏起来，就想挣脱——你硬按他到椅子上，他马上就哭号起来，而且是真哭，非常悲伤——当头发一绺绺冰凉地、无人性地掉落时，他是在哀悼那些莫名的生命。哭喊者身上一点点体温、光阴、气血的夭亡，像无边无际的海洋感到了它的动荡不安，像秋风吹下来树林中的落叶……。这种儿时的敏感，对生命独一无二的体察随着年岁上身而迟钝了，消失了。我甚至想写一首诗来怀念我小时候被剃掉的，在一个未名的角落死去的头发。我怀念那种凉凉的洗发水的芬芳，那剃头推子上用的柴油味道——阳光晴朗时它更好闻——怀念那些紧贴着头皮的木梳的齿，那种白铁做的同样冰凉的轧剪……剃头店前街的一边，全是齐胸高的长窗。里面有两大排座椅，可以供12个人同时做生意。中间是两根神气的木头柱子，柱子上钉着各种各样的用具，也可供顾客挂衣服和包裹。立柱旁边有洗脸架、肥皂盒。这是一个两大间、开间很阔的大剃头店——我坚持不说理发店——从其面积装修可以看出昔日这条大街上的繁华（多少人头在附近簇拥）。到我小时候，已经完全冷落了，成了本城一个闭塞、冷僻的所在：北门。在上个世纪多少商船都要从街边上的闸桥河里过去。那一艘艘装有堆积如山的货物的木船在现已不复存在的市街的热闹中从容地推开波浪，而现在都烟消云散，只剩下一个空空的、仿佛有本事的人都已死光的旧城。在那时候，我猜想，从这家剃头店朝街的窗户看出去，太阳光里有多少张热闹的人脸。喧哗的市井声仿佛隐居在冷僻空气中的某个角落——仿佛我儿时在墙角砖头堆里捉蟋蟀的经验：只要看准，掀开一块砖头，那完全不一样的往昔就会重现，宛如古代画家们笔下的长安、开封府、江宁（南京）、临安（杭州）、青浦（上海）、苏州……。"店门首彩画欢门，设红绿杈子，徘绿帘幕，贴金红纱桅子灯，装饰厅院廊庑，花木森茂，酒座深民"（《梦粱录·卷十六·酒肆》），或者"青山四周，中涵绿水，金碧楼台相间，全似着色山水。独东偏无山，乃有鳞鳞万瓦、屋宇充满，此天生地设好处也"（周密《癸辛杂识·续集下》）。我能想起来的世界著名的旅行家来江南出游后的观想："……这些楼房的下层是一些店铺，那里有各种各样的手工艺品和器皿待售。其中的一些店铺为酒肆，专营由大米和香料酿成的米酒，总是现做现卖，价格十分便宜。""……一个人可以在那里寻到这么多的乐子，简直恍若步入天堂。"（《马可·波罗游记》）

剃头店的厅堂，全部漆成绿色。很多地方都是木头的，包括挂两排镜子的墙面，和临街那堵窗墙。我小时候，店面上的油漆已遭受年深日久的风雨剥蚀，但太阳一出来，天气好时，仍很美丽、宽敞、大方。里面还有一个小厨房，一只大的炉灶，摆着热水瓶、蜂窝煤，再往后面走，就是一个很空的大院子，院子里种花。靠墙角是月季花，枇杷树，花丛边是一口井。而院墙隔壁就是我的家。院墙上打了一个洞，上面用铁皮做了一个水槽，一个大的漏斗。人只要在这边井里打满水，再倒到漏斗里，隔壁院子就能用到水——这同样是个令人着迷的游戏。我经常乐呵呵地跟在父母屁股后面，穿过热闹的剃头店，到这边院子来打水——井水味道很好闻，旁边的月季花开了很多，有时转身不小心一碰，地上就落满了鲜红的花瓣……而井水里饱含着苔藓和太阳光的滋味、地底下的砖瓦的滋味。院墙上也同样长满了四季常绿的藤萝，风一吹，簌簌地抖动。

店里挤满了男女老幼、各色人等的街上人和乡下来的顾客。各种方言在这里混杂，苏北话、上海话、常熟话、苏州话、无锡话、常州话，当然用得最多的还是本地话——但是本地话当中也有区别。县城和郊区的就有区别——几乎每隔十里就有一种口音。各种性格、阶层的人都云集在这里，尤其是星期天，从农民到拉板车的，从医生到醉鬼，从"四类分子"到官员……，或畏畏缩缩，或大大方方，或正襟危坐。可以说，除了茶馆，没有比当年的剃头店更热闹、嘈杂，话更多的地方了。天气一开春，剃头的人也多起来。只是街上没有人做生意。我小时，长到10岁，只见过三四种不一样的小贩：有一种沿街叫卖五香豆的，一种做"硬衬"的，一种夏天卖冰棍、冬天泡炒米的，还有一种卖糖饼的。

卖五香豆的最神奇，那几乎是在"文革"前夜，我大约3岁。有一次看见一个人停歇在街面冷冷清清的屋檐下，三两个家庭主妇围着他。他的五香豆要卖五分钱一包，小时候听起来已经很贵了，对每个人都意味着要积五个一分硬币……但他有一杆么小巧、美丽的秤，秤盘几乎只有小汤碗大。五香豆是真正货真价实的，闻上去非常香，他手里秤杆就这么一翘，一包已经卖出去了。我就只见过他一次，但印象深刻到长大后还梦见他的地步。因为觉得他本领那么大，一个人就这样走遍整个城，什么地方想去都可以去，而且还带着那么好吃的豆……，于是他就在我童年的脑海里漫游，带着他沙哑、不太情愿的吆喝，带着一种在我看来非常秘密、神奇的食物。他像流星一眨眼就过去了。那两天街坊和我母亲常常谈论到他。以后长大了店里到处都是五香豆，我本人也特意去过上海的城隍庙，但那种食品已完全失去了过去的魅力。他身上带着一种要价高、过去饥荒年代里的食物诱人的香味。而就当时的国家意识形态上讲，五香豆的"五香"几乎是"小资产阶级"的情调流露，所以那个陌生的男人——他不像一般小贩，而完全是长相英俊、有模有样的男子汉——从此在茫茫人海中消失了。虽然一个当年顽皮好奇的小男孩痴迷而又无足轻重的脑筋记住了他。

冬天卖"硬衬"——这个词完全要用本地方言说才好听，更有滋有味。它具体指的什么，我也说不周全，依稀记得跟各个人家的女人、家庭主妇有关，响应这类吆喝的也大致是她们。指的是一种做鞋样、鞋底、衣服衬里的什么硬板纸糊的玩意，总之又不好吃、又不香，故不受小孩欢迎。那"卖硬衬"的人也年复一年总是那个背弯、衣服皱巴巴、脸上全无表情的小老头。从我出世，到70年代的末期，我一直见到他，那是一个下巴突出、金鱼暴眼、皮肤黧黑的老人。时光流逝，我从1岁长到20岁，而他仍是当年那个沉默、身体皱缩的小老头。一到冬天，通常是白露之后，他就从县城什么角落里冒出来了，走路步子不紧不慢、沉稳，又略带不易觉察的敏捷快速，仿佛他预先就知道时世不济对他不利，而大街小巷儿童盼望的零食他没有带来，只带出来那种乏味、女人气的劳什子。所以他缩紧肩膀、不苟言笑，除了每隔3分钟吆喝一次外，一声不吭。他就靠每年冬天的叫卖糊口。可以说，严寒和发冷才能使他活下去，其他三个季节都躲在家里不出门。他精确地计算好，他的卑琐恰恰在儿童们或像我这样的半大孩子可以忍受的范围。他从不越轨，他的吆喝里有一种生气，至少也是没好气的强硬声调，仿佛一路走过来，已经腻透了，他再也忍受不了这个世界——越来越多的人不再需要他手里那种"宝货——"卖——硬——衬"，就这3个字，来来去去，去了又回，每一个单字后面都要加一个"！"号，读的时候发入声。标准的城里口音，苍老、重浊，像三块行走着的骨头——久而久之，这已经成了大冷天快到的标志，比时钟还醒目，比真正发冷更管用——但见一小老头低着头，驼背，一步一颠，背上背着出售的货物，就这样朝人们生活中的冬天走来——而他脸上有一种到人家家里去从不敲门的倔强表情。我记住了这个表情。我一直很遗憾没有跟他做哪怕最简短的交谈。因为1978年，或者1979年的某一天，他突然消失了。他和他那个行当永远永远沉落进了中国历史和民俗的深渊——于是我明白过来，他的手艺使他生前就意识到了这个深渊，这就是那故乡市镇上令人难忘的人脸上表情的缘由——我感到天气已经很冷了，而且是深冬了，怎么今年没有人……于是我知道，那个声音，那个寒冷的夜晚的坚定不移的吆喝声——我就在那里面长大——真的消失了，不会再有了。从此，他只是在我的忘记中出没，而那近乎于幻听——随着这个沿街叫"卖硬衬"的声音的消失，我身体里也有什么地方冷下来、空出来。我感到现在我对他理解得那么透彻——故乡手工业主最后的叹息——于是他的吆喝声重又在我身体里响起，尽管他这次已带有清清楚楚对世道人心的失望——我却真切地被这失望、这冷唤起了我童年时代的温暖，妈妈的手像炉子上的饼，还有炒蚕豆诱人的香味，隆冬的夜的静谧……

卖冰棍是一种公认的比较苦、比较下贱的活，只有最穷的人才肯做。儿时碰到的卖冰棍的人通常都是孤老太婆和失业在家、拖儿带女的妇人，偶尔也有强壮劳力的男人，衣服破旧，咧开嘴朝你笑，一看就是附近乡下没有城镇户口的村上人。那时候人们还没听说世界上有冰箱，家里有自行车的也不多。自行车还有"公车"这个说法，就是一个厂里、单位里只有几辆，大家合伙着骑。再说家里如果买得起自行车，也不会出来卖冰棍了。都是一只专门的木头箱子。近乎于正方形，箱子周围垫满棉花胎，到糖果厂的冰库批发来的冰棍——只有一个品种：豆沙——一块块像砖头一样码在里面。上面再盖一层棉被，就用这样的办法制冷，或者说恒温，不让太阳晒到。我至今还在纳闷这种棉被制冷法。等箱子装满了，就背出去卖。卖的人都是徒步，无论老太婆、小伙子，都用箱子两旁钉的一根宽幅布带子背在身上。我想那一箱子冰棍装满了有三五十公斤重。小伙子力气大，背在身上跑得快，地方跑得多，半天就卖完了，可以再去批发一箱，一天卖两箱，肯定能赚钱了，但老太婆就不行了，好不容易艰难地背上肩，往前走几步，走一小段，就得放下来休息，人已经是一身大汗。我印象深的是，小时候见过的，卖冰棍的大多是老太婆。她们把冰棍箱背在身上，人整个身子往前冲，走一步，弯一弯，几乎像背上一麻袋东西的码头工人。奇怪的是，小时候很少会对此觉得可怜，因为人人日子都不好过，只不过棒冰这种活更低贱罢了——常常听见大人训斥自己没出息的孩子："长大去卖冰棍吧！"干这一行的无奈，可见一斑。

当我长大后，人们已经用自行车驮着棒冰箱子，沿路推着叫卖了。再后来，干脆有了三轮车，车上放一只小冰柜，而且叫卖的品种也各式各样，应有尽有了。人们已经忘记了当年那些把箱子背在肩上沿街叫卖的可怜的老人了……

夏天，我睡午觉，有时一睡醒来，就听见卖棒冰人拖长了的吆喝声。他们都用同一种敲打的木具，大小如说书人在台上用的惊堂木。总之，一块狭长的木头，沿路走，沿路在身背后的箱子上拍，拍几遍，叫一次。拍木头的声音非常有节奏，大致如"啪……啪啪——"这声音就表明他们所在的位置，他们在令人烦闷的大热天里的出场。"卖棒冰冰——啪！啪啪！——啪！啪啪！——"于是我的眼前就出现了一个从太阳底下——太阳光宛如漫天的尘埃——拖着沉重的箱子吃力地走来的男人，或者老太婆。当你递上五分钱——这是一支棒冰的价钱——远远地，他们就会停下，把箱子从背上解下来，擦一擦汗，掀开棒冰箱子，一股制冷的凉爽的雾气就会从箱子里冒出来，带着磨碎的红豆好闻的水汽。于是，你急不可耐地用手接住棒冰，解开包装纸——纸上通常印一些"农业学大寨"等图案，棒冰一头是红豆，结满硬邦邦的白霜，下面就是带甜味的冰了。你在烈日下轻轻含住，舐一口，顿时感到舌头又甜、又凉。我记得卖棒冰的人自己也舍不得吃，他们卖掉一根，至多只能赚一分钱甚至半分。他们擦擦汗，又重新背起大木箱，走了。从无怨言，只是觉得累、疲劳。手臂上绕了一条擦汗的毛巾，一声不吭。你从他们眼睛里就能看出他们确实累极了，一个苦苦撑持着的人的缄默。他们的精力已经被太阳蒸发掉了，随着汗滴掉落了。他们中甚至有那种中午没吃饭的饥肠辘辘者。他们被自己日复一日单调的吆喝声弄得晕头转向，走路慢吞吞，身体各部位的动作，都已经很机械了……

有时我能分辨出城里卖棒冰人在不同时间里的确切位置，就根据他手里那个木块拍击的声音，我的心思长时间地跟着它跑。在炎热的空气里，感觉到他在青果路一带，现在朝着忠义街跑，那儿有一家粮管所。现在他停下来了，我仿佛能看到烈日下那少有行人的小街，树弯向灰尘遍地的热风，锯木场边上一座小石桥已经被岁月磨损得很厉害了，地上铺的通到桥上去的石板有的迸裂，有的完全变了形。桥下水流一动不动。如你午睡那段时间里，卖棒冰人一直在四处转悠。有时你一觉醒过来，发现他们已经到了城的东面。你感到夏日如此悠长，仿佛会随着卖棒冰人发出的吆喝和木块拍击声一直延续下去。风从锯木场上吹过，许许多多锯木屑蒙到行人脸上、眼睛里，现在连锯板机也停下来了……但那个声音，仍在延续：啪！啪啪——啪！啪啪……。城里仿佛变成了乡村，一种旷野上的寂静，笼罩着七月的市镇。每一个人出门，都仿佛心有余悸，脸上都有一种烦闷、胆战心惊的神情。大门外面，院子外面、弄堂口，人只要跨出一步，就进入了万劫不复的白昼。酷热像锯板机上圆形的锯盘在肉眼难以察觉的飞速中沉静地转动。

儿时的冬天，也许最幸福的体验，就是去寒冬腊月的街头，围着一锅爆炒米的摊子那种感觉了。每个小孩，即使在街上碰见时默不作声，脸上也有一种欢呼雀跃的表情。如果这个小孩手里拿了大盘篮、篮头簸箕，或装米的布袋，他看上去就更自豪了——他显然加入了许多邻居爆炒米的行列。更何况爆炒周围的空地上，空气那么香——又热又香，全是爆熟的米香，那炒米炉子的炉膛里的火一闪一闪，多么温暖，多么吸引人……等到一锅炒米爆好，机器要起身时，炉膛里的火焰就冲天而起，火尖尖上冒着纷纷扬扬、不断向夜空蹿起的火星，有些很快就熄，有些蹿得很高，像一群被乱风吹逐的闪烁的飞蛾，场面痛快、稀奇、煞为壮观。这是我童年所见到的最难忘的人间景象。那些炉膛里的火星，像放礼花一样，事实上比成年以后看见的礼花更叫人欢喜。而在这礼花的周围一圈，是黑压压一片街上围观的人群，大大小小，拖儿带女，全在那个冬夜的炒米机旁边，静静地分享这壮丽的火光和即将到来——已经在寒冷中闻得见它的气味——的新年！这就是一个孩子在贫穷年代里所能体味到的人世的幸福和欢乐之一——炒米机"嘭"一声！惊天动地，震耳欲聋。热滚滚的炒米——刚爆好时还是柔软的米粒——白花花一片从炉膛里倒出来，倒进居民们张开的布袋子。布袋子像个幸福而满足的人，立即倦慵地瘫软下来，你这时用手去摸摸布袋外面，又热又潮，像被泪水弄得浑身湿热的情人！我小时候看见的流浪儿、讨饭的人各式各样，但真正穷的城里人，就是跟着这个炒米机转，整个冬天，拣拾地上踩脏的、散落的炒米，塞进嘴里。不光是穷人，有时身边熟悉的人，大人、小孩也这么做，瞧准机会，看周围没人注意，用手到地上一拢，就往嘴里塞。因为炒米爆的过程中不慎掉落的很多，星星点点，像下过一场不大的雪。最神奇的还是那台炒米的机器，我不知道它是哪个国家发明的（我真想知道！），但它是人类曾经有过的最伟大的发明之一，而且是少数几种抵达正途的机器模型。它那浑圆、古怪、黑不溜秋的外形，如此神奇的一块铁，在我看来，在人民中间爆发出了上帝的真正的笑声。它状似葫芦，重达20公斤，看上去像一颗从天而降的炮弹，而且是重磅的，尾巴后面有个圆盘，一把铁的手摇的柄，爆炒米的要始终不断地在火堆上摇动它，使它肚子里的稻米慢慢膨胀、发热。同时用另一只手去推拉一只木头的风箱，以便把火焰不断地吹高，而那个爆炒米的工人，全身上下特别是脸上都被风箱吹出来的灰弄得黑糊糊的，只露出两只眼睛是白的，还有牙齿——看上去像非洲来的黑人。

我常在雨天里行走在从家到母亲做工的厂大门的那个街区。我喜欢雨天，从小就爱那些孤僻、独自沉思的时刻。父亲恰好把我打发出门，给母亲送伞。我哥哥是个模范学生，他把大部分时间都花在做作业上。某种程度上，我的童年是在孤独的天地里独自遨游。很少有人问我，或者知道我在想什么，我也从来没有过想要找人倾谈、交流的欲望。在我成年以后，我感到需要别人了。另一个人的倾听对我已经很重要，但在孩提时代，这第二个人从不存在，可以说，连个影儿也没有。我根本无此需求。我是个非常伤感的男孩但也非常偏强。我从不诉诸言语，只是独自冥想，仿佛我幼小的身体还停留在星际的某处，在遥远的夜空里遨游。就像人们用肉眼难以察觉一颗闪烁的夜星的运转，我认为人们也很难读懂一名儿童、一个成长中的少年的心事。他的存在本身就是一种秘密——他的周身有如此之多的秘密——他是非公开的，自我封闭的，像森林中的一条黑暗的冰河。所有这些秘密，所有这些脉脉含情的柔美光阴——儿时的光阴——全都有一种冷漠、非人间的美，一种非常隐蔽的危险。例如，小时候人人都想知道城市另一头的样子、地平线外面的世界，想离家远行，突然出走，仿佛从人类的时间中一脚踩空，进入伟大的宇宙的深渊——在那个深渊里，每一种生命，或者无生物，都被赋予一种纷纷扬扬的、缓慢飘旋的碎片的形体。童年都更多地意识到时间之外的东西，这在学术上已经不是新鲜的定论。与此同时，一名男孩和女孩，他们也会在自己的身体里悄悄地构成他们成长其中的空间感、现实感，这一切都在秘密中进行，就像一场战争，一次大的战役之前工兵们躲在战壕里，悄悄地、仔细地擦拭武器，贮备弹药，检查每道防线的顺序，不放过每一个突然睡醒的梦。只不过，有的小孩一开始就只习惯和其他人、其他更多的小孩一起干，有的却是不自觉，只是真的单干。对于孩子们来说，这种单干是饶有趣味的。我们有时从一名孩子的前额，说话的神气，走路的样子上可以判断他是哪一类。他们无疑都十分活跃，但后者有一种更新的、秘密的活跃。他们会长时间地研究一根草叶上的一只青蚱蜢，或某个无名的昆虫，怀着焦虑迫切的心情在炎热的夏天里长途跋涉，到城外面的一座村庄西北角的池塘去，双眼无一例外射出一种不可名状的痛苦、兴奋的目光，梦游般仔细、专注——这就是我在那些雨天里的情形。这就是之所以我到今天还清楚地记得起来那些居民、街道、店铺的外形以及它每一个细节的原因——当年，我曾盯着它们看，看了一百遍，一千遍，在各种各样的雨天、晴天，冬天、春天。每一种气味我都能回忆起来，每一条街的空旷无人、繁密的雨脚，入夜时的景色……。于是当我熟悉以后，我渐渐地爱上了它们。就像小孩子弄惯了手上的那个玩具——一把木头手枪，一辆稀奇的、上海产的玩具小火车——不舍得轻易丢弃，也不习惯它们不在身边。这是一种就人们的忘记而言的肉体上的爱惜——千千万万的寒冷、寂静，千千万万的夜空下的雨丝，使我们顺从的灵魂贮存起了自身的苦难和命。当我成年以后看到越来越多的旧街、老城区被推土机怒吼着推倒、填平，被房管所勒令拆迁，我们的反应就像是孩子们手里的玩具——即使它是旧的——突然被大人摔碎在地，哪怕他不慎转身，不小心碰翻它，使它车身上的一块漆划掉，我也会大吵大闹。我至少要不高兴，沮丧，难过，有时甚至几天不说话。夜空中的每颗星星，每一个房檐，房子的风火墙、束脚、门楣、门牌号、木头板壁；春夜里每一阵带来田野水汽的轻柔的风，都经过了我那幻想的舌尖的久久玩味。不错，一个人的生活道路，他的好恶、感情、习惯就是这样来的,虽然我仅仅写到了它们抒情的一面。有一阵子我对田螺发生了兴趣,但必须到夏天,我才能带一个竹篮,沿着河岸的边沿小心翼翼地下水去摸,去用篮子网。但是,母亲在其中工作、挣钱的那家工厂,长久地占据了我童年时的瑰丽的心房。它是巨大、庞杂、过于喧闹、阴沉、美丽的,它是变幻莫测,而且事实上也是不可知的。我到成年后也没弄懂那些车间里的溽热其道理何在,或者机器上的那些数不清的筒管何以用那么快的速度飞速转动。它是魅力无穷的,是我童年的星际空间里除县城(它不包括整个外部世界)之外体积最庞大的星球。我总是一个人,着迷、仔细地勘探,小心翼翼地得出结论。它引发了我无限的好奇心:车间、厂房、码头、医务室、食堂、大会堂……,成了我无穷无尽的童年幻想的源泉。我从不把自己的勘探计划泄露给别人,生怕别人取笑,似乎也没有那个精力甚至多余的兴趣去想到这一点。我完全着迷了,达到了废寝忘食的地步,一有空余就往那儿跑,而且我上的小学恰好是以那个厂的名字命名的"职工子弟学校"。我既是它的"子弟",一天就有4次经过它附近,经过它阴森的厂大门、秘密的弄堂、明媚的树荫,领受它的机油味、蒸热的棉纱味、厂食堂的炒菜味。有时,女工(她们像我亲爱的妈妈一样)上下班,我正好上下课,所以孩提时代我是辨别她们身上的气味或仅有的化妆品香气的权威,也是她们的表情、面色、衣服料子、款式的秘密的鉴定家、品评者。只不过这一切都不为人知罢了。我同时还要领受它那石灰剥落的外墙的挤压。夏天我沿墙根躲避烈日,冬天躲避寒流。每天都要看见它,每次都要在脑筋里,临睡之前演绎一遍我白天的细致勘探,以及——何以它要如此大规模的厂房?我就像一名家住航天中心附近,或者父母干脆就是未来的宇航员的子孙爱上了一架高耸入云的航天飞机或火箭一样爱上了这家落后的、60年代的、陈旧的工厂。我挖掘它许许多多的美，直到我挖掘到它的地基，消化掉它的石灰、电线、废纱、地下管道，它的雨水，直到我双手的指甲——监狱里、想越狱的囚犯通常这样做——脱落，直到我挖不动、啃不掉、挖不出来为止。有时我真的厌倦了，吃力了，我想忘掉它，于是我就到别的地方去，到县城其他角落甚至野外的乡村，但往往在我对自己失望时，往往我要忘掉它时它又出现在我眼前——无疑，我每天上学都要经过它，我逃脱不掉——也自然而然地，以一名孩子那样的自然和耐心接受了我的这个逃脱不掉，于是，我又深深地沉溺于其中，不可自拔。事实是比学校的上课更大、更难做的功课，并且比起前者我更有可能考试出差错，无法进入下一学期。是的，我是那个单干者，我检查每一个睡醒的梦。我看见的每一样东西都跟那家大的纱厂有关。例如，早晨从窗外看出去，外面起了雾，我还躲在床上，我听见邻居在靠街的空地上呼叫："……起雾啰！"他的声音仿佛在报道一件令人担忧的祸事。我的脑筋立即在"雾"这个字上冒出来，冒出来那个厂里的塔楼，它在城市的上空是呈四方形，高耸入云，看上去像一根横着倒过来的枕木，塔顶的四边，它的周围，都有一扇同样大的、方正的窗洞。塔是红砖砌的，非常陡峭、结实。我不知道人的手怎么能够把它砌出来，一块一块的砖垒上去，脚手架——我能看见它们的机会很多——搭在哪里？这么高的地方怎么竖上去？既没有这么长的毛竹，也没有这么高的铁架子，莫非是要让像我这样惊奇迷惑的小孩相信，它的一头搭在云上？空气里？因为这个问题，我有5分钟的时间不能动弹。那个水泥和红砖的塔楼似乎把我的身体锁住了。夏天，我比较喜欢厂里的围墙，因为它们又高又大，夜里又吸尽了露水，因此在烈日下显得非常静穆阴凉。你可以把你的身子靠上去，歇一会儿，同时数以百计的鸣蝉的声音也突然静歇下来，四周出奇的安静，只有厂的喉咙深处的机器声音，沉闷、单调，你熟悉得已经可以把它们忘掉。围墙里面的树荫有时长到外面，虽然那些围墙已经很高了，高得你要仰起脸来，把下巴抬得很翘很翘，才能看见上面的铁丝网。这家工厂在本地的存在至少养活了三分之一的城里人。这个情况你从小就能感觉——你不太敢说它的坏活——只是还未能全懂。你看着马路上朝阳的一面的灰尘。现在是上午10点不到。这个时间早夜班的人都走完了。这个时间要是还有女工模样的人穿过马路，朝这边走过来，那么她一定是个病人，刚刚请了病假，脸色灰白，心事重重地出厂门，你用一种古怪而怜悯的眼光注视她。这家厂里的每一个职工你几乎都能认出来，这个也不例外——而你对她们的名字、所在部门不感兴趣——她意识到有人注视，于是开始慌张、不安起来，用着急的眼睛四下里寻找，一边慌慌张张避开马路正中的太阳，她脚上的塑料底布鞋——那种年代的典型穿着——式样是跟妈妈一样的。她最后在围墙底下找到了你，用的是一个陌生人突然被人注意时通常有的痛苦的目光。空气中似乎浮现出一股医务室的气味，像树底下散落着什么白色的药片，而这仅是一刹那间，她消失在朝东的路口。你在暗暗为她担忧。这时树荫里像吹起一阵风似的，嘈杂尖利的鸣蝉声又响起来。就像一阵风吹过，而且吹得很大、很远，旋即，仿佛全世界的知了都响成了一片。

那些下雷阵雨的夏日，白昼顷刻间变得黑沉沉的，人类中似乎没有一种光亮能够与这种骤然而至的黑暗匹敌。狂风向所有的方向，向街上的每个角落扑过去，尾巴上还带着一团灰尘，又盲目，又凶狠，而且都同样是在一眨眼的工夫。人们都来不及回过神来，合作社门口的铺面未来得及控上一扇排门，而且挂上去的排门底下还没有完全固定住，风就来到那名可怜的职员脚下，他脚上的裤管仿佛在疾速的水流中跋涉，他的头发也变得像草一样乱，黑沉沉的狂风赋予每样东西以它自身的形状，一切阻碍物都被扫尽。自行车"哗啦啦"一声倒下，树木弯曲，而且可怕地向同一个方向伸缩。每片树叶子都乱了，像炸了窝的大黄蜂。店门口的排门陆续持上，但震颤、摇晃得厉害，没有一只人的手可以遏制它，风使它们像乱树叶子似的相互碰撞。一名女店员惊恐地张大嘴巴叫喊，但听不见叫喊的内容，只见她把两只手举起来，扣住耳朵，"咔喇喇！"一声闪电，照亮她骇人的口腔。接着一切静下来，人类世界的一丝一毫的声音也听不见，只有一只此刻谁不慎掉落在地的搪瓷杯子杯盖，跟在狂风席卷过的惯性后面，慢悠悠地在地上滚动——它的滚动发出数倍于平时的、异常清晰的声音，紧跟着就像天空在暗处轻轻咳嗽了一声——蚕豆大的雨点落下来，温柔地、迷惘地、几乎是漫不经心地落下来。于是立即，雷阵雨占领了这个世界，到处都是一阵阵起先湿热，后来让你觉得有点痉挛的白茫茫的雨雾：空地上——世界变成了一块无限开阔的空地——房顶、河岸上、街的尽头，到处都是雨——跟起先的风、闪电一样凶猛、蛮横，一样威严——带着燃烧着的枯树叶子、砸烂的泥土和硫黄的气味，孤独、肮脏、粗野。我躲在屋檐下面，看着街对面一座水泥浇铸的变压器站，以及那上面阴森森、纵横交错的电网。我手里提着一只塑料网丝袋，里面装着预备送去给我母亲的一双旧胶雨鞋、一把破油纸伞。天色比起风之前明亮了，狂风消失了，街上只剩下大雨。我趁风停了，就毫不畏缩走到雨地里，我把那把油纸伞夹在腋下。转眼间我的裤子就湿了，我弯下腰去，把裤管换到膝盖上。怀里的东西掉了一地。我赶紧从地上汩汩的雨水中捞起那双胶鞋。我继续往前走，必须赶在下午三点半之前到厂大门口。因为那是母亲的下班时间。我撑的那把伞面上溅起了雨珠，声音沉着繁密。我默默地边走边听，不敢去听别的，感到全世界的雨水都集中在我伞顶上。这样我可以静静地和雨相处一段时间，就像一个完全信赖我、毫无危险的人，一个苏北来的亲戚一样，他在某个夏日的午后来到我的家。我还完全不熟悉我和他的关系，在众多的有关亲戚的中国人情的称呼里我还不知道应把哪一个加于他："表哥""堂弟""大舅""叔公"？他吃罢午饭，和我父母就某事无所顾忌地大声嚷嚷之后，就在我小房间的床上沉沉欲睡。在经历了一系列他说话的口音、相貌、身上的气味、奇特的吃饭方式对我的吸引和刺激之后，他睡着了，在睡着后的几秒钟里汇入了我那熟悉、接收下来的世界的行列，已经不构成任何危险——我可以从容地走近他。脚步重点也没关系，倒不是因为他入睡以后并不关心我的举止，而是因为通过睡眠卸掉了他身上原有的陌生、神奇、奇特的面具。他现在成了我的熟人了，尽管发出微微的鼾声，我们之间，仿佛不出声地通过睡眠而达成了一种默契。他可以时间睡长点，发一点懒劲，起床前多打几个亲人之间常见的那种呵欠，也可以因为做了什么噩梦而从床上突然坐起来，又往后面躺下去，我至多只会宽容地笑笑或皱皱眉，不会吓得从家里逃出去。另一方面，当他往我床上一倒，睡着了，虽然他没有说什么，但也可以说明他对我已经很信任了。到现有的阶段他只能做到这一点，他在默默地表明：我们是亲戚。我是他的晚辈。他认识我父母的时间比我生下来到现在加起来还要长。现在，对这一切他认可了，接受了，我可以无所顾忌地走到从前是我自己，而现在这段时间是"他的"这张床跟前，仔细打量他，回忆、辨认、熟悉一下他的容貌，好好记住某些特征。我可以长时间地、为了说明我和他之间的那种亲密暧昧的关系而自由贪婪地嗅闻他身上的这种带到我房间里来的气味。上午它还是陌生的，像街上的人一样混乱，虽在眼前却遥不可及，如今它已是我生活中的一部分，从走入我们全家到抵达我个人童年的隐私小天地，这个中间的迅捷快速非常神奇，非常令人着迷。我有时停下来，暗暗感到惊喜，大多数时间里我对于这一巨大的变故和获益装出一副若无其事的模样。仿佛外面那个巨大的世界里的陌生人就是这样顺从而质朴地匍匐在我脚下的。因此我在那个午后几乎有点得意，像获胜的将军视察他俘获的战利品那样打量那个在我的小床上，蜷缩在床角酣然入睡的人。有时我把眼光久久停留在他进门到我家时披的那件肮脏衬衣上，在一系列复杂而神秘的运转之后它居然搁在我窗前的椅背上，那么安适恬淡，它的肮脏也不讨厌了，它那乡下人特有的裁剪式样也显得可爱了，在午后柠檬色的骄阳下露出好看的格子花样的棉布。两只蜜蜂"嗡嗡"地在蚊帐顶上和天花板之间飞，我突然观察到这名来自母系的苏北亲戚结实的小腿肚上甚至长着一层金黄色的柔密的汗毛！他竟然把这个秘密也露出来给我看！正如我在那个雷阵雨的黄昏里从大街上走过，连续10分钟整条街的头和尾上均没见到第二个人。一方面，我自己的勇气和鲁莽把我吓住了；另一方面，我对从天而降——几乎直接浇铸在我伞顶——的这些雨水有一种受宠若惊、说不清是喜悦还是恐怖的感觉。最初的湿热已经过了，现在路上和空气里到处已充满寒冷的水分。当我坚持走到那个庞大而坚固的纱厂大门遇见我母亲时我已冻得瑟瑟发抖。但我看来是个临阵出击、最终战胜敌人的一名幸福的小兵。我的母亲用她那硕大而柔热的身子一把把我抱住，正如一滴热泪把眼瞳包围那样，我感到又开心又惬意。整个厂大门口的铁皮车棚底下站满了已经下班的妇女和小姑娘，她们所有的人家里都几乎有三两个儿女、情人、兄弟，但看来在那个遥远童年的滂沱大雨里只有我一个坚忍不拔，成功地击破万千雨阵，把破旧的油纸伞——后来人都不用它了——送到了我母亲手里。我记得母亲湿淋淋地披着头发在人群里喊我，发现我并向我飞速跑来时脸上幸福的神情——她在为我骄傲，可怜的妈妈，以为我一路上必定忍寒受冻，殊不知我在雨地里行走自如，仿佛唱歌般快活异常——而且再大的雨我也会和它相处得很好，像多年来一直在彼此串门的亲戚——只要给我一个无人的、空旷的街道，一个孤独、自由自在的时刻，所有危险都会在顷刻间消除。于是母亲怀抱的气味——肉体、干净衬衣、雪花膏——在那一天里第一次使我略感疲累。我差不多费了好大的劲才对着周围厂门口啧啧惊奇的女工们和大雨止住了一个呵欠。人群中泛起了一阵不小的称赞、议论，大致都在说我母亲"福气好"云云——"有一个乖觉儿子，又孝顺又勤快"，这是我童年常听到的。不过在转身回家之前我仍看了一眼那个雨幕沉沉中的工厂。我能看到那个几乎淡到雨一样颜色的塔楼，那块医务室空地上的几棵柏树、水杉，在白茫茫的雨雾里亭亭玉立，非常漂亮——此外有一长段工厂的高墙露在雨地里，那是因为侥幸地站得近。墙上窗户那么大的几个标语依稀看得见。从我站的地方——你想想雨大到如此程度——我甚至连厂门房里的人也看不清。那扇溅满雨水的大铁门仿佛在湍急的水流上漂。现在母亲接着我走，她不时地弯下她那味道芬芳的腰来跟我说话，声音轻柔而喜悦，像一个喋喋不休的好朋友。她先是花一分钟表达她的惊叹，然后花一分钟向我讲解这种雨的可恶和危险（我尽量礼貌地点头，我真希望自己明确反对）。接下来，她又问我在家里做什么云云，而我只注意到全世界的雨现在已集中到两把伞的伞顶那种壮观的声音。更早些年有一次也是下大雨，我从家里出门去送伞，在同样的地方——厂大门口看见母亲钻出人群，不知因为激动还是紧张向前冲了几步结果一跤摔得半死。上颌的牙齿差点把舌头磕掉——碰掉一点舌尖，血流如注。那次把母亲吓坏了，而我惊吓、痛苦之余却在庆幸自己顺利进入了厂医务室那个梦牵神绕的神奇领域，并且躲在无影灯下大大享受了一顿医用器械、空气、高级家具和护士的手指——她看我一点也不哭而觉得愉快——的饱餐。即使出了那个意外之后家里人也阻挡不了我每次落雨要求去送伞的倔强决心——现在母亲大概又在提那件事了。她不知道我和那个想象中苏北来的亲戚的故事。多年以后直到我成年，直到母亲去世以后很久。每当我回忆起她，我还时常回到那个夏天雷阵雨的午后——仿佛它是贮存在我身体里的一场完整的、隆重的庆典仪式——我那回忆的眼中就眼睁睁看到厂大门口湿淋淋的母亲，她惊喜地溅着头发上的水珠向我扑来。我还记得那雨中的母亲的身子硕大而温馨，像沉甸甸的、柔软的花瓣将我如一滴晶莹的雨水般裹住。那个阴沉沉的雨天就这样永存在我心里，而在我和我母亲之间，世界上发生过的事仅止于此：我们在雨中会合，双方都在一天的结束之际孤独、激动，而一日见面也交谈不多（尽管她喋喋不休说了那么多既是女性又是母亲的话）。这也就是临终前她不肯拉家里的其他人，而只肯拉着我的手的缘由。多少年之后，在一系列完全无迹可寻的古怪冗长的成长方式，一系列精神的正方形、三角对等、圆圈和圆形的图案重叠之后——母亲的手在我心手底渐渐冰凉。她仿佛是那个在大雨中被雨水无望地冲走的人，头发披散、眼神惊恐。儿子的安慰（具体到一把旧伞）再也不能抵达她身旁！这是我第一次被一场大雨击败，第一次因为雨太大（雨啊，请让我睁开眼睛）了而在中途停下。我在母亲的遗像面前像一个被自己抛弃的人，或者是被多年来最熟悉最友好者抛弃的人——死亡就是以这种方式激怒我——多年来我们一直形影不离，互相把对方放在心里，做什么事都彼此忠诚，不分仲伯——而它突然在母亲面前背叛我！但谁又知道呢，世界的神秘无所不在，况且总在人的力量所望尘莫及之处。我为什么不及时停止这种对自己、也是对世上别的生命的怀疑和痛恨呢，人那健全的理智呀，只因太过健全就被世界一点点地损毁、撕碎！这就是人那高尚、孤独、虽败犹荣的结局啊！很多年以前我就获得这种思索了。那夏日傍晚的闪电、狂风和滂沱大雨教会了我做好生的也是死的准备，必定是最坚强、从容的准备。当我准备好了，我就和母亲之间完成了一次母与子的相互支持的、灵魂的对接。今天看来，这样的对接如此中肯、精确，不禁使我热泪盈眶……我们的拥抱——即使把死亡也算在里面——是世上一个母亲和一个儿子之间所可能有的最好的拥抱，那雨中的拥抱，在一家如此破旧宛如暴雨的大海上颠簸不宁的木船上的帆那样的厂大门口的拥抱。

我害怕上学。我8岁那年开始上的学。第一个星期我就逃学了。我躲在一个码头货栈堆空箩筐的仓库里。我在角落挑中一个箩筐，就往里面一坐。我甚至连中午饭也不敢回家吃，我昏昏沉沉在里面睡了大半天。天黑之前，我的哥哥把我找到了，因为上学之前玩捉迷藏（江阴人叫"躲猫猫"），我常选择那块"宝地"。我被父亲揍了一顿，但威胁、恐吓都无济于事。夜晚我躺在床上，还在挖空心思想白天怎样设法躲开上课的教室那种古怪、阴沉、叫人害怕的气味。我实在是不习惯，而且我刚上一年级开头两天碰到的教师也太凶。我被他像只小猫一样拎住耳朵往讲台前掼了好几次，我从未遇见过如此陌生、有力的凶残，我过了差不多一年才渐渐把它看淡。而从另一方面看，我8岁那年还是个懵懵懂懂，根本没有基本的时间感和现实感的孩子。我固执地认为我的世界就是玩，自由自在、随心所欲，尽管又饥又寒，却既不懂得饿也不晓得冷，并且成天乐呵呵的，十分开心。按照大人的说法，我的心思还没有"开窍"。当我报名上学之后第一次走进教室——我至今还记得那个外墙和窗户都漆成绿色，台位破旧的地方——我立即感到里面有一种阴森恐怖、十分压抑的气氛。这种小学课堂里遍布着的冰冷麻木感即使秋天的太阳对它也无可奈何。我窥视到全教室同学，一个个也哭丧着脸，又害怕又难过，而且个个不知所措。他们都和我一样，刚从自由自在的大街上被赶进教室，于是我立即想到抵触、逃跑，我宁愿待在板车队的箩筐里发呆，也不愿走入那个压抑"听话"的行列。仓库空地上的箩筐静静地散乱着，每一只都散发着一种油腻的货物、肮脏的麻绳气味，我贪婪地嗅闻着它们，感到它们就是我那遇到危险的自由自在的童年，而且也生平第一次感到大街上充满了危险。表面上看，街上空荡荡的没几个行人。大人们都在班上，但随时有人会认出我，每一个门和窗洞后面都长出一双默默窥视的眼睛。最初的几个星期，我差不多已经丧失了正常的判断力，我快给吓坏了，而其中一半都是自己在吓自己。我胆战心惊地在这种半上学、半逃课的状态下学会识"中华人民共和国"几个字。算术我根本不可能学好，因为我憎恨学校生活，一点兴趣也没有，到了一年级的下半学期，我的父母不得不帮我换了一个学校，也就是母亲厂里的那个职工子弟小学。因为过去半学期他们不断地在街上遇见我的授课教师，当他们殷勤而热切地问起自己小儿子的"学习成绩"时，他们每次都遭到后者的严厉苛责，并被告知完全不知道白天"你家孩子在什么地方度过"——总之不是在学校。当我得悉已经答应帮我换了一个学校，我才真正有了"快要去上学"的感觉。我记得，那个冬天里，我的哥哥陪我去新学校报名，比起前面一所，路要远多了，甚至远了两三倍，但我仍兴高采烈，不为别的，仅仅因为我的"诡计"得逞了，而且突然在自己身上发现了那种去上学的愿望和能力。从此以后，我变得守规矩、文静多了。清晨我总是很早起床，不管大热天还是寒冬腊月，我喜欢一个人这样走着去上学，路上从一条沿河的大街上走到学校，走慢点要30分钟，沿途要经过很多商店、人家、饭馆、工厂，甚至我第一次就学的那个校园大门。沿路还要经过一个船闸。有时我停下来看一会开闸，尤其是傍晚放学，每天我总要在光阴无限的大街上磨蹭到天色擦黑才进家门。我在那条上学和放学的路上渐渐培养出许许多多童年生活的秘密和乐趣。每一家商店的食品柜台和饭馆的熟食柜，我都观察熟悉到如数家珍、了如指掌的地步。那些年一般沿河的饭店里一碗最便宜的阳春面还只要七分钱，但面汤是货真价实的骨头汤或鸡汤，老远就闻得到这处大铁锅里日夜不休熬着的肉骨头的香味。闻到这种香味，你什么疲劳烦恼也没有了，只想坐下来，享受一碗温热的黄酒，弄两块猪头肉，一碗面——街上的穷人或那些拉板车、踏三轮车的、船上人，就是这样的。我小时候最大的愿望也就是长大了做这种人，傍晚时有喝酒吃面的钱——我们家只有来了特殊的客人，或者家里什么人生病以后，嘴里淡，父母才舍得摸过七分硬币，叫我到"澄江饭店"去下二两面来。这也纯然是冲着那大锅里令人垂涎欲滴的肉骨头汤来的，因为面本身家家户户都有，但那么香、浓得发白的汤是一般穷人家里熬不出来的。我去上学的路上，要一前一后经过两家饭店，另一家叫"澄北饭店"，生意就没有前一家好，但我仔细比较过了，东西实在不比前一家差，也有一模一样的白骨头汤，叫得响牌子的猪头肉、猪肝、红焖猪尾——但店的历史、名气都不及罢了，而在这两家饭店之间的"开阔地带"是那家船闸，入夜总有无数的船家在这个码头上停泊，系缆桩上系好缆绳，船主就跳到街上来，寻地方吃点东西，冬天头热热身子，乐一乐。但在我小时候的印象中，大抵船上人比街上的穷人还要穷。他们有的穷到全船人的裤子也是要上街时替换穿的。那些从长江里一路颠簸、沿河而来的船民，一直到我长大成人，他们脸上的表情也从未变过。那种荒凉、坚毅，对痛苦和常年的劳作处之泰然的神情促使他们仿佛从一个远古的中国走出来，在那儿人的困顿、无助还有着古老的秩序。他们靠着堤岸走上来的身子结实而有力，却完全凭着一种无名而野蛮的活力。他们步伐沉稳，看上去信心十足，走向深冬的街头那些邋遢而热闹、房顶歪斜的小酒馆，不进去大嚼一顿，喝得醉醺醺是不会过夜的。儿时的大街上就这样充满了穷人和暴民，仿佛只有远方田野上的地平线和县城里食物的香味能给人以安慰。

有时在一条河的深处，我能听到水蛇游动时"嗞嗞"响的声音。那往往是在离村子很远的旷野里，河的前后、两岸都是田野、杂树林。我到长大以后，才清楚地知道，那些荆棘密布的、人很难走进去的地方，就是蛇的栖身处。成年后我有一次在荒山野林，衣服被荆棘丛中的藤蔓和刺挂住，每迈前一步，都要花很大力气挣扎——就在那样的地方我遇见一条阴冷、安然的大蛇。但小时候在野地里的漫游中，却对此浑然不觉，多少危险、恐怖的场面和我擦身而过了。而我仍陶醉于农田里的蛙鸣、暑气、树荫底下的满头大汗中。那些飘过我脸上的云影和树荫仿佛是我体内溢出的汁液，带着欣喜、惊叹、好奇和童年时代无穷无尽的精力。我深入到这个城市的每一个角落、街头巷尾，深入到仿佛天堂般的、永远是未知的农村。割草、掏知了、采桑葚、钓鱼、剥蚕豆……还有那漫无目的的蓝天下的野行……。当我在大热天里走近一个村头，人仿佛要跌倒，身子又累又困乏，骨头都被麦田里的热气和太阳弄酥软了。于是就找一棵大树（每个村子前后都有几棵大树）歇歇，目光在为自己干渴的喉咙找一汪清凉的泉眼，石缝里、小河边、附近的渠道，或者农家的灶屋里。我到过各种各样的农家灶屋里，在那里的墙角几乎是用身体摸到一只大的水缸——我发誓那是夏季最阴凉的角落——木制的、极其厚实的缸盖上通常有一只盘子状的大铜勺，因此喝的水里也掺杂有一丝微微的钢锈味，这股锈的味道让人的心为之一沉，它仿佛蕴含着镇定人身心的力量——像一种传自深深的地底下、地心深处的千年的声音——这股锈味道真的是一种好声音，是千百万年前铜和其他金属对生命的小小的涵盖。你用舌头在农家黝黯的灶屋间触碰到它，于是其中的铜味道、血腥、破碎的瓷片、清澈的雪水和大地深处的尸骨"嗡嗡"作响，在你的体内扩散，久久回荡，最后一直汇入外面酷热难当的世界，瓦蓝瓦蓝的天空，摇曳的麦穗和热风里，停留在门框沿上一只小小的蜜蜂那金黄色的尾翼。那是一种复活的味道，一种人在水里仍剩有某种前行的欲望的辛苦的滋味，大梦初醒的滋味。于是你放下盛水的铜勺，长叹一声，少年的体力又神奇般地恢复了。

　　农民家的灶屋都在一披屋的后面，紧邻着小河、竹林的空地和自家院子的自留地。所以在典型的中国民宅朝南偏向中它是背南朝北的。夏天里常成为最阴凉惬意的地方。风的声音远比你坐在朝南的厅上听起来更为清晰，而且还有树声、竹叶声。几乎类同于一个突然静谧下来的方位。屋子靠墙的角落堆满稻柴、垛好的硬柴和一只盛稻种的大缸。地上散乱着粗笨的农具。在那里你既可以闻到泛潮、阴湿的柴味道，也能闻到干扑扑、松软芳芬的麦秸香，还有阴天里饲料的味道，常年不晒的衣服霉烂的味道。当然，最为寻常的，是农家的炊烟味。上午10点多钟，烧饭的时候，村子里一片静谧，仿佛挨家挨户的锅台上，都得到一个饭已在锅里的休息的指令。大人们垂下锄柄，卷起裤腿，默默地绕河往家里走。村子里的老人突然在一顿饭菜的间歇获得一段空余，可以把腌萝卜、晒的面干、被子拿出来，晾到空地上。黎明即啼的叫了一上午的鸡群，突然也不叫了，母鸡把身子偎在打谷场边上的布满糠谷的烂地里，公鸡则开始威武地踱步与巡视。猪倒地便睡，毫不在乎满地堆着的鸡屎。门槛边上的狗除了急速摇动尾巴外，连眼神也静止不动了。于是在远远的大路上、田埂上、沿乡公所附近的白围墙和那上面有关抓革命促生产的标语下面，中午放学的孩子归来了，像一群被狂风吹回来的纷乱的麻雀。女孩子头上的小辫子越来越漂亮了，而男孩子则阴沉着脸，边走边三五成群地密谋、讨论——一切仍旧是生气、永恒、短暂的秩序。水缸里永远是带着稻柴灰香味的河水，或者略带咸味的井水，而在那些阴森茂密的河道深处，夏季在那里伸展出它隐蔽的、长长的阁楼，它的爱奥尼亚式雕花的石柱和它宽阔的佛堂。树荫像地上铺的青砖一样平实、绵密。沿着河边草地被踏出的水径，我常常独自深入到河道深处，那些无路可寻的绝地。一座小小的野坟堆、山坡，一个杂草遮掩的过去年代的灌溉站、水电站，阳光下裸露出它废弃的闸门，或者，一条石板已经断裂的旧桥，处处都长满了荒草，河面已经不是漂，而简直是叠满了一层一层的水葫芦，有时这水葫芦堆里的一棵缓慢下沉，就有一条青白的小蛇露出身子，仿佛在这暗绿稠浓的池塘里艰难地喘息，旋即下沉，不见了踪影，那只是一个盛大的夏季里小小的注脚，一段容易被忽略的陈旧的辞令、引文。我只是吃力地翻开自然这本辞典的厚羊皮制的封皮，我被里面的内容惊呆了，无异，我正是那个被突然而至的寂静和周身血液般温热的阳光所笼罩、沐浴着的惊悚的少年。

河边的阴凉在盛夏的水汽中蒸腾，散发出各种各样古怪的苔藓、藻类植物的气味，一张张蛛网从树杈间挂下来，像死人的头发。早上，还听得见草和庄稼的"吱吱"声，到了正午，阳光和酷热似乎熨平了一切，四下里万籁俱寂，连附近兵营里操练时的口令和脚步声也听不见了，公路上灰尘完全占据、俘虏了一切，土地本身也在昏昏欲睡，水面上只有一只长脚蚊子还在划开涟漪。蹲在菜田边上的钓鱼人在自己弯弯的钓竿上昏昏欲睡。鱼普遍没有食欲，除非另外再来一场大暴雨，但平原上骄阳似火，晴空万里，似乎一连数周都不可能下雨。我的手臂痒痒的，那一定是田埂边上麦穗子刺触产生的。空气和热汗使我厌烦，但周围的乡村风景和湛亮的白云使我着迷。有一次我失足掉进了一片生长茂密的菱塘，仅为了伸下手去想在水里够着捞那种野生的食物。还有一次，我迷迷糊糊一头扎进一大片结满了桑葚的桑树林。桑树长得只稍许比人高，但树枝树干都出奇的结实、粗壮。我在里面大嚼一通，吃得满嘴红紫，肚子上、胸前也全是那种甜腻的汁液。有时我挑地上的看起来刚掉落的饱圆的桑葚往嘴里塞，但小孩子群里流传着一种说法：地上的熟桑葚都是蛇吃过的，这种想法使我独自呆在桑树林里感到一阵阵的阴森恐怖。我吃饱后，就悄悄地分开树枝，溜了出来，我又回到了外面的公路上。公路是宽阔的，碎石子铺的通道，常常有一长串的军用卡车从上面隆隆驶过。有些车队看上去威武严峻。轮胎是乌黑、崭新的，像刚搬出夏天的仓库的大门，散发出一阵上等木料和好闻的橡胶味道，仿佛在今天之前一直是多雨的春天。摆脱了那些古怪和神秘的杂树林、坟堆、菱塘之后，我又一直让自己回到阳光炽热的公路上，回到大平原上最健康安全的地方，我感到自己奇怪地摆脱了许许多多阴郁的岁月。我的呼吸匀称了。不再因为好奇或什么发现时而停止，时而急促起来，而我像一个大病初愈的人那样感到一阵阵的晕眩，不是因为体弱，而是因为暗自庆幸，因为我一度认为神秘莫测的乡村和大自然中的出入自如。我在独自走进一片树林之前已经把一名少年所可能意识到的安全问题抛到了脑后，而当我走出树林，它又以事后的欣慰出现在头脑里，我不禁为此得意，我突然相信我能充分地享受这些公路上大面积的阳光和路边上一小粒石子也有所感应的盛夏的烈日了，就像一个病人喝到了他那天早晨的第一杯盐水。

图书在版编目（CIP）数据

与身体相疏远/庞培著. — 南昌：百花洲文艺出版社，2015.12
ISBN 978-7-5500-1595-1

Ⅰ.①与… Ⅱ.①庞… Ⅲ.①散文集－中国－当代 Ⅳ.①I267

中国版本图书馆CIP数据核字(2015)第298435号

与身体相疏远

庞 培 著

出 版 人	姚雪雪	
责任编辑	赵 霞 朱 强	
装帧设计	彭 威	
制 作	周璐敏	
出版发行	百花洲文艺出版社	
社 址	南昌市红谷滩新区世贸路898号博能中心一期A座20楼	
邮 编	330038	
经 销	全国新华书店	
印 刷	江西千叶彩印有限公司	
开 本	850mm×1168mm 1/16 印张 17.75	
版 次	2016年5月第1版第1次印刷	
字 数	210千字	
书 号	ISBN 978-7-5500-1595-1	
定 价	30.00元	

赣版权登字 05-2015-454

邮购联系 0791-86895108
网 址 http://www.bhzwy.com
图书若有印装错误，影响阅读，可向承印厂联系调换。